ro
ro
ro

Steinunn Sigurdardóttir, geboren 1950, gehört zu den bedeutendsten isländischen Autoren. Ihr Werk, namentlich ihre Lyrik, markiert wichtige Etappen der isländischen Literatur seit den achtziger Jahren. International bekannt wurde sie vor allem durch ihre Romane «Der Zeitdieb» (rororo 23261), «Herzort» (rororo 23263), «Die Liebe der Fische» (rororo 23494) und «Sonnenscheinpferd» (rororo 25314).

«Ein von der ersten bis zur letzten Seite atemberaubend charmantes, humorvolles und tiefsinniges Buch. Für all die, die nicht aufhören, an das Geheimnis und die Irrationalität der Liebe zu glauben.» (WDR 5)

«Ein literarischer Stern am Firmament der Vulkaninsel.» (Neue Zürcher Zeitung)

Steinunn Sigurdardóttir

Der gute Liebhaber

Roman

Aus dem Isländischen von
Coletta Bürling

Rowohlt Taschenbuch Verlag

Die Originalausgabe erschien 2009
unter dem Titel «Góði elskhuginn»
bei Bjartur, Reykjavík.

Der Verlag dankt dem isländischen Literaturfonds Bókmenntasjóður
für die großzügige Förderung der Übersetzung.

Veröffentlicht im Rowohlt Taschenbuch Verlag,
Reinbek bei Hamburg, April 2013

Redaktion Stefanie Viereck
Umschlaggestaltung any.way, Cathrin Günther,
nach dem Originalumschlag von Bjartur, Reykjavík
(Entwurf: Ragnar Helgi Ólafsson)
(Abbildungen: Getty Images/The Bridgeman Art Library)
Satz Berthold Bembo PostScript (PageOne)
bei Dörlemann Satz, Lemförde
Druck und Bindung Druckerei C.H. Beck, Nördlingen
Printed in Germany
ISBN 978 3 499 26647 8

Gewidmet der Schriftstellerin
Málfríður Einarsdóttir
(1899–1983).
Der Freundin – und im Rückblick
auch der Lehrmeisterin.

But it is a fact that in every man
(not every woman) there lives a lover.

Es ist aber eine Tatsache, dass in jedem Mann
(nicht jeder Frau) ein Liebhaber lebt.

Joseph Conrad, *Chance (Spiel des Zufalls)*

Ein Reisender

Kein Traum. Hellgrüne Hügel reihten sich am Horizont längelang aneinander – dem Meeresgrund entstiegen, stand in dem Buch. Eine Stunde Fußweg von dem Strand entfernt, den Lotta genau nach seinen Wünschen ausgesucht hatte: gelber Sandstrand, wenig frequentiert, gern auch abgeschieden. Und er war wirklich abgeschieden, eher verlassen als wenig frequentiert, und mehr als gelb, mit anderen Worten golden.

Der Reisende ließ sich nieder und betrachtete tausend auferstandene Hügel unter sausenden Wolken wie ein Menetekel aus der Bibel. Er zog sich die kurze Hose aus, als der Himmel bei strahlendem Sonnenschein seine Schleusen öffnete, schlief regennass ein und wachte trocken auf – sah sich verwundert an, völlig nackt auf dem einstigen Meeresgrund. Ein plappernder Papagei hatte ihn geweckt, der sich zu seinen Füßen vorbeugte und jetzt bedeutsam schwieg, wie ein Sendbote, der darauf wartet, dass man ihm das Wort erteilt.

Die Sonne war verschwunden, als er wieder zum Strand zurückkehrte. Er ließ sich bei einer Düne nieder, vergrub die Zehen im rieselnden Goldsand und vergaß alles um sich herum. Dabei blickte er unverwandt aufs Meer, das bei Sonnenlosigkeit die Farbe des Himmels annahm. Lange Zeit war niemand zu sehen, doch dann tauchte ein Mann auf einem Fahrrad am Spülsaum auf. Das würde er morgen auch machen, ein Fahrrad mieten und sich dreißig Kilometer vornehmen, zweimal hin und zurück auf dem langen Spiegel zwischen Himmel und Meer.

Kurz nach Mittag ging er dorthin, wo der Strand endete, aß einen feuerroten Fisch in einer Bambushütte und trank Weißwein von der Loire dazu. Dass etwas aus dem Loire-Tal sich hierher verirrt hatte! Die Sonne kam wieder und stürzte sich mit aller Kraft auf die pechschwarze Felseninsel jenseits eines schmalen Sunds. Auf dem Rückweg betrachtete er amüsiert kleine Steine, die Schattenstriche auf den Sand warfen.

Den Rest des Tages wollte er damit verbringen, abwechselnd zu schwimmen und sich in den Sand zu legen, unabhängig davon, welche Wege Sonne und Wolken einschlugen. Gegen Abend würde er sich auf den Balkon setzen und zusehen, wie der schwache Widerschein des Mondes quer übers Meer glitt. Sich nicht vom Fleck rühren, auf dem Balkon zu Abend essen. Sich vom Meeresrauschen einschläfern lassen. Viel später.

Die ersten Male, als er zu einem Strand in einem fernen Land fuhr, war ihm bewusst gewesen: Ich bin allein. Das war vorbei. Doch hinter jeder Stunde, die er allein mit sich selbst existierte, vor allem am Strand, lagen Stunden mit Küssen und Musik, während des Winters, und über das Frühjahr hinaus bis zum Hochsommer, und obwohl sie nicht nur gründlich, sondern auch schon lange vergangen waren, nahmen dort neue Stunden ihren Anfang, erhielten ihr Daseinsrecht.

Künftiges reizte ihn nicht, so gesehen lebte er in der Gegenwart, und irgendetwas, was Zukunft hieß, ging ihn nichts an. Er war frei von Hast, frei von Ungeduld – alles, was er brauchte, war in Reichweite, war gegenwärtig. Manche Leute sagten, dass es gut war, in seiner Nähe zu sein, vor allem die Liebhaberinnen, und das taten sie, weil er keinem bestimmten Ziel zustrebte. Infolgedessen war es nicht seine Art, Reisepläne zu ändern, und schon gar nicht aus heiterem Himmel.

Deshalb stellte Lotta ganz entgegen ihrer Gewohnheit direkte Fragen, als er sie im Zwielicht vom Strand aus anrief, um ihr zu sagen, er müsse so schnell wie möglich nach Reykjavík. Sie fragte: Wieso das denn?

Enorme Kälte in und über der Stadt an einem Februarmorgen zur Aufstehenszeit und am kältesten das Meer um das steifgefrorene Eiland mit wenigen Lichtern am pechschwarzen Gestade. Ein so abweisendes schwarzblaues Meer, dass der Reisende am Ufer Mitgefühl mit den Fischen verspürte, die dort leben mussten, denn er konnte nicht begreifen, wie irgendeine Kreatur in diesen Tiefen warm zu bleiben vermochte, gleichgültig, wie kalt das Blut war. Der Reisende wusste, dass ein Mensch mit warmem Blut im Meer vor seiner Geburtsstadt nur kurz überleben konnte. Nach Aussagen derer, die ihm entgangen waren, war der Tod im Meer angenehm.

Eine Flotte von völlig ausgekühlten Autos stand vereist in der Stadt und harrte der Kinder und Erwachsenen, die sich nun in den Hausdielen sämtlicher Stadtviertel einfanden, um sich für das kurze Stück zum Auto zu vermummen. Winterstiefel aller Größen waren im Begriff, an den Füßen ihrer rechtmäßigen Besitzer zu landen, einige passten, andere waren zu klein geworden und drückten noch formbare Zehen, die schlimmstenfalls krumm bleiben würden.

Niedrigverdiener und Studenten, Menschen mit Migrationshintergrund und Sonderlinge fanden sich bei den Wartehäuschen ein, in jeder Hinsicht glücklose Menschen bis auf die Tatsache, dass da im Osten etwas geboren wurde, was man literarisch als Morgenröte bezeichnete, hier aber nur ein Streifen helleres Grau im großen Einheitsgrau war. Diesen Menschen war kalt, egal, wie dick vermummt sie waren, und auf einige traf nicht einmal das zu. Wer am schlimmsten dran war, hielt ein blaugefrorenes Kind bei der Hand, und das Kind war noch schlimmer dran als derjenige, der seine Hand hielt.

In den Schwimmbädern waren an diesem Wintermorgen unnatürlich dürre, sehnige und und eingeschrumpelte Leute über sechzig anzutreffen, Leute, die ohne mit der Wimper zu zucken barfuß über das Eis am Rand des Schwimmbeckens stapften, übertrieben kerngesunde Menschen, denen weder Halsentzündungen noch Herzversagen etwas anhaben konnten, die aber der Gesellschaft und sich selber erhebliche finanzielle Belastungen aufbürden würden, indem sie mindestens bis neunzig lebten, einige womöglich sogar länger.

Über diesen Leuten, über der Kälte in der Stadt und im Meer hing zu dieser Morgenstunde ein strahlend voller Mond, wie ein ausgesetzter Abkömmling der Sonne. Er gab falsche Versprechungen von Wärme, die niemals von ihm ausgehen konnte, nicht in dieser Stadt, an diesem Meer, nirgends.

Der Reisende blickte dem Taxi nach und blieb noch eine Weile in der sternenklaren Windstille draußen vor seinem Quartier stehen. Das rote Holzhaus schräg gegenüber war eines der wenigen, die von dem Schattenviertel früherer Zeiten übrig geblieben waren. Die anderen waren entweder den Weg alles Irdischen gegangen, oder man hatte sie einfach zugebaut wie sein Eckhaus, das in unsichtbarem Schweigen hinter einer Ansammlung von Hochhäusern lag.

Er spitzte die Ohren, als wenn die Musik aus dem Haus mit seinem Lauschen wiederaufleben könnte: Jussi Björling besang eine Frau, die er zwangsläufig liebte, und dann

Ástamama und der Schauspieler mit der Bassstimme, die den Walzer aus dem Rosenkavalier zunächst nur summten, ehe sie richtig loslegten: *Ohne mich, ohne mich, jeder Tag dir zu lang … Mit mir, mit mir, keine Nacht dir zu lang …*

Scharfe Eiszapfen hingen in schnurgerader Formation bedrohlich vom Dachvorsprung über der Haustür herunter. Der Reisende hatte sich seit jeher vor Eiszapfen gefürchtet. Menschen waren zu Tode gekommen, wenn sie herunterfielen. Später war ihm klar geworden, dass es sich um perfekte Mordwaffen handelte, denn sie schmolzen.

Er wollte sich gerade in Bewegung setzen, als sich die Tür des roten Hauses öffnete und ein junger Mann mit bronzefarbenem Haar die Treppe heruntersprang. Als die Haustür ins Schloss fiel, brach ein Eiszapfen ab und zersplitterte auf dem Treppenabsatz. Der junge Mann, der um ein Haar davon getroffen worden wäre, blickte sich noch nicht einmal um, sondern lief in Richtung Meer.

Der Reisende ließ den Aufzug links liegen und schnellte die Stufen hoch wie ein Lachs auf dem Heimweg. Keuchend öffnete er die Tür zum Dachgeschoss und blieb wie angewurzelt stehen, als sich ihm der Blick auf die Tankstelle eröffnete, auf das schwarze Meer und eine eisengraue Esja unter dem niedrigen Mond.

Er sank auf einen weißen Ledersessel am Fenster. Das Herz brauchte lange, um den richtigen Takt wiederzufinden, während er die Aussicht betrachtete, hinter dem Schatten des Kusses auf dem Gesicht des Mädchens, an dem Abend, als die Gegenwart Gestalt annahm und sich in eine Zukunft verwandelte.

Es war ebenfalls Februar gewesen. Einen Monat und noch länger hatte er bereits dem Mädchen nahe sein dürfen, das manchmal bezaubernd und manchmal verschmitzt lächelte.

Auch nach all den Jahren kannte er beide noch auswendig: das bezaubernde Lächeln, das langsam erlosch und noch Spuren im Gesicht hinterließ, als es schon lange vergangen war – und das verschmitzte Lächeln, das so schnell kam und ging, dass man sich wirklich ins Zeug legen musste, um es nicht zu verpassen.

Es war an einem Unwetterabend nach dem Kino. Sie boten dem Sturm und den anbrandenden Wellen an der Skúlagata Trotz, genehmigten sich bei der Tankstelle ein Würstchen und eine Cola, und dann ging sie mit ihm nach Haus und sagte nach einem Kuss etwas, das wie Ja klang. Und jetzt breitete sich der Ort, an dem einstmals eine Zukunft begonnen hatte, im Mondlicht wie eine Fata Morgana vor ihm aus.

Als er sich endlich dazu aufraffte, mit steifen Knochen aufzustehen, stellte er fest, dass die Wohnungstür noch offen war und sein Koffer draußen auf dem Flur stand. Ein solches Verhalten sah ihm gar nicht ähnlich. Er korrigierte die Panne verwundert, um nicht zu sagen erschreckt.

Die Wohnung war, wie sie sein sollte. Stilrein und weiträumig. Hohe Decken, weiße Wände, dunkles Parkett. Wenige, aber exquisite Möbel. Eine Espressomaschine, die er auch gewählt haben würde. Kein störender Krimskrams. Nur eines fehlte, die Rosen. Das war ein Manko. Bei dem Preis für die Unterkunft sollte man eigentlich davon ausgehen können, dass allen Anforderungen bis ins Detail entsprochen wurde. Die Rosen waren allerdings die Hauptsache. Am liebsten hätte er Lotta angerufen, damit sie das in Ordnung brachte, aber in Amerika war natürlich Nacht.

Im Kühlschrank fehlte nichts. Ein ausgehungerter Mann beäugte isländischen Quark mit Sahne, geräuchertes Lammfleisch und Fladenkuchen nach Großmutterart. Er war zu benommen, um sich zu Taten aufzuraffen, trank stattdessen gierig klares isländisches Wasser aus dem Kran und ließ sich der Länge nach auf die dunkelblaue Kaschmirdecke fallen, die über das Zweimeterbett gebreitet war.

Als er nach langen wirren Träumen mit Melodien von Nino Rota wieder zu sich kam, war er stinkwütend auf sich selber und seine Planung. Er hatte gegen eine Grundregel verstoßen, indem er nach Island gekommen war, ohne seiner Schwester Fríða oder seiner Nichte Ásta Bescheid zu sagen. Er war schlecht ausstaffiert für diese klirrend kalte Stadt und würde gezwungen sein, sich warme Sachen zu kaufen, falls er es tatsächlich zum Friedhof schaffen wollte, um Ástamama Rosen aufs Grab zu legen.

Der Reisende war in einem Zustand, dass er sich regelrecht dazu zwingen musste, den Koffer zu öffnen und Hosen und Jacketts aufzuhängen, den schwarzen Pyjama auszupacken und aufs Bett zu legen. Er war einfach in Hose und Hemd eingeschlafen, was ihm, dem leidenschaftlichen Pyjamaträger, niemals passiert war, soweit er zurückdenken konnte.

Trotz nagenden Hungers stand ihm der Sinn nicht nach isländischen Delikatessen, sondern es verlangte ihn schlicht und ergreifend nach einem Hot Dog und Cola an der Tankstelle. Eine idiotische Idee, doch er war entschlossen, sie in die Tat umzusetzen. Er zog sich zwei Unterhosen, zwei Paar Socken, ein kurzärmeliges Hemd und einen dünnen Pullover an.

Als er nach draußen kam und in Richtung des alten Eiszapfenhauses blickte, war er darauf gefasst, dort irgendwelche verdächtigen Gestalten herumschleichen zu sehen, aber niemand war in der Februarfinsternis unterwegs, abgesehen von einem Penner, der wie ein Irrender im Nebel *Ho!* rief.

Die Sache mit dem Hot Dog gestaltete sich unversehens zu

einem ausgesprochenen Problem für den Reisenden, denn inzwischen gab es alle möglichen Würstchen im Angebot, mit gebratenem Speck, gegrillt, mit Kartoffelsalat, mit Krabbensalat. Er hielt sich aber an das Würstchen von früher, mit gerösteteten Zwiebeln, Remoulade, Senf, Ketchup, nur die rohen Zwiebeln lehnte er ab. Dazu eine kleine Cola in der Glasflasche. Der Hot Dog schmeckte genau wie in alten Zeiten, und wie durch einen Schleier glaubte er zu sehen, dass sein Mädchen manchmal dorthin kam, um sich einen längst vergangenen Unwetterabend in Erinnerung zu rufen.

Auf dem Weg nach draußen sah er die Rosen. Vielleicht sollte er sich ersatzweise damit begnügen, der Mann, der in einer sündhaft teuren Unterkunft um frische Blumen betrogen worden war. Die weißen Rosen sahen zwar am besten aus, erinnerten aber zu sehr an eine Beerdigung. Also kaufte er die gelben.

Ein junger Mann mit bronzefarbenem Haar kam zur Tür herein, als er bezahlte. Derselbe, der in einem mit perfekten Mordwaffen gespickten Haus lebte und nicht imstande war, sich vor ihnen in Acht zu nehmen. Und was hatte er überhaupt in dieser Tankstelle zu suchen? Spionierte er einem Reisenden in einem Dior-Mantel nach?

Der Reisende wollte sicherstellen, dass ihm niemand zu seinem Quartier folgte, und da gab es keine andere Möglichkeit, als ein Taxi zu bestellen. Und er musste in dieser absurden Situation, ein Taxi für eine Entfernung von ein paar Häuserlängen zu nehmen, irgendwelche plausiblen Erklärungen parat haben. Eine Fußbehinderung vielleicht?

Der Mann hinter dem Tresen verstand kein Isländisch und bestellte das Taxi auf Englisch. Das passte zum neuen Reykjavík. Allenthalben wurde geklotzt: überdimensionale Kreuzungen, riesenhafte Neubauten, die ihre Schattenpranken über alte Holzhäuser legten. Wie um das Vorhandene zu verdecken, die Vergangenheit und die Kleinheit. Sogar die Sprache war zu klein geworden.

Der Reisende betrachtete die Rosen, während er auf das Taxi wartete. Eine fiel besonders auf; sie hatte die größte Blüte und den kräftigsten Stiel. Schönheit in Perfektion. Ihr sollte das Privileg zuteilwerden, dass er sie behielt und die anderen wegwarf.

Der Fahrer sagte unnatürlich laut und deutlich JA, als der Passagier die Adresse nannte: Silberstrand drei. Dieses fürchterliche Ja klang in den Ohren eines Mannes, der unabsichtlich den absurdesten Zielort der Welt angegeben hatte, wie eine Verurteilung.

Es wäre ihm niemals auch nur im Traum eingefallen, sich ihr zu nähern. Er hatte noch nicht einmal im Telefonbuch nachgeschlagen und angerufen, um ihre Stimme zu hören und dann aufzulegen. Weshalb hätte er auch irgendwelche Versuche dieser Art unternehmen sollen? Sie war für ewig und alle Zeiten verloren. Das war ihm voll und ganz klar geworden, als sie diese Sätze sagte und die Biskuitrolle anstarrte, die er für sie gebacken hatte. Es war unwiderruflich gewesen, und er hatte sich rasch erhoben, damit sie ihrer Wege gehen konnte.

In dem Moment, als ihre Schritte draußen auf der Straße verklangen, wusste er, dass das Leben von nun an nur noch eine Erinnerung war; er würde zu einem Menschen werden, der von künftigen Zeiten nichts zu erwarten hatte. Der Mann ohne Zukunft, genau das war die richtige Bezeichnung für ihn. Er starrte lange Zeit auf das Stillleben: Küchentisch mit gutem Service und einer halb aufgegessenen Biskuitrolle.

Als der Wagen bei Nummer drei angekommen war, sagte

er: Ach, es war doch das nächste Haus, bezahlte und stieg aus. Die einzig wahre Rose nahm er mit und ließ den übrigen Strauß auf dem Rücksitz liegen. Ein perfekter Ort für die Entsorgung, entweder würde der nächste Fahrgast die Blumen an sich nehmen oder der Chauffeur selber. Auf der Halbinsel Seltjarnarnes herrschte komplette Windstille, und der Himmel über dem Silberstrand war wolkenlos. Mond und Sterne bekannten Farbe, sowohl oben bei sich als auch unten auf dem dunklen Meer, und Raureif lag auf dem Bürgersteig, wo er mit einer Rose in der Hand dastand – als wollte er sie jemandem überreichen. Er wartete, bis das Taxi außer Sichtweite war, bevor er ein paar Schritte auf ihr Haus zuging. Ein Haus mit zwei Etagen, so streng funktional, dass er es mönchional genannt und damit bei seiner Liebsten gepunktet hatte. Die Schöpfer des Hauses, ihre Eltern, waren aber nicht ganz mit seinem Charakter im Gleichklang gewesen, und so hatten geblümte Gardinen und mit Schnitzwerk verzierte Kiefernmöbel ihren Einzug gehalten. Diese Entgleisungen waren aber nun aus der Welt geschafft. Gardinen, wie sie der Architekt selber gewählt hätte (vielleicht hatte er das ja getan), ein Sofa und eine Standlampe, die wie einzementiert zu sein schienen. Ein Gemälde, das niet- und nagelfest wirkte. Er tippte auf Svavar Guðnason.

Das letzte Mal (im früheren Leben!) hatte er das Haus in blendender Helligkeit gesehen, die seine Vorzüge entschleierte und zugleich vertiefte. Und nun stellte sich heraus, dass diesem Haus die Dunkelheit sehr gut stand; es war ein Haus der Nacht. Das Dunkel milderte die strenge Einfachheit der Form, und die Gartenlandschaft mit einer angestrahlten Kiefer hier und kleinen Erhöhungen dort bildete einen lebendigen weichen Kontrast zu viereckigen Elementen aus Beton und Glas.

Eine Frau in nachtblauem Schlafanzug erschien am großen Wohnzimmerfenster und zog langsam die Vorhänge zu. Der Schatten der Frau knipste die Lampe aus und verschwand.

Er sah gleich, dass sie sich wenig verändert hatte. Derselbe kräftige, aber zugleich weiche Gang. Die Frisur unverändert; kurz, Pony, Mittelscheitel (Louise-Brooks-Schnitt). Sie hatte nicht zugenommen, oder doch, vielleicht fünf Kilo, und das passte besser zu ihrem Gesicht mit den hohen Wangenknochen und der Adlernase. Vielleicht war sie sogar schöner als die junge Frau. Der Mann auf der Straße war stolz auf die neue Schönheit, so als hätte er selber einem Frauenbild Farben und Strahlen zugefügt, das ohnehin schon strahlend war.

Er wollte warten, bis sie das Licht im Schlafzimmer angemacht hatte. Er wusste, wo es war; er war zwar nur ein einziges Mal in dem Haus gewesen, nachdem sie gerade dorthin gezogen war, aber er kannte es in- und auswendig. An einem sonnigen Abend im Juli – und es stimmte, er war einmal in diesem Leben in dem Haus und dem Garten gewesen, mit der Frau im blauen Pyjama. Dort lebte sie damals, im Haus der Eltern, dort waren sie den einen Abend zusammen gewesen und hatten auf das Meer hinausgeschaut, das immer noch da und gar nicht unendlich war, denn es endete am Strand vor diesem Haus, am gleichen Geröll wie seinerzeit.

Das Licht im Schlafzimmer ging an, und er warf die Rose auf den Gehsteig zum Haus. Marmor! Stilbruch. Ganz gewiss etwas, was der Mann des Hauses sich hatte einfallen lassen. Seine Liebste hatte einen so perfekten Geschmack, dass er sie damit geneckt hatte, sie hätte den absoluten Blick. Nun würde sie sich, wenn sie am nächsten Morgen hinausschaute, am Anblick einer auf den Marmor gemeißelten Frostrose erfreuen.

Er überquerte die Straße und setzte sich auf die Bank in dem Wartehäuschen schräg gegenüber dem Haus. Das Herz hatte sich nicht beeilt, obwohl sie am Fenster aufgetaucht war. Er war über den halben Erdball gereist, um das zu sehen – wieso sollte das Herz schneller schlagen?

Das Licht im Schlafzimmer erlosch, im Haus war alles dunkel, nur die Außenlichter brannten und ließen eine schneeweiße Kiefer erstrahlen, die sich über die Grundstücksgrenze zu Nummer fünf hinwegstreckte. Jetzt deckte sich die Frau in Nummer drei zu. Sie legte sich auf die Seite, denn sie schlief immer auf der Seite, suchte sich eine bequeme Stellung, und wenn sie noch so schnell einschlief wie früher, würde sie bereits im Reich der Träume sein, bevor er um die nächste Ecke gebogen war.

Der Reisende, der kaum je den Drang zur Eile verspürte, hätte am liebsten bis zum Morgengrauen in dem Wartehäuschen ausgeharrt, doch die Kälte trieb ihn auf die Beine. Er hätte sich nur zu gern ein Taxi bestellt, konnte sich aber nicht mehr an die Rufnummern erinnern, auch nicht an die Nummer der isländischen Telefonauskunft. Rein zufällig kam hier kein Taxi vorbei, ebenso wenig wie am Ende der Welt.

Er näherte sich einem unförmigen Betonklotz, der vermutlich ein Einkaufszentrum war. Er ging davon aus, dass er dort eine Telefonzelle, ein Telefonbuch oder ein Taxi finden würde. Das letzte Stück rannte er, denn seine ungeschützten Ohren taten ihm außerordentlich weh. Und es war wie bei einer Gipfelbesteigung – das Ziel war immer weiter weg, als es den Anschein hatte.

Das Ziel war schließlich Das Gelbe Schaf, eine Bar in einem Einkaufszentrum. Unter heftigen inneren Protesten betrat er das Lokal. Egal, in was für einer Notlage man war – *Das Gelbe Schaf*! Wer wollte schon dafür bekannt sein, den

Fuß in eine derartige Geschmacklosigkeit zu setzen. *Das Scharze Schaf*, ja, oder *Der schräge Schöps*, aber das hier! Gelb? Wie konnte ein Schaf gelb sein?

Der Reisende nahm die übliche Warteposition am Tresen ein, doch das brachte nichts, denn der Barkeeper war beschäftigt. Er drehte dem Kunden den Rücken zu und hantierte mit irgendetwas herum, schwer zu sagen, mit was.

Der Reisende musste sich schnäuzen und tat es, nicht laut, aber laut genug, dass der Barkeeper zusammenzuckte und sich umdrehte.

Guten Abend, sagte der Barkeeper.

Guten Abend, sagte der Reisende und steckte das Taschentuch akkurat wieder in die innere Jacketttasche.

Entschuldige, dass ich dich nicht gesehen habe, sagte der Barkeeper ehrerbietig. Endlich hatte es den lang ersehnten Kunden hierher verschlagen, der ernst zu nehmen war und wusste, wie man mit Taschentüchern umzugehen hatte.

Keine Ursache, sagte der Reisende und fragte sich, seit wann man Leute mit dem Nacken sehen konnte.

Was kann ich für dich tun?

Einen doppelten Whisky, bitte.

Der Barkeeper deutete auf die ein oder andere Flasche, und der Reisende wunderte sich über das beeindruckende Sortiment. Darunter war sogar ein sechzehn Jahre alter Edelwhisky von der gleichen Sorte, die er meist in seiner Hausbar auf Long Island und in Südfrankreich vorrätig hatte.

Den bestellte er, und der Drink kostete ein Drittel einer ganzen Flasche, viertausend Kronen. Über derartigen Wucher konnte er sich aufregen; genau wie andere Geldmenschen bestand er darauf, den korrekten Preis für eine Ware zu bezahlen. Das hatte nichts mit Geiz zu tun, sondern mit seinem Gefühl für das, was recht und billig war, mit göttlichen Wertmaßstäben für das Verhältnis zwischen der Qualität der Ware und dem für sie geforderten Preis.

Der Barkeeper servierte nach allen Regeln der Kunst und mit ausgesuchter Höflichkeit. Statt den Gast zu fragen, ob er den Whisky mit Wasser oder *on the rocks* trinken wollte, stellte er ihm eine Kanne Wasser, ein Glas und Eis in einer Schale hin. Das Whiskyglas war korrekt, das Wasserglas ebenfalls. Ein Barkeeper mit diesem Schliff hätte sich auch in einer Luxusbar für die Bevorzugten gut ausgenommen – hätte er nicht selber schon ein wenig zu tief ins Glas geschaut.

Der Reisende zitterte vor Kälte, und nur unter Mühen gelang es ihm, das Glas zum verzerrten Mund zu führen, ohne dass etwas herausschwappte. Der Barkeeper beobachtete ihn und zog aus eigener Sachkenntnis die naheliegenden Schlüsse: ein Alkoholiker, und zwar in einer so üblen Verfassung, dass es ihm trotz des späten Abends noch nicht gelungen war, den Tremor mit Alkohol zu bekämpfen.

Dieser Reisende war immer sehr wählerisch im Hinblick auf die Platzwahl in Bars oder Restaurants, die er er besuchte. Nun blickte er sich nach dem richtigen Platz um, möglichst weit weg von zwei älteren Männern, die an einem Tisch saßen, eingehüllt in Rauchschwaden aus eigener Produktion und dichtes Schweigen.

Mit dem Whiskyglas in der einen und dem Wasserglas in der anderen Hand begab er sich gerade quer durch den Raum, als das Lied erklang. Er stellte die Gläser auf einen Tisch und hielt inne.

Doch nur im Traum gehen wir den Weg zu zweit

Der Walzer von Lilja Jóns, der seinerzeit, als er klein war, durchschlagenden Erfolg gehabt hatte. Ein Lied, das nur deswegen entstanden war, weil es einen kleinen Jungen gab, der sich Flausen in den Kopf gesetzt hatte.

Mamas Liebling, der kleine Kalli, hörte bei seinem Freund zu Hause ein seltsames Wort, melodielos. Er verstand das Wort nicht so richtig, aber es kam ihm so schrecklich vor, dass er ganz durcheinander war und allein durch den Park am Stadtteich und wer weiß wohin lief. Zum Schluss steigerte er sich in die Idee hinein, dass die ganze Welt melodielos war. Man hatte sämtliche Melodien aufgebraucht, und es würde nie wieder möglich sein, etwas Neues zu komponieren.

Einige Tage verstrichen in einer melodielosen Welt, und der kleine Kalli war so verändert, dass seine Mutter fragte: Stimmt was nicht?

Sie brachte ihn gerade zu Bett, und er versuchte, sich das Oberbett über den Mund zu ziehen, um sich nicht zu verraten. Aber das klappte nicht, er fing an zu weinen und sagte schluchzend: Sind jetzt alle Melodien alle?

Langsam, langsam, mein Kleiner. Was meinst du denn mit alle?

Also, dass so fürchterlich viele Lieder gemacht worden sind, dass es in der ganzen Welt keine Melodien mehr gibt.

An dem Abend wurde erst spät schlafen gegangen. Ástamama erklärte ihm, dass es unendlich viele Möglichkeiten gäbe, um neue Lieder zu komponieren. Dass jeden Tag ganz viele neue entstehen würden, in jedem Land auf der Welt, auch in Island.

Sogar ich kann ein Lied machen, sagte sie, hör zu.

Und Kalli hörte zu, und Ástamama sang, ohne groß überlegen zu müssen, das Lied von Kalli Knirps.

Wie sehr hab ich mir einen Jungen gewünscht,
und da ist er nun, der Kalli Knirps.

Und wo sie nun schon einmal angefangen hatte, komponierte sie einfach weiter, zuerst nur für ihren Kalli und ihre

Fríða. Und dann wurde sie auf einmal zur Liedermacherin und Sängerin Lilja Jóns, die mit dem Lied, das sie zum eigenen Text sang, durchschlagenden Erfolg hatte:

Doch nur im Traum gehen wir den Weg zu zweit

Wie stolz er auf seine Mutter war, als sie zusammen zum GEMA-Haus gingen, um den Scheck abzuholen; und ein Komponist, der durch die Nase sprach und wie ein besessener Wissenschaftler aussah, lobte sie für den wunderbaren Walzer mit dem verträumten Text über den grünen Klee.

Eine ebenso originelle wie eingängige Melodie, sagte er und fühlte sich in seiner Eitelkeit so geschmeichelt darüber, dass er in der Position war, eine Schneiderin für ihr Musiktalent zu loben, dass er ihr zum Schluss einen Kuss verpasste. Und wunderschön gesungen, mit toller Intonation, fügte er gewichtig durch die Nase hinzu.

Diese beiden Wörter, GEMA und Intonation, prägten sich ihm tief ein und wurden zu Zauberworten und Orientierungspunkten in seinem Leben. Am liebsten hätte er über seine Arbeit gesagt, dass er sein täglich Brot mit so etwas wie GEMA-Zahlungen bestritt und die Musik das sei, was den Geist bei der Sache hielte, vor allem der Gesang und die perfekte Intonation.

Mitten im Lied standen die beiden Raucher auf, um elegant das klapperdürre Tanzbein zu schwingen, bis die Stimme von Ástamama verklang:

… nur eine Weile im Traum …

Die sind schwul, sagte eine Frau, die plötzlich an der Bar aufgetaucht war, aus keiner sichtbaren oder hörbaren Richtung.

Sie tanzen gut, sagte der Reisende und sah, wie die beiden Hand in Hand zu ihren Plätzen gingen.

Jón war Tanzlehrer. Biffi hört nicht mehr. Die beiden waren eines der allerersten Schwulenpaare in der Stadt, die aus dem Schrank gekommen sind. Für die beiden soll ein Museum gegründet werden.

Er hätte ihn von sich aus nicht wiedererkannt, den Jón von damals mit der schwarzen Mähne und den großen Gesten, der zu Ástamama kam, um mit ihr zu plaudern und etwas für sich nähen zu lassen. Und vielleicht konnte er sich auch jetzt nur deswegen an ihn erinnern, weil einmal, als Jón zu Besuch kam, ein elfjähriges Mädchen gerade die Treppe hinuntergetrippelt war. Er hatte wie ein Ölgötze mit einem Glas Milch und einem Keks in der Hand in der Küchentür gestanden, und der Neuankömmling hatte spöttisch gesagt: Wohl bekomm's.

Und woher kommen wir?, fragte die Frau.

Was dich betrifft, weiß ich das nicht, sagte der Reisende, aber ich komme von einem Spaziergang.

Ja, hier ist es schön zum Spazierengehen, sagte die Frau. Die Meeresluft. Und der Snæfellsjökull praktisch vor der Haustür.

Den hatte ich vergessen.

Wie kann man den Snæfellsjökull vergessen? Du lebst wohl im Ausland? Ja, du lebst im Ausland. Du hast einen Akzent.

Hatte er einen Akzent? Er, der sich die größte Mühe gab, lupenreines Isländisch zu sprechen, die seltenen Male, die er Gelegenheit dazu hatte; er, der gezielt daran arbeitete, die Muttersprache nicht zu verlieren, der im Auto alle möglichen isländischen Hörbücher hatte, sogar die Saga vom weisen Njáll, gelesen von Einar Ólafur Sveinsson. Es machte ihm schwer zu schaffen, dass er einen Akzent haben sollte.

Na schön, erklärte er. Ich habe kein Interesse daran, akzentlos unter falscher Flagge zu segeln und mich für einen Isländer auszugeben.

Aus welchem Land kommst du dann?

Ich bin Deutschamerikaner, oder Amerikadeutscher.

Ist deine Mutter Amerikanerin?

Umgekehrt, mein Vater war Amerikaner.

Er hoffte, dass sie sich entfernen und ihn mit seinem teuer erkauften Whisky und dem Bild von einer Frau, die Vorhänge zuzog, allein lassen würde. Aber die Person war hartnäckig.

Wer war sie eigentlich? Nicht jung, nicht alt. Nicht schön, nicht hässlich. Nicht betrunken, zumindest nicht sehr. Aber auch keineswegs nüchtern. Sie trug eine gutgeschnittene Lodenjacke und einen Wollschal von guter Qualität, beides in einer undefinierbaren Farbe. Rostrot? Graugrün? Und sie führte sich auch irgendwie wie diese Farben auf, nichtssagend. Ihre Stimme klang flach und ein wenig larmoyant. Aber sie stellte aufdringliche und persönliche Fragen. Jetzt kam sie zum Hauptpunkt, und ihre Stimme war nicht frei von einem vorwurfsvollen Unterton:

Dann ist also gar kein isländisches Blut in dir?

Nicht ein Tropfen, leider.

Und wieso kannst du so gut Isländisch?

Mein Vater hat in Island gearbeitet, ich habe als Kind etliche Jahre hier verbracht. Meine Mutter konnte auch sehr gut Isländisch. Sie las gottweißwas für Bücher, und sie kannte sogar Halldór Laxness persönlich.

Du lügst, das glaube ich dir nicht, sagte die Frau und klang jetzt, als fühlte sie sich angegriffen.

Ja, es mag für dich wie ein Lügenmärchen klingen, sagte der Reisende und stellte im gleichen Augenblick fest, dass er lügen konnte wie gedruckt. Der Mann, der seit den Phantasiegeschichten seiner Kindheit nie jemanden nennenswert angeschwindelt hatte, abgesehen von seinen Liebhaberinnen natürlich.

Halldór Laxness hätte ich auch wahnsinnig gern gekannt, sagte die Frau und zog die Nase hoch.

Man braucht einen Schriftsteller nicht persönlich zu kennen. Man kommt ihm viel näher, wenn man seine Bücher liest. Den Menschen kannst du viel besser einschätzen, wenn du nichts als seine Worte vor dir hast. Kein störender Tonfall, keine Gestik, um Worte zu verschleiern oder hervorzuheben.

Das sagte der Reisende so entschlossen, als stünde er am Rednerpult des Debattierclubs in seiner alten Schule; von diesem Standort aus hatte er so manches noch nicht verhärtete Schulkameradinnenherz zum Schmelzen gebracht, ohne es zu merken. Es gab nämlich nur ein Herz, das ihm etwas bedeutete.

Ich glaube, niemand hüllt sich mehr in Geheimnisse als jemand, der schreibt. Er macht sich alle Verschleierungstechniken zu eigen. Saugt sie womöglich schon mit der Muttermilch auf. Worte dienen ihm zur Verschleierung, nicht zur Enthüllung. Im Gegensatz zu Schriftstellern können sich bildende Künstler und Komponisten nicht für jemand anderes ausgeben. Ihre Kunst ist nackt. Worte sind da, um zu verhüllen. Der Schriftsteller erscheint in seinem Werk wie eine Mumie unter dem Röntgenschirm. Und eine durchleuchtete Mumie ist unverständlich, es sei denn für Universalisten.

Die Außerirdische hatte gesprochen. Der Reisende sah sie sprachlos an. Es war an der Zeit, sich in Sicherheit zu bringen.

Nichts wie weg, und zwar dalli, sagte er zu sich selber, doch der Wille war geschwächt durch den chronologischen

Wirrwarr von grünen Strandhügeln, einer Tankstelle und einer Frau, die nach siebzehn Jahren an einem Fenster erschien und sich in einen Schatten verwandelte. Er stand wie angewurzelt da und hörte sich sagen: Was darf ich dir anbieten?

Dasselbe, was du trinkst, entgegnete die Frau dumpf.

Er bestellte mehr von demselben und blätterte achttausend Kronen hin. Er war ein Mann, der nach Möglichkeit immer bar bezahlte, und Lotta kümmerte sich darum, dass er immer genug Cash besaß. Diesmal aber hatte er höchstpersönlich den Geldautomaten am Flughafen in Keflavík benutzen müssen und das als ebenso drastisch und peinlich empfunden, als hätte er sich in aller Öffentlichkeit Kondome gekauft. Ein Geldmensch, der sichtbar mit großen Scheinen herumwedelte.

Ein hervorragender Whisky, erklärte die Frau in einem Ton, als würden ihr die Sinne schwinden.

Erstaunlich, dass diese Sorte hier geführt wird.

Lúther Indriði ist der beste Barkeeper in der Stadt. Wir sind verwandt.

Das Nächste sagte sie halbwegs im Flüsterton, so als hätte ihre Unterhaltung jetzt das vertrauliche Stadium erreicht.

Mit vollem Namen heißt er Hreinn Lúther Indriði, verwendet aber eigentlich nur Lúther, es sei denn im Schriftverkehr, dann schreibt er H. Lúther Indriði, weil H im Alphabet früher kommt als L. Das kann unter Umständen von Nutzen sein.

H. Lúther Indriði pusselte leise in seiner schummrigen Welt hinter der Bartheke herum. Der beste Barkeeper der Stadt sprach seine Kunden nicht von sich aus an, auch wenn sie mit ihm verwandt waren. Der beste Barkeeper der Stadt mischte sich nicht ein, wenn sich an der Bar ohne sein Dazutun zwischen zwei Unbekannten Gespräche mit Inhalt entwickelten.

Der Reisende fühlte sich schwach in den Knien, und er musste sich wie jemand im fortgeschrittenen Stadium des Suffs an den Tresen lehnen. Eine derartig unwürdige Position behagte ihm aber nicht, deswegen fragte er, ob sie sich nicht lieber setzen sollten.

Unbedingt.

Sie ging vor ihm her zu einem Tisch in der Ecke, die am weitesten von den beiden Rauchern entfernt war. Auf dem Tisch standen zwei Kerzen und zwei Rosen, der Barkeeper hatte sich selbst übertroffen. Der Reisende blickte scharf auf die Rosen und konnte nicht leugnen, dass er an diesem Abend eine Rose auf einen Gehsteig geworfen hatte. Was würde die Frau in dem Haus morgen früh sagen, wenn sie plötzlich vor der Rose stünde, und was würde dieser Ingi Bói, oder wie er nun hieß, sagen, wenn er sie noch vor ihr fände? Glücklicherweise hatten sie kein Kind, das einen Schock bekommen könnte, wenn es auf dem Weg zur Schule eine dreidimensionale vereiste Rose auf dem Gehsteig zum Haus finden würde.

Die Frau stand auf. Er überlegte, ob sie jetzt den Abgang machen würde, weil er unhöflicherweise geschwiegen hatte, nachdem sie Platz genommen hatten, doch sie kam mit einer Kanne Wasser und zwei Gläsern zurück. Mussten hier jetzt schon die Kunden servieren? Was war mit H. Lúther Indriði los, dem Stadtbesten?

Der Reisende hatte nicht bemerkt, dass jemand hereingekommen war, aber da stand auf einmal jemand, ein Mann mit einem Rosenstrauß. War es vielleicht auch in Island schon üblich, Rosen in Bars zu verkaufen?

Der Mann mit den Rosen hielt Umschau, marschierte

dann geradewegs auf den Reisenden zu und hielt ihm den Strauß unter die Nase: Bitte sehr, die hast du in meinem Wagen vergessen, als ich dich vorhin zum Silberstrand drei gefahren habe.

Danke.

Es wäre schon schön, wenn die Fahrgäste nicht andauernd irgendwelchen Scheißkram auf dem Rücksitz liegenlassen würden.

Darf ich dir einen Finderlohn anbieten?

Mensch, komm mir bloß nicht mit so was, sagte der Taxichauffeur, der bereits wieder auf dem Weg nach draußen war.

Tschüs, Nonni, sagte die Frau, und der Mann erwiderte den Abschiedsgruß.

Tschüs, Nonni, ließ sich H. Lúther Indriði aus einer finsteren Ecke hinter dem Tresen vernehmen.

Dieser Nonni ist wohl so etwas wie ein Original hier auf der Halbinsel?, fragte der Reisende.

Das sind doch hier bei uns alle, sagte die Frau. Er wohnt ganz in der Nähe.

Und wo wohnst du?

Silberstrand fünf. Was wolltest du eigentlich dort?

Mir war einfach nach einer kleinen Autofahrt am Meer zumute. Die übliche Runde im Zentrum kam mir irgendwie richtungslos vor. Deswegen habe ich eine beliebige Adresse genannt. Silberstrand war ein purer Zufall.

Ich werde es Una wissen lassen, sagte die Frau und gab etwas von sich, was wohl ein Lachen sein sollte, aber es klang wie ein dumpfes Knurren. Als hätte ein müder Hund etwas Komisches gehört und am liebsten gelacht.

Das ist doch nicht nötig.

Stimmt, es ist nicht nötig. Aber Una entgeht nichts.

Der Mann, der Una liebte, schwieg und ließ sich diesen Satz durch den Kopf gehen: *Una entgeht nichts.*

Bist du verheiratet?, fragte die Frau.

Ich bin geschieden.

Und woher kam sie?

Aus Deutschland.

Die haben meist ihre Qualitäten. Wie beispielsweise die deutschen Frauen, die nach dem Krieg hierherkamen, das waren gestandene Frauen, die konnten schuften wie die Berserker.

Sie war zwar energisch, aber sie war keineswegs gestanden.

Es war so komplett undenkbar gewesen, irgendeine Frau zu heiraten, gar nicht zu reden von einer gestandenen. Eine gestandene Frau wäre noch nicht einmal als Liebhaberin für ihn in Frage gekommen. Das war das Wort, das er für seine Frauen verwendete, nicht Bettgespielin, nicht *one-night-stand*, sondern sie waren seine Liebhaberinnen, obwohl es mit Liebhaben überhaupt nichts zu tun hatte. Es ging nur um eine Art von Bodenkontakt, näher konnte er einer greifbaren Liebe nicht kommen.

Habt ihr Kinder miteinander?

Nein.

Und du? Hast du Kinder?

Nein. Das war ein Risiko, auf das ich mich nicht einlassen wollte. Ich war schon in jungen Jahren entschlossen, keine Kinder in die Welt zu setzen. Mit einem Kind kann so vieles schiefgehen, und dann ist ein ganzes Leben zerstört. Ich bin enorm froh, kein Kind zu haben. Trotzdem liebe ich Kinder, ich verstehe sie, und das spüren sie. Sie kommen zu mir.

Kinder sind eine Spezies, die ich nicht verstehe. Auf Langstreckenflügen sind sie lästig.

Dir entgeht vieles, wenn du kein Kind kennst.

Ist das nicht eine gute Definition für das Leben? Einem entgeht vieles.

Einige bekommen viel zum Ersatz, wenn sie viel verpassen. Andere dagegen bekommen weniger als nichts dafür, viel zu verpassen. Du gehörst wohl zu der Gruppe derer, die viel dafür bekommen, dass sie viel verpassen.

Der Reisende überlegte, ob das auf ihn zuträfe, auf seine Häuser, seine Reisen, seine Liebhaberinnen, plus eine gehörige Portion Luxus: ob er viel dafür bekommen hatte, etwas zu verpassen. Una mit den Augen, denen nichts entging. Una, die in dem Haus am Meer schlief. Auf der Halbinsel, wohin es ihn wie Strandgut verschlagen hatte. Nein, es lag doch wohl näher zu sagen, dass er vieles bekommen hatte statt viel. Menge statt Qualität?

Und du selber?

Schwer zu sagen. Ich habe zumindest keine finanziellen Sorgen. Morgens gehe ich ins beste Schwimmbad von Island, das ist wunderbar, und ich saune gern.

Der Reisende hätte am liebsten laut gelacht. Diese Saunafrau sah nämlich tatsächlich irgendwie vernebelt und verwässert aus, wo man auch hinblickte: die Augen, die Haare, die Hautfarbe. Beinahe, als ob ihr ein Farbgen fehlte. Intelligent war sie allerdings.

Wenn es um eine Liebhaberin ging, verschwendete er keinen Gedanken daran, ob sie intelligent war oder dumm. Man musste sich nur angenehm mit ihr unterhalten können, und sie durfte keine hässliche Stimme haben. Humor musste sie haben oder zumindest verstehen, auch wenn sie ihn nicht unbedingt ins Spiel brachte. Eine Schönheit musste sie nicht sein, aber elegant. Makellos. Und natürlich schlank.

Das war sein Maßstab, aber bedauerlicherweise hatte er eine Schwäche für etwas molligere, um nicht zu sagen üppige Frauen, die seiner Meinung nach fast schon ans Absonderliche grenzte, deswegen wählte er sich so gut wie immer schlanke Liebhaberinnen. Wenn er seiner Schwäche nachgab und sich eine molligere Frau leistete, war das Vergnügen aber erheblich größer. Die letzte war nicht unter fünfundsiebzig Kilo gewesen. Das war im Grunde genommen schon jenseits von Gut und Böse. Und makellos war sie auch nicht gewesen, sie hatte Krampfadern an den Waden gehabt.

Und nun war es bereits so weit gekommen, dass er eine viel zu schwere Frau fünfmal getroffen hatte, obwohl es sein erklärtes Ziel war, sich mit keiner öfter als dreimal einzulassen. Wurde er alt und mürbe? Nach dem einen Mal mit Doreen Ash, der Frau, die das System durcheinandergebracht hatte? Es konnte doch kein Zufall sein, wie sehr sich die Anzahl der Liebhaberinnen nach dem einen Mal mit ihr reduziert hatte, auf weniger als eine im Monat während der vergangenen drei Jahre.

Alt und mürbe. Und geradezu taumelig in dieser Bar nach dem Zufallscocktail des heutigen Abends.

Wie hat er mich aufspüren können, dieser Taxifahrer mit dem Strauß?

Hier kommt kein anderer Ort in Frage.

Du meinst, er war sich sicher, mich hier zu finden?

Er ist sich immer sicher. Der Mann hat telepathische Fähigkeiten. Der reinste Hellseher.

Ist das vielleicht ansteckend hier bei euch auf der Halbinsel? Ist Una vielleicht auch Hellseherin?

Das habe ich nicht gesagt. Ich habe nur gesagt, dass ihr nichts entgeht.

Und was ist mit dir?

Schon möglich, dass ich sehen kann. Aber das behalte ich für mich.

Du hast mich also heute Abend schon einmal gesehen?

Natürlich habe ich dich vor Unas Haus gesehen. Du hast eine gelbe Rose auf den Weg zu ihrem Haus geworfen.

Woher weißt du, dass sie gelb war, dass es eine Rose war?

Ich habe sie mir angeschaut.

Willst du damit sagen, dass du mir bis hierher nachspioniert hast?

Es war nicht nötig, dir nachzuspionieren. Es bedarf keiner hellseherischen Fähigkeiten, um zu wissen, wo Menschen hingehen. Dass du lange im Ausland gelebt hast, ist so sonnenklar, dass man es dir im Dunkeln ansehen kann. Insofern lag es auf der Hand, dass du dich nicht mit Taxirufnummern auskennst – also musstest du einfach hier landen. Viel zu kalt, um bis in die Innenstadt zu gehen, du hast ja nicht einmal was auf dem Kopf.

Der Reisende verspürte Lust, sie zu fragen, ob sie zu viel Sherlock Holmes gelesen hätte, aber stattdessen sagte er:

Bist du Stammgast hier?

Ich schau ab und zu mal herein. Lúther Indriði ist ein Cousin von mir. Er hat mal im Hôtel Meurice in Paris gearbeitet, da nehmen sie nur absolute Spitzenkräfte. Vor drei Jahren ist er wieder nach Island gekommen. Er hat Alkoholprobleme.

Da ist er ja sozusagen in einer Schlüsselposition, um diesen Problemen jeden Abend zu Leibe zu rücken.

Cousin Lúther geht es nicht gut. Seine Depressionen erreichen so langsam ein gefährliches Stadium. Alkohol ist Gift für solche Menschen, und Alkohol macht einen natürlich auch depressiv. Was mich betrifft, so lasse ich als Erstes die Finger vom Alkohol, wenn es mir ungewöhnlich schlecht geht. Und als Nächstes vom Kaffee. Wenn das nichts hilft, gehe ich morgens und abends in die Sauna. Das reinigt unglaublich.

Dem war nicht zu widersprechen, dass die Frau rein war. Dieser Reisende konnte das beurteilen, da er über einen besonders ausgeprägten Geruchssinn verfügte. Ob Seife, Parfüm, Schweiß, Sauberkeit beziehungsweise Unsauberkeit im Allgemeinen und Besonderen – kein Odeur bei anderen Leuten entging ihm. An dieser Frau war jedoch nicht einmal ein Hauch von irgendeinem Shampoo wahrzunehmen. Und sie roch auch nicht aus dem Hals. Wenn man ihn gefragt hätte, ob es Leute gäbe, die nach nichts riechen, hätte er das rundheraus abgestritten. Allenfalls Gespenster. War sie eins? Eine Wiedergängerin aus Unas Nachbarhaus? Ein ausgesandter Spuk? Und wer hatte sie gesandt?

Der Reisende hätte nun am liebsten die Rede auf das spezifisch isländische Steckenpferd gebracht, den Mitmenschen Spukgestalten auf den Hals zu hetzen, fand aber keinen Aufhänger dafür. Stattdessen stellte er eine persönliche Frage der Art, die er sich eigentlich abtrainiert hatte: Lebst du allein?, fragte er.

Ich lebe allein auf zwei Etagen. Ich habe noch nicht einmal eine Katze, nur einen Goldfisch. Ein Goldfisch ist natürlich keine Gesellschaft, das leuchtet dir sicher ein. Eine Katze wäre so etwas wie Gesellschaft, vorausgesetzt, dass es ein Tier ist, das etwas auf sich hält. Ein Goldfisch ist im Grunde genommen ein völlig totes Dingsda. Ich lese viel, aber mehr als sieben Stunden am Tag kann man einfach nicht lesen, und dann bleiben immer noch viele Stunden übrig. Ich leide an Nervenentzündungen und bin behindert, und außer Una und Lúther treffe ich nicht viele Leute. Sie sind unheimlich nett zu mir. Leute, die keine Kinder haben, sind häufig besonders nett zu den Nachbarn. Leute mit Kindern haben keine Nettigkeit für andere übrig.

Du müsstest doch Gesellschaft finden können, wenn dir wirklich etwas daran gelegen wäre.

Das weiß ich. Ja, natürlich könnte ich das, aber die Menschen sind so anstrengend. Manche Freunde rufen noch nach Mitternacht an. Ich hatte so einen Freund. Das geht einfach nicht. Meist bin ich schon um zehn im Bett.

Heute Abend hast du deine Bettzeit überschritten.

Hin und wieder kann ich nicht schlafen, dann seh ich zum Fenster hinaus. Und du bist durch die Dunkelheit gekommen.

Im Dunkeln aus dem Fenster schauen, wozu?

Das würdest du verstehen, wenn du ich wärest. Im Februardunkel verbirgt sich so viel. Es ist eigentlich finsterer als im Dezember, aber es hat auch etwas Anheimelndes, weil man weiß, dass es bald ein Ende damit haben wird. Im April ist es schon strahlend hell, und zwischen Februar und April liegt nur ein Monat.

Daran erinnere ich mich.

Die Monate, in denen Una und du euch kennengelernt habt.

Una und ich?

Die Frau, der die Rose zugedacht ist.

Sie war niemandem zugedacht. Mir war so kalt an den Händen, dass ich sie loswerden musste.

Sie findet sie morgen früh. Sie weiß, von wem sie kommt.

Was willst du von mir?

Una hat mir von dir erzählt.

Er hatte nicht vorgehabt, den Whisky auszutrinken. Jetzt leerte er das Glas in einem Zug.

Ich bin fix und fertig, sagte er zu seiner Trinkgenossin. Entschuldige mich bitte.

Mach ich.

Vielen Dank für das Gespräch, sagte er und stand auf.

Soll ich dir nicht ein Taxi bestellen?, fragte H. Lúther Indriði, der inzwischen noch ordentlich nachgetankt hatte.

Glaubst du, dass du das schaffst, hörte der Reisende sich sagen, als spräche da jemand anderes. Ein Deutschamerikaner, oder ein Amerikadeutscher. Es war sonst nicht seine Art, so mit Leuten zu reden, und auf gar keinen Fall mit Kellnern. Im Restaurant konnte man fast den Eindruck haben, als entschuldigte er sich dafür, ein bestimmtes Gericht oder einen Wein zu bestellen. Oder als vergewisserte er sich quasi, ob er das Richtige tat. Ob er sich überhaupt an diesem Ort aufhalten dürfe. Wenn es vorkam, dass eine Weinflasche nicht in Ordnung war, klang seine Beanstandung so, als trüge er selber die Schuld daran. Mehr als eine Liebhaberin hatte das zur Sprache gebracht. Das waren die herrschsüchtigen Frauen, doch glücklicherweise gelang es ihm zumeist, sie zu meiden.

Kein Problem, sagte H. Lúther Indriði und bestellte das Taxi in vollendeter Manier.

Wer ist eigentlich auf die Idee gekommen, diese Bar Das Gelbe Schaf zu nennen?, fragte der Reisende.

Das war meine Idee. Smarte Namen für Bars finde ich unerträglich. Bars sollten alberne Namen haben. So geschmacklos wie möglich.

Das ist dir gelungen.

Ja, findest du nicht? Es gibt wohl nichts Ätzenderes als Das Gelbe Schaf. Aber es zieht. Die Leute sind ganz versessen darauf, sich im Gelben Schaf volllaufen zu lassen, schafsdumm, wie sie sind.

Es gibt doch so einen Preis für Geschmacklosigkeit, den hättest du bekommen sollen.

Den habe ich bekommen.

Die Tür zum Gelben Schaf öffnete sich. Ein Windstoß löschte zwei Kerzen aus. Der Mann, der hereinkam, hatte wegen des Wetters den Kopf eingezogen und wirkte halslos.

Du hast ein Taxi bestellt.

Das ist kaum mehr als eine Minute her, sagte der Reisende, der jetzt den Taxichauffeur Nonni erkannte.

Ich hatte es nicht weit. Ich halte mich an die Halbinsel, wenn es dunkel wird.

Die nebelhafte Saunafrau war zum Tresen gekommen und fragte den Reisenden, ob sie ein Stück mitfahren dürfe.

Fahren oder wallen, ganz nach Wunsch, hörte er sich selber sagen.

Vielen Dank, sagte er daraufhin zu H. Lúther Indriði.

Im Gegenteil, ich habe zu danken. Hoffentlich auf ein Wiedersehen.

Ich habe zu danken. Was hätte H. Lúther Indriði im Hôtel Meurice zu den Stars und Geldmagnaten dieser Welt gesagt?

Er schreckte aus seinen Gedanken auf, als der Taxichauffeur Nonni ihm wieder mit dem Rosenstrauß vor der Nase herumwedelte.

Und vergiss bloß nicht noch mal die Blumen, sagte er knurrig. Ich habe Besseres zu tun, als Leuten wie dir auf den Fersen zu bleiben.

Wegen dieser unseligen Rosen musste der Reisende seine gesamten Kräfte aufbieten, um der Taxitür einhändig Herr zu werden. Eine Sturmbö hätte sie beinahe aus den Scharnieren gerissen, als er einstieg. Unterdessen bemühte sich Nonni, die Frau heil und unversehrt auf dem Rücksitz zu verstauen.

Hier draußen auf der Halbinsel ist der Wind so böig, sagte die Frau. Ihrer Aussprache nach zu urteilen kam sie aus dem Südosten.

Stammst du aus dem Skaftafell-Bezirk?, fragte der Reisende.

Halbwegs aus dem westlichen Teil, antwortete die Saunafrau. Es gibt keinen schöneren Ort auf dem Land.

Schade, sagte der Reisende, dort war ich nämlich noch nie. (Was sollte eigentlich diese Lüge? Ástamama stammte von daher, und er war oft dort gewesen.)

Als Nonni endlich losfahren konnte, prasselte ein Hagelschauer los, so dicht, dass die Straßenlaternen und die übrigen noch nicht gelöschten Lichter auf Seltjarnarnes wie hinter einem Vorhang verschwanden. Im Taxi herrschte Stille. Vielleicht war die Frau nach zwei Whiskys eingeschlafen, sie ging ja normalerweise auch viel früher zu Bett. Vielleicht war der Reisende selber ebenfalls eingenickt. Auf jeden Fall schreckte er hoch, als sie fragte:

Man darf dich wohl nicht auf einen Abschiedstrunk ins Haus bitten?

War ein Abschiedstrunk nicht eine selbstverständliche Fortsetzung, wo er nun schon einmal im Gelben Schaf angefangen hatte zu trinken? Nein, was für ein Unsinn, er musste zu seiner Unterkunft im Dachgeschoss, um die Tankstelle zu betrachten und sich die größte Seligkeit der Welt in Erinnerung zu rufen, bis er in dem weißen Sessel am Fenster einschlafen würde.

Allerdings stand die Frage im Raum, ob er sich trauen konnte, auch nur einen Häuserblock weiter mit diesem ständig wie einem Wiedergänger aufkreuzenden Taxichauffeur zu fahren. Der hatte wahrscheinlich bloß vor, seinen elegant gekleideten Fahrgast zu berauben. Hatte er nicht schon ganz genau kalkuliert, dass es sich hier um einen Mann mit größeren Mengen an Bargeld handelte? Vielleicht hatte er auch versehentlich seine Brieftasche mit all den Scheinen viel zu weit geöffnet, als er die Fahrt zum Silberstrand bezahlte.

Ich kann dich aber gern ins Zentrum bringen, sagte der Taxichauffeur.

Was sollte das denn? Seit wann musste ein Taxifahrer eigens erwähnen, dass er bereit war, einen irgendwo hinzubringen? Jemand, der so redete, konnte doch wohl nicht ganz bei Trost sein. War das ein Psychopath, womöglich gefährlich? Die Saunafrau war höchstwahrscheinlich auch verrückt, aber wohl kaum gefährlich. Und mit ihr würde er es im Falle einer tätlichen Auseinandersetzung aufnehmen können – was bei dem Taxichauffeur nicht so sicher war.

Ja, vielleicht nehme ich die Einladung an, sagte er.

So gefällst du mir, sagte die Frau und fügte hinzu: Übrigens, da fällt mir ein – ich heiße Sigríður.

Karl Ástuson, der Reisende, der nicht darauf erpicht war, seinen Namen zu sagen, schnappte sich die verdammten Rosen, um nicht Gefahr zu laufen, dass dieser Nonni ihm weiterhin auf den Fersen blieb. Er ließ Sigríður das Taxi bezahlen, da er nicht vorhatte, nochmals mit seiner prallgefüllten Brieftasche herumzuwedeln, und er stieg am Silberstrand fünf als Erster aus. Im Nachbarhaus schlief eine Frau im blauen Pyjama, eine Frau, die Una hieß und bestimmt manchmal träumte, und zwar nicht nur des Nachts, von der Zeit, die ihnen beiden gehört hatte. Vom Silvesterfeuer an und den ganzen Winter lang, im Frühjahr, während des Abiturs und dann noch den größten Teil des Sommers.

Der Hagelschauer endete so plötzlich, als würde ein Kran zugedreht. Der Wind hielt den Atem an, und ein halber Mond beleuchtete fliehende Wolken. Kaltes Licht fiel auf das Haus der inniggeliebten Frau und vor allem auf die Kiefer an der Grundstücksgrenze zu Nummer fünf.

Nun würde er das Nachbarhaus zu einem Abschiedstrunk betreten.

Abschiedstrunk! Das war keine komplizierte Angelegenheit. Aber was danach? Wie sollte er wieder von dort wegkommen? Ein Taxi anrufen? Würde dann nicht Taxichauffeur Nonni ein weiteres Mal auftauchen, um endlich sein Ding zu drehen? Was für ein Ding? Nein, es gab wohl keine andere Möglichkeit, als in dem Haus der Spukfrau zu schlafen und darauf zu warten, dass die Busse am nächsten Morgen wieder durch die Stadt zuckelten. Ohne Mütze zu Fuß ins Zentrum zu gehen, war ausgeschlossen, denn peitschende Hagelschauer folgten dicht aufeinander.

Würde er noch ein weiteres Mal nach Island kommen, wäre er gezwungen, sich einen Mietwagen zu nehmen, da er nicht die geringste Lust hatte, ein weiteres Mal Gefahr zu laufen, diesem Nonni und den gelben Rosen ausgeliefert zu sein. Aber er würde nicht wiederkommen, das hier war die letzte Reise. Er hatte für einen kurzen Augenblick die Frau am Fenster gesehen, als sie die Vorhänge zuzog. Und ihr Schatten hatte das Licht im Wohnzimmer ausgeschaltet. Dieser letzte Anblick war ihm zuteilgeworden. Nun gab es keinen Grund mehr, nach Island zu reisen.

Nacht am Silberstrand fünf

Das Haus der Frau, die Sigríður hieß, war wie ihre Kleidung. Gediegen, aber nichtssagend. Nirgends klare Farben. Sitzgelegenheiten, Teppiche und Gardinen grau in grau. Sogar die Gemälde nebulös, doch möglicherweise verbarg sich hinter dem Nebel auf einem der Bilder eine gescheckte Kuh. Der rötlich changierende Goldfisch, der in einer Bowlenschale auf dem Esszimmertisch schwamm, passte nicht in dieses Bühnenbild.

Wieso hast du nur einen Fisch?

Zwei machen viel zu viel Arbeit.

Glaubst du nicht, dass sich das arme Ding langweilt?

Das kann man nicht wissen. Isländische Wissenschaftler haben widerlegt, dass der Goldfisch kein Kurzzeitgedächtnis hat.

Dem zufolge müsste er sich also erinnern können, ob er sich langweilt oder nicht?

Das ist die Frage.

Der Gast setzte sich in die Ecke eines Sofas mit einem haarigen und haarenden Bezug, so etwas blieb in den Sachen hängen. Er war von zwei Drinks unnatürlich beschwipst und fühlte sich sowohl müde als auch schläfrig. Bestenfalls würde er mit schwerem Kopf die Nacht bis zum Morgen im Langhaarsofa verbringen und sich dann irgendwie zur Tür hinausschleichen, um unbemerkt von der Dame des Hauses das Weite zu suchen. Zur nächsten Haltestelle schlendern und den Bus ins Zentrum nehmen. Mit viel Glück würde er noch einmal einen Blick auf Una erhaschen können. Den allerletzten.

Und was darf ich dir dann als Abschiedstrunk anbieten, Karl?

Die Frau drückte sich jetzt schon wie ein Barkeeper im Hôtel Meurice aus. In diesem Moment begriff der Gast, dass ein Barkeeper dort *C'est moi* gesagt haben würde, anstatt wie Cousin Lúther: *Ich habe zu danken.*

Was schlägst du vor?

Wie wär's mit Rotwein?

Genau das Richtige, danke.

Sigríður am Silberstrand fünf hatte sich die Lodenjacke ausgezogen, darunter trug sie einen graugrünen Pulli zu einer grüngrauen Hose. Ihre Hausschuhe wirkten erdbraun und schwammig. Sie drehte sich um, und ihre Rückansicht war genauso nichtssagend wie die Vorderseite. Etwa 1,68 groß, weder dick noch dünn, nichts an ihr war zu klein oder zu groß, aber über ihre Figur ließen sich keine schlüssigen Aussagen machen, da sie vollständig von ihren Sachen eingehüllt war. Eines stand jedoch fest, sie war gut proportioniert und hatte einen schmalen Hals. Sie bewegte sich auch elegant, was angesichts ihrer neurologischen Behinderung erstaunlich war.

Die Frau machte sich geräuschlos in der Küche zu schaffen. Der Gast im Sofa sah auf seine Hände. Seinen Liebhaberinnen nach zu urteilen, waren es schöne Hände. Eine hatte gesagt: Wie die Hände eines Malers – aber hatten nicht Maler alle möglichen Arten von Händen? Genau wie Pianisten. Bei einigen waren die Finger so kurz, dass sie keinen Rachmaninow spielen konnten. Keinen Chopin. Nein, die Frau, die über Malerhände sprach, hatte nur etwas Schönes sagen wollen, auch wenn es keineswegs mit den Gesetzen der Logik übereinstimmte.

Wenn er sich richtig erinnerte, hatte diese Frau eine ziemliche Schwäche für ihn gehabt, doch glücklicherweise war sie verheiratet. Er machte sich natürlich nach Möglichkeit nur an verheiratete Frauen heran und gab sich dann selber als Familienvater mit einem Kleinkind aus. Genauer gesagt einer Tochter, wenn es wirklich kritisch wurde. Es war de facto eine Leistung (und als solche betrachtete er es auch), dass seine Liebhaberinnen nur in Ausnahmefällen später irgendwelches Theater gemacht hatten.

In eine wirklich unangenehme Situation war er eigentlich nur ein einziges Mal gekommen. Diese Liebhaberin hatte ihm allerdings auch nicht besonders zugesagt. Sie redete zu laut, und noch dazu mit einer raspeligen Raucherstimme, die ihm nicht gefiel. Sie trank nicht nur zu viel, sondern hatte auch im Bett keinerlei Lebensart. Nahm die Zügel zu sehr in die Hand, als es aufs Ganze ging. Äußerte beispielsweise laut und ziemlich dreist Wünsche, die man auch auf dezentere Art und Weise hätte zu verstehen geben können. Er hatte schlicht und ergreifend einen Fehler in der Wahl der Liebhaberin gemacht. Oder besser gesagt, er hatte zwar sofort gesehen, dass sie nicht seinem Standard entsprach, aber er war das Risiko eingegangen.

Diese Liebhaberin hatte sogar die Stirn besessen, anschließend Licht zu machen, sich im Bett aufzusetzen und zu rauchen. Ohne zu fragen, ob sie rauchen durfte. Hätte sie das getan, hätte er ihr einen Bademantel und Hausschuhe verpasst und sie auf den Balkon geschickt. Außerdem hatte sie seine gelbe chinesische Schale als Aschenbecher verwendet, ein Ming-Juwel, das für Konfekt vorgesehen war, wenn er im Bett las. (Eine Angewohnheit, die er seit seiner Kindheit beibehalten hatte, als Ástamama ihm zu Weihnachten immer eine Schale mit isländischem Konfekt ans Bett stellte.)

Die Ming-Schale jemals wieder für Konfekt zu verwenden, war unvorstellbar. Sie musste eigentlich entsorgt werden, denn bei jedem Anblick würde sie ihn gnadenlos an eine Frau erinnern, die im Bett keine Lebensart besaß. Sie war sogar so weit gegangen, dass sie nicht aufhören wollte, bevor er nicht auch einen Orgasmus gehabt hätte. Als andere Mittel versagten, war sie handgreiflich geworden. ZWEIMAL hatte er ihr sagen müssen, dass es wohl diesmal nicht bei ihm klappen würde. Beim ersten Mal hatte sie rücksichtslos geantwortet: Unsinn! Beim zweiten Mal sagte sie: Es kann natürlich nicht klappen, wenn du nicht willst. Da war er gezwungen gewesen, sich damit zu entschuldigen, dass er sich zu sehr verausgabt hätte, dass da jetzt einfach nichts mehr liefe.

Als sie Licht gemacht und die Zigarette halb geraucht hatte, setzte sie ihre Brille auf, betrachtete ihn wie eine Preisrichterin bei einer Tierschau und fragte dann: Weshalb willst du kein Licht dabei?

Wahrscheinlich bin ich von Natur aus etwas schüchtern, sagte er.

Ich kann nicht sehen, dass du schüchtern bist.

Man sieht es den Menschen nicht an, ob sie schüchtern sind.

Was Menschen betrifft, bin ich Expertin, sagte sie. Ich glaube nicht, dass du aus Schüchternheit kein Licht machen willst.

Er umging die Falle und fragte nicht, was sie beruflich machte, diese Expertin für Menschen. Sozialberaterin? Psychologin? Er schwieg in der Hoffnung, so ihren Vorstoß ins Private stoppen zu können, aber sie ignorierte die Message.

Ich glaube, du hast mich mit einer anderen Frau verwechselt.

Wüsste nicht, wer das sein sollte, sagte er.

Dir fällt niemand ein, sagte sie lachend, während sie ihn über den Brillenrand hinweg ansah. Man musste es ihr lassen, ihr Lachen war nett. Spitzbübisch. Und wenn sie lachte, war nichts Rauchiges mehr in ihrer Stimme.

Dann warf sie einen Blick auf ihre Uhr und erklärte, jetzt gehen zu müssen. Er war heilfroh. Zu diesem Zeitpunkt ergriff er normalerweise die Initiative, musste einen Zug erwischen, ein Flugzeug, was auch immer, um eine Frau nicht bis zum nächsten Morgen auf dem Hals zu haben. So ein Besuch durfte möglichst nicht länger als drei Stunden dauern. Er war ein beschäftigter Mann und musste seine Zeit nutzen, nicht zuletzt den Schlaf. Undenkbar, das Bett mit einem anderen Menschen zu teilen, das beeinträchtigte die Schlafqualität. Was schlimmer war als gar kein Schlaf. Unpassend. Zu viel Nähe.

Sie stand auf, schlüpfte in seinen Bademantel und ging mit ihren Sachen ins Badezimmer. Sie fragte erst gar nicht, ob sie seinen Bademantel benutzen oder bei ihm duschen durfte. Er war höflichere Liebhaberinnen gewohnt als diese hier, und es missfiel ihm, dass sie sich anscheinend bei ihm wie zu Hause fühlte. Es würde zu keiner weiteren Begegnung mit ihr kommen, so viel stand fest.

Er kleidete sich an und wartete im Wohnzimmer auf sie. Sie duschte erstaunlich rasch und tauchte in Rekordzeit wie neugeboren wieder auf.

Er erhob sich, als sie das Wohnzimmer betrat, in der Hoffnung, dass sie den Hinweis verstehen und die Biege machen würde. Sie übersah das jedoch geflissentlich und ließ sich aufs Sofa fallen. Er setzte sich auf den Sessel gegenüber und schwieg.

Ich bin schon fast wieder nüchtern, sagte sie. Du hast nicht zufällig *one for the road*?

Selbstverständlich. Was darf ich dir anbieten?

Gin Tonic.

Er mixte den Drink für sie, und für sich selber holte er ein Glas Wasser.

Gut gemixt, sagte sie.

Danke, sagte er.

Du bist auch ein extrem guter Liebhaber.

Danke, sagte er.

So gut wie die beste Frau.

Ach?, sagte er.

Ich tendiere mehr und mehr dazu, Frauen den Vorzug zu geben.

Was du nicht sagst.

Ja, erklärte sie seufzend. Wenn man in meinem Alter neue Männer kennenlernt, haben sie alle ein Händchen dafür, einen knallhart an das verheißungsvolle Leben zu erinnern, das es zu Anfang war, doch zu dem Punkt kann man nie wieder zurückfinden. Bei einer Frau in meinem Alter gelingt es jedem neuen Mann, das Leben in einen Anachronismus zu verwandeln. Vielleicht kommt dieses Gefühl, dass die Zeit nicht stimmt, einfach von innen. Mit einer Frau ist diese trostlose Zeitlogik nicht im Spiel.

Ich kann dir nicht ganz folgen.

Einer Frau kann man näher kommen als einem Mann, auf diese Weise ist man sich selber näher, und die äußere Zeit berührt einen nicht so sehr, sie bleibt außen vor. Und im Allgemeinen sind Frauen auch viel bessere Liebhaberinnen als Männer. Sie sind verständnisvoll.

Wollen wir wirklich verstanden werden?

Ich glaube, wir sehnen uns alle danach, mit dem Instinkt der Liebe verstanden zu werden.

Hattest du mich verstanden – verstehen ist das Schlimmste.

Eine Gedichtzeile, die sich in seinem Kopf festgesetzt hatte. Aus dem Repertoire des Schauspielers mit der Bassstimme – dessen Untertöne dröhnend wurden, wenn er beim dritten Dubonnet angelangt war.

Karl Ástuson hatte wahrscheinlich schon länger geschwiegen, als es der übliche Abstand zwischen Repliken erlaubte. Die Liebhaberin dieses Abends zog eine Visitenkarte aus der Tasche und überreichte sie ihm:

Ruf mich einfach an, wenn dir etwas einfällt, egal was.

Vielen Dank, sagte er und warf einen Blick auf die Karte.

Doreen Ash
Fachärztin für Psychiatrie und Psychoanalyse

Er starrte die Visitenkarte an und versuchte, sich nicht anmerken zu lassen, wie erschrocken er war. Er sagte: Du hast einen schönen Namen, er ist ungewöhnlich.

Also ungewöhnlich, na, ich weiß nicht, sagte Doreen Ash und sah ihn an wie eine gewiefte Psychiaterin, aber das war sie ja schließlich auch.

Wie hieß dein Vater mit Vornamen?, fragte Karl.

Wieso fragst du denn danach?

Ich bin neugierig.

Du bist aber ansonsten erstaunlich wenig neugierig. Er hieß Carl.

Genau wie ich, sagte Karl, aber er schrieb sich wohl kaum mit K.

Nein, mit C.

Genial, erklärte Karl Ástuson und musste unwillkürlich lachen.

Wie wär's, mir zu sagen, was daran so komisch ist?, sagte Doreen Ash.

Das ist ein Geheimnis, entgegnete Karl.

Daran zweifle ich nicht.

Du bist also Fachärztin für Psychiatrie und Psychoanalyse, sagte Karl Ástuson.

Ja. Aber ich träume davon, die Praxis aufzugeben. Ich habe die Nase voll von den Krankheiten der Seele. Wenn diese Leute an einem bestimmten Punkt angelangt sind, werden sie unerträglich. Dann ist es überhaupt nicht mehr möglich, logisch mit ihnen zu diskutieren. Sie reden immer über dieselben Dinge, und darum dreht sich alles. Sogar die Planeten. Alle sind Deppen, nur sie nicht. Und immer waren Papa und Mama die Schlimmsten. Es gehört schon eine Riesenportion Masochismus dazu, all diesen Blödsinn über sich ergehen zu lassen. Ich würde viel lieber schreiben.

Worüber?

Meine Doktorarbeit handelte von Müttern und Söhnen. Und danach habe ich ein Buch geschrieben, in dem ich dieses Thema vertieft habe. Es hat sich sogar verkauft.

Wie heißt das Buch?

Muttersöhne.

Wäre es zu kompliziert, die Autorin um eine kurze Zusammenfassung zu bitten?

Es ist ein internationales Problem, dass Mütter ihre Söhne so übertrieben lieben, dass sie sie zerstören; sie verwöhnen sie zu sehr, sie lieben sie zu sehr, sie schenken ihnen viel zu viel Beachtung und viel zu viele Liebkosungen. Sie machen sie zu Größenwahnsinnigen oder Schwächlingen, im Zweifelsfall sogar zu beidem, und vor allem machen sie sie zu untauglichen Ehemännern und Vätern. Den Ehefrauen bleibt nichts anderes übrig, als sie zu bemuttern wie zuvor die Mütter. Und daraus wird ein Teufelskreis, der erst zu durchbrechen ist, wenn Mütter verstehen, dass sie gefühlsmäßige Frustrationen in der Ehe oder generell in einer Verbindung kompensieren, indem sie sich den Söhnen zuwenden. Und wie gesagt, die Welt ist voll von Schwächlingen und Mutterfixierten, die ihren Zustand damit kaschieren, dass sie Fußball spielen und die Welt in Brand setzen und so viele Frauen wie nur möglich vernaschen, ewig und immer unbefriedigt, weil keine Frau so gut wie die liebe Mama ist.

Was du nicht sagst, sagte Karl Ástuson. Und was ist dann mit der Theorie, dass alle Problematik der westlichen Welt auf den Sprössling einer kalten Mutter und eines übermächtigen Vaters zurückzuführen ist?

Du weichst mir aus. In der Wissenschaft ist es aber besser, sich immer nur an eine Theorie auf einmal zu halten. Ich halte mich an die Zerstörungskraft von übermäßiger Liebe.

Und weshalb?

Übertriebene Liebe verursacht heimtückische, undurchschaubare Schäden und macht Männer zu dem, was ich gerade gesagt habe. Gefühlskälte dagegen verursacht eindeutige und offenkundige Schäden. Aber ich habe kein Interesse an dem, was offenkundig ist. Wie war deine Mutter?

Karl Ástuson musste wieder lachen. Ist das ein Verhör dritten Grades?, fragte er.

Ach, entschuldige, sagte Doreen Ash. Ich bin betrunken. Und ich bin neugierig. Außerdem genieße ich es, nicht ständig darauf achten zu müssen, was man sagt, so wie ich das in meiner Praxis tun muss. Wenn ich mit nicht geistesgestörten Menschen rede, komme ich mir manchmal wie eine Kuh im Frühjahr vor, die aus dem Stall gelassen wird. Und wie war deine Mutter also?

Karl Ástuson lachte wieder und sagte dann: Mama war einfach toll. Sie war immer freundlich und guter Dinge. Immer mit einem Lied auf den Lippen. Sie hatte einen ungewöhnlich hellen Sopran und hätte eine weltberühmte Koloratursängerin werden können. Das hat Róbert Abraham auch gesagt.

Entschuldige bitte, Róbert Abraham?

Ja, nein, Ottósson, den kannst du nicht kennen. Mir hat sie alles Mögliche vorgesungen, und sie hat einen Schlager komponiert, mit dem sie großen Erfolg hatte. Sie hätte es weit bringen können. Sie hatte alles, was es dazu gebraucht hätte. Auch das Aussehen.

Und wie hat sie ausgesehen?, fragte Doreen Ash.

Mama war mittelgroß, sie war schlank und gut gewachsen. Sie hatte dunkle Haare und ausgesprochen hübsche Gesichtszüge. Sie hatte sogar eine schöne Nase. Eine gerade Nase mit einem ganz leichten Knick.

Doreen Ash schwieg, und er fuhr fort: Sie war auf eine unfassbare Weise gut, sie liebte die Welt und alles darin, vor allem aber Menschen, Tiere und Bäume. Sie verstand sich darauf, Freunde zu haben. Sie konnte sich freuen, auch das konnte sie.

Doreen Ash schwieg immer noch, und schließlich sagte er: Sie starb, als ich achtzehn war.

Das hatte er nie zuvor einer Liebhaberin erzählt, und er war erstaunt über sich, geradezu fassungslos. Da saß er auf seinem Sofa, der Morgen graute bereits, und mindestens ein manischer Vogel war bereits putzmunter und verbreitete Musik im ganzen Viertel.

Das ist kein gutes Alter, um seine Mutter zu verlieren, sagte Doreen Ash.

Nein, das ist es nicht.

Es ist das einzige Risiko, das die Leute eingehen, wenn sie Kinder bekommen. Dass sie ihnen wegsterben. Und sämtliche Sprösslinge müssen auch selber dieses entsetzliche Sterben durchmachen.

Darüber habe ich noch nie nachgedacht.

Denk darüber nach.

Das brauche ich nicht.

Wieso nicht?

Es wird nie ein Kind geben.

Ach?

Der Grund geht nur mich etwas an, sagte Karl Ástuson so schroff, dass eine gestandene Psychiaterin zusammenfuhr.

Okay.

Hast du Kinder?, fragte dann ausgerechnet der Mann, der sich darauf spezialisiert hatte, persönliche Fragen zu meiden.

Nein, danke. Und vor allem keinen Sohn, um ihn kaputtzumachen.

Du glaubst nicht, dass deine Wissenschaft dich davor bewahrt hätte?

Ich kann nicht sehen, dass sie meinen Kollegen geholfen hat. Und wie hätte sie dann mir helfen können? Wir können so wissenschaftlich sein, wie wir wollen, doch eines werden wir nie ändern – wir sind blind gegenüber uns selbst. Was glaubst du wohl, wie viele Ärzte ich kenne, die eine schwere Krankheit hatten, aber erst zum Arzt gegangen sind, als es zu spät war? Ich habe schon längst aufgehört, mich bei anderen einzumischen. Wenn ich bei Freunden oder Bekannten etwas bemerke, was ich total närrisch finde, erwähne ich das vielleicht einmal, aber dann nie wieder – es sei denn, der Betreffende käme von sich aus darauf zu sprechen. Das ist aber nur selten der Fall. Und du glaubst doch wohl nicht, dass meine Freunde über das reden würden, was bei mir nicht stimmt. Sie wechseln lieber rasch das Thema, wenn es sich in irgendeiner Form meinen Problemen nähert.

Sie finden vielleicht, dass es da nichts zu besprechen gibt.

Das sind doch nur Höflichkeitsfloskeln. Du siehst ja mit eigenen Augen, dass ich zu viel trinke. Außerdem stellt es eine spezielle Art von Komplikation dar, wenn man bi ist. Da ist man immer im Widerstreit mit sich selber, es reibt einen auf und zerrt auf eine ganz besonders tückische Weise an der Seele.

Das kann ich mir vorstellen, sagte Karl Ástuson verständnisvoll.

Nein, ich glaube nicht, dass du dir das vorstellen kannst, entgegnete Doreen Ash lächelnd.

Darf ich dir noch einen Gin Tonic anbieten?, fragte Karl Ástuson und erwiderte ihr Lächeln. Nicht genug damit, dass sein Lächeln schön war, seine Zähne waren es auch. So weiß und makellos, dass manche Menschen den Verdacht geäußert hatten, sie seien nicht echt.

Nein danke, ich bin schon total beschwipst. Du hattest ihn ordentlich stark gemacht. Genau, wie ich ihn mag. Jetzt gehe ich. Wärst du so nett, mir ein Taxi zu bestellen?

Selbstverständlich, sagte er, stand auf und rief bei der Taxizentrale an.

In dem Moment, als er die Adresse nannte, hatte es fast den Anschein, als würde er Doreen Ash bereits vermissen, eine Liebhaberin, die besitzergreifend war, so, wie er sie auf keinen Fall haben wollte; und sie verstieß gegen die Regeln, denn sie blieb seelenruhig sitzen, als er das Taxi bestellt hatte, und setzte das Gespräch fort, als sei die Zeit nicht existent.

Karl Ástuson war mit einem Kreuzstichkissen im Arm auf dem Sofa eingeschlafen, als die Frau des Hauses mit den Getränken auf einem Tablett zurückkehrte. Eine Rotweinkaraffe, eine Wasserkaraffe, zwei Rotweingläser, zwei Wassergläser. Beim zweiten Gang in die Küche holte sie ein Tablett mit vier Sorten Käse, Oliven, Nüssen, Keksen, Baguettescheiben und gelben Osterservietten.

Und sie hatte auch die schrottreifen Rosen wieder ein bisschen aufgemöbelt und sie ordentlich in einer Vase auf dem Esszimmertisch arrangiert. All das hatte sie so geräuschlos gemacht, dass er nicht aufgewacht war, und außerdem hatte sie die gelben Kerzen in einem dreiarmigen Leuchter angezündet.

Aha, ein Fest, sagte er.

Ostern ist dieses Jahr früh.

Ostern?

Ja, ich dachte, du meinst die Kerzen und die Servietten.

Ich meinte Speis und Trank.

Man kann doch nicht etwas zu trinken anbieten, ohne auch etwas zu knabbern auf den Tisch zu bringen. Das wäre unkultiviert. Hast du überhaupt zu Abend gegessen?

Schwer zu sagen, ich habe eine sehr lange Reise hinter mir. In mehr als einem Flugzeug. Aber irgendwann heute Abend habe ich ein Würstchen gegessen.

An der Skúlagata, ganz richtig, da, wo Nonni dich aufgepickt hat.

Er hat mich nicht aufgepickt, ich ließ mir ein Taxi bestellen.

Sie ging nicht darauf ein und füllte die Gläser. Er hatte keine Lust zu fragen, woher sie wusste, wo er in Nonnis Taxi gestiegen war, sondern gab sich damit zufrieden, dass sie entweder Hellseherin oder Geheimagentin sein musste oder möglicherweise auch beides. Und wenn sie tatsächlich Geheimagentin war und ihm nachspionierte, hatte sie sich in der Person geirrt. Bedauerlich, denn das würde ihr vom Honorar abgezogen werden.

Der Gast beobachtete die Frau des Hauses: beispielsweise, wie sie eine Baguettescheibe mit Käse belegte. Sie ging so vor, als hätte sie an einer Schulung teilgenommen. Sie hielt den Kopf gesenkt wie eine Geisha, und ihre Handbewegungen waren distinguiert. Sie erinnerten an Ástamama.

Ziegenkäse aus den Pyrenäen, sagte sie, als sie das Brot auf seinen Teller legte.

Hast du dort gerade Urlaub gemacht?

Nein, ich reise nicht mehr. Aber ich habe Verbindungen.

Würden die Leute nicht genau diese ironische Ausdrucksweise verwenden, wenn sie jemandem nachspionierten? *Ich habe Verbindungen*, würden sie sagen.

Ausgehungert, wie er war, hatte er das Schnittchen schnell verputzt. Eigentlich stand ihm nicht der Sinn danach, in diesem Haus zu sein, obwohl die Frau keineswegs langweilig war, aber diese nächtliche Einladung war grotesk. Und es war auch irgendwie plump und unanständig, sich in das Haus neben Una eingeschlichen zu haben. Ein geschmackloser Scherz. Ein ungebetener Gast bei einem Leichenschmaus?

Aber wie sollte er aus diesem gastlichen Gefängnis herauskommen? Sie hatte sein Glas nachgefüllt, und auf seinem Teller lag bereits ein weiteres Schnittchen mit einer neuen Sorte Ziegenkäse.

Er könnte natürlich versuchen, die Taxizentrale in Hafnarfjörður anzurufen. Damit wäre das Problem Nonni aus der Welt geschafft. Oder? Konnte man einem telepathischen Taxifahrer so entgehen? Nein, aus diesem Haus könnte er allenfalls in einem Krankenwagen heil herauskommen. Es war natürlich ein Leichtes, einen überzeugenden Schmerz an einer passenden Stelle zu simulieren. Einen Herzinfarkt im Anfangsstadium beispielsweise. Er versuchte, zusammenzusinken und die Krawatte zu lockern.

Du bist müde, sagte die nebulöse Saunafrau.

Ich fühle mich so komisch, sagte er.

Du kannst gerne hier übernachten. Ich habe ein Extrazimmer für dich.

Vielen Dank.

Wenn du möchtest, kannst du vor dem Schlafen noch in die Sauna gehen.

Ich weiß nicht, ob das gut für mich wäre.

Das tut allen gut, mit Ausnahme von Herzkranken. Und du machst mir nicht den Eindruck, als wärst du das.

Nicht herzkrank also. Der Mann, der nie geheiratet und nie jemanden geliebt hatte, mit Ausnahme von Una seinerzeit, weniger als acht Monate. Der Mann, der sich systematisch die Annehmlichkeit versagte, eine feste Freundin oder eine Ehefrau zu besitzen, nur weil es einmal Una gegeben hatte, weil Una einzigartig war. Nicht nur innig und am meisten geliebt, sondern auch seine einzige Liebe. Weitere würde es nicht geben, könnte es nicht geben.

Aber warum sich dann nicht verhalten wie alle anderen, die nicht das bekamen, was sie wollten: eine andere Frau nehmen, eine kluge, schöne und bezaubernde Frau. Er hatte hundertzwei Frauen dieser Art kennengelernt, vielleicht sogar mehr, Frauen mit schönen Stimmen, die leise lachten und nicht zu viel redeten und genau so waren, wie sie sein sollten. Die lebhaft waren, aber kein Theater machten. Resolut, aber nicht dominierend. Frauen, die das Leben lebenswerter machen würden. Inhaltsreicher. Er bräuchte einfach nur aus der ganzen Kollektion auszuwählen. Oder? Würde nicht bald schon der Überdruss seine tote Hand über die Verbindung legen, wenn das richtige Gefühl fehlte? Die Grundlage.

Herzkrank? Der Mann, der nur die eine Wahre lieben

konnte, seine Jugendliebe im wahrsten Sinne des Wortes, von dem Augenblick an, als sie mit Schneeflocken im Haar ins Wohnzimmer trat. (Elf Jahre alt, und sie bat ihn weiterzuspielen, als er sich fluchtartig vom Klavierhocker erheben wollte.) Der Mann, der ein musikalisches Geheimzimmer besaß und am liebsten niemandem sagte, dass die Musik sein Leben war, der Mann, der sich das Lied seiner Mutter an ihrem Geburtstag und öfter anhörte und mitsummte. Der Mann, der sich nie damit abgefunden hatte, wie früh sie gestorben war und wie sie gestorben war. Der Mann, der eine Locke von seiner Mutter wie einen Schatz in einer Schachtel aufbewahrte, zusammen mit den Fotos und Nachrufen. Darunter einer von einem berühmten Dichter. Und der einen ramponierten Koffer aufbewahrte, mit einem Strickpullover für ein kleines Mädchen.

Schwer zu sagen, wie genau es dazu gekommen war, aber nun lag er bereits in dem Extrazimmer im Bett. Er trug einen Schlafanzug, der viel zu weit für ihn war, aus qualitativ hochwertiger, wahrscheinlich ägyptischer Baumwolle, genau wie die Bettwäsche. Ein Bett, als hätte Lotta es bestellt. Und mit einem Oberbett aus Eiderdaunen. Karl Ástuson legte so viel Wert auf isländische Eiderdaunenbetten, dass er, obwohl er allein lebte, drei Stück besaß. Zwei für Erwachsene und eins für ein Kinderbett.

Sie stand in der Tür und sagte: Wenn du es dir mit der Sauna anders überlegen solltest, sie ist im Keller.

Vielen Dank.

Gute Nacht, Karl.

Gute Nacht.

Sie machte die Tür zu. Da lag er allein in der Dunkelheit, und er hieß tatsächlich Karl, fühlte sich aber wie der alleingelassene Kalli, wenn Ástamama das Licht gelöscht hatte, bevor er eingeschlafen war. Es konnte nämlich vorkommen, dass sie keine Zeit hatte, ihn einzulullen. Dann deckte sie ihn nur zu, gab ihm einen Kuss auf die Wange und sprach ein Gebet mit ihm, bevor sie das Licht ausschaltete und ihm gute Nacht sagte. Er lauschte auf ihre Schritte, wenn sie die Treppe hinunterging.

Und dann heulte er vor lauter Selbstmitleid los und schluchzte unter dem Oberbett: *Ástamama wiederkommen, Ástamama einlullen.* Die Tür stand halb auf, und er hörte die Nähmaschine vorwärtsrasen wie einen Skooter auf der Achterbahn, und er hörte die Jas von Ástamama: JAJAJAJA-JAJAJAJA-JA, während die Nähmaschine erst an einem Seidenstrand entlangsauste und dann hinauf auf Tweedhöhen und hinunter ins Everglaze-Tal ratterte. So gehorsam und brav war Klein Kalli, dass er nicht ein einziges Mal seiner Mutter nach unten folgte. Er lief auch nicht in seinem Zimmer umher, sondern litt weiter in seinem Bett, so abgründig tief, wie nur Kinder es tun können. Was sie aber vollkommen vergessen, wenn sie größer werden; deshalb können sich Erwachsene nicht in die Leiden von Kindern hineinversetzen – sie haben nicht mehr die Gemütsverfassung, die es braucht, um sich zu erinnern, wie überwältigend man leidet, wenn man klein ist.

Er war hellwach und sehnte sich nach dem Schlaf, um seinen Zustand zu vergessen. Der steinreiche Karl, der sich eine ganze Lotta leisten konnte und an zwei begehrten Orten auf der Welt Häuser besaß, der Liebhaber von vielen hundert Frauen; nun war er hilflos, mutterlos, ein Waisenkind, und die Leere in der Seele war so groß, dass er sie fast schon nicht mehr spürte, beziehungsweise nicht mehr spürte, dass er überhaupt eine Seele besaß. Ein Zustand, gegen den keine Tränen halfen.

Anlass für Tränen war eine Lücke. Eine Una im Nachbarhaus. Wenn das Leben wie das Gemälde eines großen Meisters von einer Frau in der Landschaft war, dann war in seinem die Person, die Mitte des Bildes, mit einem Terpentinlappen weggewischt worden. Was blieb, war eine Vorstellung von der ursprünglichen Farbe, aber keine Form. Die Frau in dem Gemälde war nicht dort, wo sie sein sollte, und er selber war kein Maler. Der Meister des Originals stammte aus dem sechzehnten Jahrhundert, und niemand konnte die fehlende Frau malen, niemand wusste, wie sie zu sein hatte, nur er, Karl Ástuson, aber er war kein Maler. Sein Lebenswerk, abgesehen von Finanzspekulationen, bestand darin, alle möglichen Frauen in die Lücke in dem Gemälde einzufügen, wo sich die ursprüngliche Frau befunden hatte, die einzig wahre.

Jedes Mal, wenn er mit einer Liebhaberin zusammen war, ging er so vor, als hätte er Una unter den Händen. Das Licht war aus. Er stellte sich Una vor und behandelte die Liebhaberin so wie ein Künstler sein Werk. Nur ganz selten einmal gelang es ihm nicht, die Wünsche der Liebhaberin voll und ganz zu erfüllen. Er selber wollte keine Befriedigung, das verstieß gegen die Regel.

Fast alle Liebhaberinnen ließen das unbeanstandet. Doch Doreen Ash, die Frau, die das System durcheinanderbrachte, bildete natürlich eine Ausnahme. Er hatte bereits das Taxi angerufen, aber sie machte keine Anstalten, aus dem Sofa aufzustehen, sondern sagte plötzlich:

Entschuldige meine Frage, aber warum willst du keinen Orgasmus?

Es ist einfach so gelaufen.

Also Masochist?

Nichts dergleichen.

Masochismus kann einem übel mitspielen. Ich habe mich selber auch im Verdacht.

So hast du aber nicht auf mich gewirkt.

Da lachte sie, sprang auf und marschierte zur Haustür. Sie war so schnell, dass er ihr nicht die Tür aufhalten konnte.

In der grellen Morgensonne draußen hielt sie inne und sagte: Da fehlt aber etwas in deiner Geschichte.

Wieso?

Du hast mit keinem Wort deinen Vater erwähnt.

Du hast nicht nach ihm gefragt.

Okay, dann frage ich jetzt.

Ich kenne ihn nicht.

Ist er Isländer?

Ich denke schon.

Du weißt also nicht, wer er ist?

Nein.

Wieso?

Bei mir wurde kein Vater angegeben.

Wusste deine Mutter nicht, von wem du warst?

Karl Ástuson lachte und sagte, dass sie es bestimmt gewusst hatte.

Aber sie hat dir nie gesagt, wer er war?

Nein.

Wie spannend. Also ein hundertprozentiger Muttersohn.

Vielleicht Stoff für dich, um ein Buch daraus zu machen, sagte Karl Ástuson.

Da sagst du was, entgegnete Doreen Ash.

Muttersohn, was ist das denn für ein Wort?

Ein prima Wort, präzise und transparent. Es könnte von mir stammen.

Entschuldige, aber es ist wirklich ein komisches Wort. Alle Söhne sind Söhne von Müttern.

Unterschiedlich stark. Und unterschiedlich stark auch Söhne von Vätern. Was zu beweisen war.

Sie lachten beide, und Doreen Ash ging so schnell zur Straße, dass er kaum mithalten konnte.

Darf ich das Taxi für dich bezahlen?, fragte Karl Ástuson. Es wartet hier schon so lange.

Das darfst du nicht, sagte sie streng.

Er amüsierte sich über ihre Strenge und musste unwillkürlich lächeln. Sie warf ihm einen Blick zu, als wäre ihr soeben eine Eingebung gekommen, wünschte ihm dann mit heiserer Stimme gute Nacht – obwohl von Nacht eindeutig keine Rede mehr sein konnte.

Sie stieg so rasch in das Auto ein, dass er ihr keinen Abschiedskuss mehr geben konnte, die Tür wurde zugeschlagen, und er stand mit halb ausgestreckten Händen da, wie ein Mann, der ins Leere greift. Er sah dem Wagen nach, bis er um die nächste Ecke bog.

Er hätte natürlich gleich unter die Dusche gehen sollen, wie es die Regel war, wenn eine Liebhaberin das Haus verlassen hatte, aber stattdessen mixte er sich noch einen Gin Tonic und ließ sich genüsslich von seiner Wirkung durchrieseln. Er war heilfroh, mit dem Schrecken davongekommen zu sein. Gleichzeitig verwunderte er sich über sich selber, dass er die ganze Zeit nie auf der Hut vor Halbschwestern gewesen war. In einer Großstadt war die Chance statistisch gesehen verschwindend gering, dass er sich eine Halbschwester als Liebhaberin herausfischte; doch jetzt auf einmal war ihm eine Frau mit ausgerechnet diesem Namen über den Weg gelaufen. Von jetzt an würde er dazu gezwungen sein, genau die persönlichen Fragen zu stellen, die er immer so geschickt vermieden hatte: möglichst präzise Angaben, Name und Herkunft, und zwar gleich während der ersten Viertelstunde.

Bevor er endlich selber in die Dusche ging, zog er die verrauchte Bettwäsche ab und öffnete die Balkontür. Es fehlte nicht viel, und er hätte das Bett auch neu bezogen, statt darauf zu warten, dass Immaculada sich darum kümmerte, aber er ließ es bleiben, denn er war nicht mehr in Übung.

Er ließ die Balkontür im Liebhaberinnen-Zimmer einen Spaltbreit offen stehen und ging in sein Schlafzimmer. Er konnte nicht einschlafen. Normalerweise herrschte nach einer Liebesbegegnung die Zufriedenheit in ihm vor, dass alles genau so gelaufen war, wie es gemäß den *Arbeitsregeln* verlaufen sollte. Diesmal war er jedoch innerlich zu aufgewühlt, und ständig gingen ihm Bruchstücke aus dem Gespräch mit Doreen Ash durch den Kopf. Er war sogar so weit gegangen, ihr eine relativ genaue Beschreibung von Ástamama zu geben. Es war ein Rätsel, wieso die Frau diese Wirkung auf ihn gehabt hatte.

Und jetzt, drei Jahre später, war er so tief gesunken, dass er das Bedürfnis verspürte, wieder mit ihr zu reden.

Mit Doreen Ash zu reden, der psychoanalytischen Sachbuchautorin, die die Menschheit in Bausch und Bogen abfertigte. Söhne waren so, und Mütter waren so, hauptsächlich aber so und so. Das war, grob gesprochen, schwarzweiß ohne irgendwelche Nuancierungen. Primitiv. Manche behaupteten, dass es erst aufgrund von derartigen Generalisierungen möglich sei, die Dinge klar zu sehen, aber das hier war letzten Endes in jeder Hinsicht eine Beleidigung der menschlichen Natur und eine Beleidigung des komplizierten menschlichen Denkens. Und nicht zuletzt fühlte er sich nicht nur persönlich, sondern auch im Namen seiner Mutter beleidigt. Mit ihren amerikanischen Patentlösungen hatte Doreen Ash es darauf angelegt, das Ansehen von Müttern und speziell das von Ástamama herabzusetzen und die vergnügten und schönen Tage von Kalli Knirps schlechtzumachen. Wer es geschafft hatte, dass ein Kind sich wohlfühlte, hatte etwas im Leben geleistet, so viel wusste er inzwischen. Und auch, dass seine Mutter nicht nur als solche einzigartig gewesen war; niemand, der sie gekannt hatte, konnte sie vergessen, sie war von Leben und Freude umgeben gewesen und hatte eine ganz spezielle Art von Güte ausgestrahlt, eine Güte, die nur ihr eigen war, die er noch nicht einmal beschreiben könnte, wenn man ihn danach gefragt hätte. Er hätte nur sagen können, dass er sie aus allen Leibes- und Seelenkräften vermisste und das für den Rest seines Lebens tun würde.

Er träumte häufig von Ástamama, aber sie konnte ihm auch im Wachen nahe sein wie ein lebendiger Mensch; beispielsweise bei leise rieselndem Schnee, wenn große Flocken um einen Laternenpfahl schwebten. Wenn er etwas Ungewöhnliches sah oder hörte, stellte er sich vor, was für eine witzige Bemerkung Ástamama dazu gemacht hätte, sie kam immer auf Dinge, die niemand anderem eingefallen wären. Sie hatte eine spezielle Art von Humor, der manchmal auch etwas peinlich sein konnte, weil er mitten ins Schwarze traf. Wem außer Ástamama wäre es eingefallen, während des letzten Satzes der Neunten Symphonie von Mahler über den Dirigenten zu sagen: Er dirigiert wie ein Holzfäller. (Genau so zerhackte er nämlich die Luft, und zudem war er natürlich Finne.)

Una hatte einen ganz ähnlichen Humor wie Ástamama, sie hatte es immer geschafft, ihn zum Lachen bringen. Er selber konnte nichts anderes als dumme Witze machen. Nachdem Ástamama und Una aus seinem Leben verschwunden waren, blieb er allein mit sich selbst in einer Welt ohne Lachen zurück.

Erst Lotta brachte ihn wieder zum Lachen. Sie war auf ihre sehr amerikanische Weise unglaublich schlagfertig und witzig. Aber dabei wurde er wieder an Unas Lachen erinnert, das er sein Leben lang entbehren musste, er war ein Mensch der Entbehrung. Ein Ausdruck, der ihn sehr präzise beschrieb, auch wenn er formal gesehen keine andere Bedeutung hatte.

Allenfalls in den elegantesten Hotels an den schönsten Stränden der Welt konnte er sich manchmal durch die Tage hindurchlavieren, ohne zu oft an das erinnert zu werden, was fehlte. Die beiden Male, wo er mit Lotta in ein solches Strandhotel gefahren war, klappte es so gut, dass er es schon fast als eine Art von Glück empfand. Er in der Suite, sie im Zimmer nebenan. Bereit zu plaudern, wenn er dazu aufgelegt war, und ihn in Frieden zu lassen, wenn er in Frieden gelassen werden wollte. Perfekt in der Arbeit und überhaupt in jeder Hinsicht perfekt. Und zudem voller Lachen – das war im Grunde genommen mehr, als man sich erhoffen konnte. Es machte Spaß, dieses strahlende Geschöpf mit den faszinierend animalischen Bewegungen zu beobachten. Selbstverständlich hätte er gern mit ihr geschlafen, aber er wusste ganz genau, dass es absolut nicht in Frage kam, mit seiner rechten Hand zu schlafen, und deswegen unterließ er es.

Die Reisen mit Lotta waren so etwas wie kleine Feste, Kopie und Schatten eines großen Festes, das ihm nicht vergönnt gewesen war. Obwohl diese kleinen Feste an und für sich nett waren, verspürte er danach immer Bitterkeit, denn sie erinnerten ihn unweigerlich daran, dass das Leben statt der einen Hauptsache nur eine Aneinanderreihung von Nebensachen bot.

Die Hauptsache hatte er im Fenster von Silberstrand drei gesehen, eine Frau in blauem Pyjama, die Vorhänge zuzog und sich in eine das Licht löschende Schattengestalt verwandelte. Bestätigung dessen, was ihm in seinem Leben als Siebenmonatsfest zugedacht war, mehr nicht. Vorhang.

Manche erlebten nie ein derartiges Fest, nicht mal an einem einzigen Tag. Aber ein Trost war das nicht, den gab es nirgends. Zuallerletzt in einem unbekannten Haus, wo er aus irgendwelchen unbegreiflichen Gründen gestrandet war. Aus Angst vor sich selbst? Oder Angst vor seltsamen Gestalten, die ständig wiederauftauchten? Wie Taxichauffeur Nonni.

Sigríður mit den schwimmenden Augen – war sie vielleicht ein ausgesandter Spuk und er selber infolgedessen dem Tode geweiht? Ging es darum, dass er sein Leben im Haus neben Una beschließen sollte? Wurden nicht Schicksale genau so besiegelt? Irgendeine Maschinerie wurde in Gang gesetzt, die nicht aufzuhalten war und nach ihren eigenen Mechanismen ablief.

Er betrachtete sich von außen, als würde er sich einen spannenden Film über Karl Ástuson ansehen. Was kam als Nächstes? Würde ihn jemand umbringen oder zusammenschlagen? Wer käme dafür in Frage? Wie würde er es machen? Und vor allem: weshalb? Vielleicht völlig grundlos. Wurden nicht dauernd Leute wegen nichts und wieder nichts umgebracht? Aber was wäre das für ein Tod? Mit ihm könnte man sich noch weniger abfinden als mit allen anderen Todesarten zusammengenommen.

Aber da er nicht tot, sondern quicklebendig war und an keinerlei Herzbeschwerden litt, konnte er noch aufstehen und die Vorhänge aufziehen; also stand er auf und zog die Vorhänge auf. Was er sah, war Unas Garten, der zum Meer hin lag, beleuchtet vom Vollmond und von Gartenlaternen. Die Sträucher und die Kiefer waren weiß, der Ententeich gefroren. Den Garten trennte nur ein Fußweg vom Ufergeröll und vom Meer, demselben Geröll, auf dem sie an einem Sonnenscheinabend im Juli gesessen, die Köpfe aneinandergelehnt und über eine unendliche Zukunft, sogar mit Kindern, gesprochen hatten und er ihr anvertraute, dass er irgendwann einmal ein kleines Mädchen bekommen wollte, das möglichst Ásta heißen sollte; und Una hatte ihm endlich erzählt, dass sie sich beim Silvesterfeuer in ihn verliebt hatte, weil er so süß und so lieb und so gut zur kleinen Nichte Ásta gewesen sei.

Es war wieder still geworden in der nächtlichen Welt, keine Schneeflocke trieb sich mehr herum, und der Wind hatte sich vollkommen gelegt. Nichts bewegte sich außer dem ewig lebendigen Meer, das direkt beim Haus der geliebten Frau an Land rollte. Daran änderten weder Jahreszeiten noch Wetter etwas. Die See war unwandelbar. Schön wäre es, das Leben in einem unwandelbaren Haus am Meer zu beschließen. Aber lieber nicht in diesem Haus, nicht gleich.

Er lauschte eine Weile, wie das Meer das Einzige besang, das er mit allen Sinnen und dem ganzen Körper begehrte, nämlich die Frau im nächsten Haus. Und das Meer fing sogar an, ihren Namen zu summen: U-na, U-na, Un-a-a-Un-a. Dasselbe Meer wie damals, als es sie immer wieder zum Spülsaum zog, wo sie stundenlang saßen, egal, ob das Wetter ihnen gewogen war oder nicht, manchmal sogar im Regen; als würden sie sich etwas vom Meer erwarten. Eine Yacht, die bei ihren Zehen vor Anker ging, eine Seejungfrau, eine Offenbarung, ein U-Boot.

Das Meer summte U-na, U-na, und der nächtliche Gast summte mit, während es ihn in den Fingern juckte, eine Frau jenseits des Meeres anzurufen, die tatsächlich Ash hieß, wie die Visitenkarte besagte, die sie ihm vor drei Jahren nach dem Spaß einer Nacht gegeben hatte, falls man es denn Spaß nennen konnte; eine Frau, mit der er sich nie wieder in Verbindung gesetzt hatte, es war ihm nie danach zumute gewesen. Aber jetzt wollte er sie anrufen, weil er um sein Leben fürchtete. Obgleich – war er nicht eher verrückt als dem Tode geweiht?

Karl Ástuson trat vor dem Fenster von einem Fuß auf den anderen wie ein kleiner Junge, der muss. Er wandte sich abwechselnd vom Fenster weg und wieder hin, denn er hatte buchstäblich keine Ahnung, wohin mit sich. Er hatte zwar ein Gefühl, dass er sich in eine bestimmte Richtung wenden sollte, auf Gedeih oder Verderb. Aber andererseits war da nichts, was ihm verbot, bis zum Morgen unschlüssig vor dem Fenster herumzuhängen und zuzusehen, wie ein summendes Meer und eine schweigende Erde zusammenfanden.

Schließlich war der Gast jedoch gezwungen, eine bestimmte Richtung einzuschlagen und sich auf den Flur hinauszuwagen. Er hörte den lauten Atem der schlafenden Frau, sie hatte ihre Tür nicht zugemacht, genau wie eine Mutter, die stets wachsam ist und auf Geräusche ihres Kindes hört. Und sofort aus dem Schlaf hochschreckt, sobald es einen Mucks von sich gibt, gleichgültig, in welchem Traum sie sich befindet.

Da er nun schon einmal auf dem Flur war, lag es nahe, in den Keller zu gehen und sich die Sauna anzusehen. Sie war unerwartet groß, in der Zelle hätten mindestens zehn Menschen Platz gefunden. Außerdem gab es dort eine große Jacuzzi-Wanne über Eck und eine Duschkabine mit stromlinienförmigen Armaturen und einem überdimensionalen Massageduschkopf. Wie in einem Luxushotel und alles auch entsprechend sauber. Wieso hatte er nie in einem Hotel mit Privatsauna im Zimmer übernachtet? Wozu mit irgendwelchen Unbekannten in die Sauna gehen? Oder überhaupt mit anderen?

Er ließ Wasser in die Wanne einlaufen. Der dräuende Tod konnte warten, falls er denn überhaupt in Lebensgefahr schwebte. Nun musste er einfach zuerst unter die Dusche, und er beeilte sich, aus der viel zu weiten Schlafanzugjacke herauszukommen, die vielleicht einem Toten gehörte. Er entschloss sich, die Hose anzubehalten. Er war viel zu wehrlos in diesem Keller, ohne etwas zum Anziehen, ohne Telefon.

Er ging nach oben, um seine Sachen und seine Schuhe zu holen. Die Frau des Hauses war anscheinend aufgewacht. Er unternahm keine weiteren Schritte, bis sie wieder in den Schlaf gesunken war. Dann schlich er sich wie ein nächtlicher Dieb zurück in den Keller und hängte seine Sachen an einen Haken.

Er kalkulierte die Badezeremonie genau durch. 1) Dusche und gründliche Säuberung, 2) Jacuzzi mit Massage, 3) Sauna, 4) kalte Dusche, 5) Sauna, 6) zum Schluss leichtes Abspritzen.

Er war bei Planungsstufe 2 angelangt, ein dahinschmelzender Mann im heißen Jacuzzi, als Doreen Ash Volldampf voraus in sein Bewusstsein hineinsegelte. Kein Wunder, denn es bedurfte wohl einer Expertin, um ihn aus dieser Silberstrandfalle zu retten.

Er stand auf und angelte sich ein Badehandtuch für zwei Personen, trocknete Brust und Arme, langte nach seiner Jacke und fischte sein Handy und ihre Visitenkarte heraus. Ihn schwindelte, als er sich wieder in das heiße Wasser setzte, und die Zahlen auf der Digitalanzeige verschwammen, als er die Nummer einer gewissen Psychiaterin und Buchautorin in New York eingab.

Er war überzeugt, bei einer falschen Nummer zu landen, so verschwommen, wie diese Zahlen gewesen waren. Obwohl die heisere Frauenstimme am anderen Ende der Leitung nicht vertraut klang, sagte er seinen Namen.

Das Schweigen dauerte so lange, dass er kurz davor stand zu fragen: Habe ich mich vielleicht verwählt?, als die Frau wie aus weiter Ferne plötzlich sagte: Einen Augenblick.

Er sagte ja und verharrte weiter in einem Schweigen, das unangemessen lange währte.

Als Doreen Ash wieder ans Telefon kam, klang ihre Stimme wie gewohnt. Keine Spur unnatürlich. Ob sie sich an Carl Astason erinnerte? Ja, und ob. Und es hatte beinahe den Anschein, als hätte sie genau an diesem Abend mit einem Anruf von ihm gerechnet. Und nein, er störte sie überhaupt nicht, sie hatte jede Menge Zeit.

Der Anrufer vom Silberstrand setzte gerade an, sich zu bedanken, aber er wurde mitten im Satz unterbrochen:

Rufst du von irgendwo am Meer an, ich höre es plätschern.

Doreen Ash hatte offensichtlich getrunken. Aber sie hielt sich gut.

So gesehen bin ich eher im Bad, erklärte er.

Ach, so ein Anruf ist das also, sagte sie und lachte.

Nein, entschuldige, entgegnete er ziemlich verlegen, hier geht so ziemlich alles drunter und drüber.

Ja, das kann man hören. Was ist denn los?

Danke, dass du fragst. Du würdest mir einen großen Gefallen tun, wenn du mir einen Rat geben könntest. Ich hatte den Eindruck, dass du dich auf so etwas verstehst.

Das wird sich zeigen, sagte sie und trank einen hörbaren Schluck, begleitet vom einschlägigen Eiswürfelklirren.

Was trinkst du denn?, fragte er.

Gin Tonic, den vierten heute Abend. Mein Problem mit dem Alkohol ist nicht geringer als damals.

Um dich beim Wort zu nehmen, könnte ich jetzt einfach sagen: Also, meine Liebe, dann unternimm was – besser früher als später.

Das sagt auch die Frau, mit der ich zusammenlebe. Von ihr kriege ich nur Vorwürfe zu hören, weil ich zu viel trinke. Die habe ich aber verdient.

Seid ihr schon lange zusammen?

Zwei Jahre. Ich kann das jetzt in historischen Zusammenhängen sehen, denn du warst der Grund dafür, dass ich Männern endgültig den Rücken gekehrt habe.

Wieso, war es so hoffnungslos?

Es war nur der letzte Beweis dafür, dass mich die Zeit in ihren Klauen hat. Wir haben darüber gesprochen.

Du solltest doch nicht mich zum Maßstab nehmen, sagte Karl Ástuson. Ich bin ein Sonderfall. Ich habe nur ein einziges Mal eine Frau geliebt, und damals war ich jung. Seitdem habe ich keine Frau mehr als dreimal getroffen – oder doch, eine Frau habe ich inzwischen fünfmal getroffen.

Es ist kein Spaß, eine gute Mutter zu haben, sagte Doreen Ash nuschelnd.

Es geht um eine Freundin, die ich liebte, und ich kann mir keine andere vorstellen.

Ein unkontrollierter Seufzer drang an Karl Ástusons Ohr und anschließend ein weiterer Zug aus dem Glas. Dann fragte sie:

Und wo auf der Welt befindest du dich?

Ich weiß es selber kaum. In einem unbekannten Haus in einem Außenviertel von Reykjavík.

Was ist los?

Ich bin völlig daneben. Die Frau des Hauses ist schlafen gegangen, sie ist ein Sauna-Freak und sieht aus wie ein Gespenst. Ich habe Angst, dass mir hier etwas passiert.

Was habe ich nicht über Schwächlinge und Mamafixierte gesagt!

Was hast du davon, jetzt mir gegenüber sarkastisch zu werden? Ich rufe dich an, weil ich in Schwierigkeiten bin.

Okay, okay, dann erzähl mir von deinen Schwierigkeiten.

Vielleicht ist hier so etwas wie eine Verschwörung im Gange.

Wie äußert sich das?

Ich bin gerade erst nach Island gekommen. Es war eine unvorhergesehene Reise, mein Koffer ist voll von Hawaiihemden. Ich habe mir an einer Tankstelle ein Hot Dog gekauft, an einer ganz entscheidenden Tankstelle. Meine Liebste und ich sind vor siebzehn Jahren manchmal dorthin gegangen, aber jetzt hat sie rund um die Uhr geöffnet, und da gibt es jetzt alle möglichen Arten von Würstchen, ich wusste gar nicht, was ich wählen sollte. Und da war ein junger Mann, der mir nicht gefiel. Er hat bronzefarbenes Haar, ich war ihm schon vorher begegnet, denn er wohnt schräg gegenüber. Er hat mir so komische Blicke zugeworfen, dass ich dachte, er würde etwas im Schilde führen. Deswegen ließ ich mir ein Taxi bestellen, obwohl ich praktisch direkt auf der anderen Seite der Straße wohne. Da musste ich mich natürlich irgendwohin fahren lassen, und da habe ich einfach irgendeine Adresse genannt, nein, eine bestimmte Adresse.

… einfach … eine Adresse … einfach so …

Ja, dort wohnt eine Frau.

Die Tankstellenfrau, ja.

Also gut, ja. Ich stieg aus dem Auto und sah sie am Fenster, als sie die Vorhänge zuzog. Sie hat ein wenig zugenommen, aber das steht ihr gut.

Okay, okay. Was dann?

Ich konnte kein Taxi anrufen, weil ich die Nummern vergessen hatte, und musste deswegen zu Fuß gehen. Es war viel zu kalt, um zurück ins Zentrum zu gehen, deswegen landete ich im Gelben Schaf, einer Bar am Rande von Reykjavík, jotwede.

Eine Jotwede-Bar in Reykjavík. Gelbes Schaf. Mein Gott.

Du bist ziemlich nahe dran, der Barkeeper heißt Lúther.

Du lieber Gott. Und was weiter?

Ja, und dann war da auf einmal diese Frau, die so verwässert aussieht, die nebulöse Saunafrau, und sie wurde auf einmal unheimlich persönlich, aber sie ist völlig klar im Kopf. Und nicht genug damit, dort tauchte dann auf einmal wieder dieser Taxichauffeur mit den Rosen auf, die ich auf dem Rücksitz bei ihm liegengelassen hatte.

Was für Rosen?

Ja, entschuldige, die Reihenfolge stimmt nicht. Ich vergaß, dir zu sagen, dass ich an der Tankstelle Rosen gekauft hatte. Da waren nämlich keine Blumen in der Wohnung. Da, wo ich übernachte, müssen immer Rosen stehen. Ich weiß, dass Lotta sie bestellt hat, aber der Vermieter hat das offensichtlich verschusselt.

Wie hat der Taxichauffeur dich in der Bar gefunden?

Das ist es ja, sagte Karl Ástuson mit erhöhter Lautstärke. Genau das ist es eben. Die Saunafrau sagte allerdings, dass es ein Leichtes gewesen wäre, nachzuvollziehen, wo ich zu finden sei, weil ich zu Fuß und ohne Kopfbedeckung nicht weit gekommen wäre.

Und was dann?

Da hat es mir gereicht, und eigentlich schon lange vorher. Das nächste Taxi wurde bestellt, und was glaubst du wohl, schon wieder derselbe Taxifahrer. Ich traute mich nicht, allein mit ihm in die Stadt zu fahren, und akzeptierte das Angebot der Frau, mit zu ihr zu kommen. Sie wohnt im Nachbarhaus.

Im Nachbarhaus?

Im Nachbarhaus meiner Geliebten.

Kannst du wirklich nicht aus dir herausbringen, wie sie heißt?

Eigentlich lieber nicht. Sie heißt Una.

Und du bist im Bad. Was ist mit der Frau des Hauses?

Sie schläft. Es geht nicht um so was.

Du bist nicht verpflichtet, mir über so was oder was anderes Bericht zu erstatten. Es geht mich nichts an, was du so treibst.

Ich habe einfach nur zur Erklärung gesagt, dass sie schläft.

Ich bin mir keineswegs sicher, ob ich das Problem verstehe.

Ich hab ein ganz ungutes Gefühl wegen all dieser Zufälle. Falls es überhaupt Zufälle sind. Drehe ich vielleicht durch?

Habe ich es richtig verstanden, dass diese deine Öna von vor vielen Jahren im Haus neben dem Haus lebt, wo du dich jetzt befindest? Im Bad.

Ja, ich bin im Bad, es ist im Keller. Es gibt auch eine Sauna hier mit allem Drum und Dran.

Weshalb versuchst du nicht, mit der Frau zu reden?

Ich habe die ganzen Jahre nicht mit ihr gesprochen. Hier ist derzeit auch tiefste Nacht. Na ja, wenn man's genau nimmt, ist ja hier ohnehin das halbe Jahr ewige Nacht.

Vielleicht könntest du diese spukige Saunafrau für dich einspannen? Die beiden müssen sich doch kennen.

Ja. Una hat sogar mit ihr über mich gesprochen. Deswegen hat sie mich auch ins Gelbe Schaf verfolgt. Sie hat mich vor Unas Haus gesehen.

Ist sie verheiratet?

Una? Ja.

Hat sie Kinder?

Nein, sie hat keine Kinder.

Was willst du tun?

Genau das ist es ja, worüber ich mir nicht im Klaren bin. Ich trau mich nicht, ein Taxi anzurufen, ich habe Angst, dass dann wieder derselbe Taxifahrer auftaucht. Ich könnte abwarten, bis die Busse wieder fahren. Ich könnte mir auch eine Mütze und einen Schal klauen und zu Fuß zurück ins Zentrum gehen, wenn ich mir die Haare geföhnt habe. Hier gibt es einen Haartrockner. Oder ich könnte mich krank stellen und einen Krankenwagen anrufen. Das ist wahrscheinlich die sicherste Methode, denn der Taxichauffeur könnte ja das Haus im Auge behalten und mich sehen, wenn ich zu Fuß losmarschiere.

Bist du nicht einfach etwas durcheinander, weil du dich plötzlich im Nachbarhaus von Öna befindest?

Sie heißt Una. Du musst aber doch zugeben, dass die Sache mit diesem Taxifahrer wirklich komisch ist, der taucht ständig wieder auf und verfolgt mich mit einem Rosenstrauß.

Hast du nie daran gedacht, sie wieder zurückzuerobern? Oder willst du einfach, dass es so bleibt? Statt ihrer andere Frauen scharenweise.

Sie hat mich verlassen.

Glaubst du, dass ihr das leidtut?

Ich denke schon.

Denken hilft nichts. Das Problem ist, dass wir nichts über das Gegenüber wissen. Niemals. In gewissem Sinne ist das faszinierend, aber es ist auf keinen Fall praktisch.

Auch wenn ich im Augenblick völlig auf dem Schlauch stehe, ich weiß zumindest, wie es gewesen ist.

Wenn du glaubst, dass sie möglicherweise zu dir zurückkommen möchte, weshalb lässt du es dann nicht auf einen Versuch ankommen?

Sie ist eine verheiratete Frau. Ich habe Angst, mich lächerlich zu machen.

Wäre es nicht das Risiko wert, wenn so viel auf dem Spiel steht?

Es steht viel auf dem Spiel.

Wie ist ihr Mann?

Er ist rücksichtslos, zumindest wirkt er so. Ein uninteressanter Mensch. Ein Geldmensch.

Bist du das nicht auch?

Selbstverständlich.

Hat sie dich seinetwegen verlassen?

Nein. Nein, nein. Zwischen mir und ihm lagen ein paar Jahre. Das sagt jedenfalls meine Schwester Fríða.

Ach, du hast eine Schwester?

Eine Halbschwester.

Was du nicht sagst. Ist sie älter als du?

Zwölf Jahre älter.

Hast du Kontakt zu ihr?

Ziemlich selten.

Weshalb?

Ach, das hat mit Mama zu tun. Ich fürchte, sie hat uns beide unterschiedlich behandelt, nachdem ich auf die Welt gekommen bin.

Hab ich's nicht gesagt, Mütter wissen nicht, was sie tun, wenn es um Söhne geht.

Schreibst du immer noch darüber?

Mein neues Buch ist fertig, es wird in Kürze erscheinen. Beim Verlag ist man überzeugt, dass es ein Bestseller wird. Meine Partnerin sagt das auch.

Super.

Ja, das ist super. Ich rate dir, das Buch zu lesen.

Natürlich lese ich das Buch.

Danach sollte ich dich einladen und dich fragen, was du davon hältst. Oder vielleicht auch nicht, Liina ist so eifersüchtig.

Liina?

Ja, die Frau, mit der ich zusammenlebe. Liina Minuti.

Woher kommt sie denn mit dem Namen?

Ihr Vater ist Italiener, aber ihre Mutter stammt aus Finnland. Sie heißt Liina mit zwei i.

Was macht sie beruflich?

Sie ist Psychologin.

Was für eine geniale Paarung – eine Psychologin und eine Psychiaterin.

Ja, ich weiß. Klingt nach Vademecum. Sie kümmert sich auch um meinen Blutdruck und dergleichen. Ich habe das Gefühl, ich brauche das. Und ich kriege mehr zustande, als wenn ich ganz allein leben würde. Selbstverständlich ist das egoistisch.

Es hatte doch keine Eile damit, den Männern den Rücken zu kehren.

Es war allerhöchste Eisenbahn. Ich habe einfach gesehen, wie die Zukunft sein würde. Enttäuschungen über Enttäuschungen, die man lieber meiden sollte, und deswegen duldete diese Entscheidung keinen Aufschub. Im Übrigen gebe ich gern zu, dass mir Männer lieber sind als Frauen und mir mehr geben – leider bin ich also noch nicht mal perfekt lesbisch. Aber einer Frau komme ich im Bett näher. Dich rechne ich nicht mit. Du hast ganz besondere Fähigkeiten.

Es ist eine Frage der Konzentration.

Das kommt aufs Gleiche heraus. Warte einen Moment, ich brauche Nachschub.

Und Karl Ástuson nutzte die Gelegenheit, um heißes Wasser in den Jacuzzi nachlaufen zu lassen, denn ihm war inzwischen kühl geworden. Als Doreen Ash wieder den Hörer zur Hand nahm, klang sie so, als hätte sie einen Kloß im Mund:

Und was hast du jetzt mit dieser Person da im nächsten Haus oder wo immer sie stecken mag, vor?

Ich kann doch nicht einfach rübergehen und mitten in der Nacht auf der Matte stehen.

Du könntest sie vielleicht anrufen.

Ihr Mann ist doch bestimmt zu Hause.

Falls er drangeht, kann man ja auflegen. Ich an deiner Stelle würde jetzt die Spukfrau wecken und sie um Rat fragen. Hast du nicht gesagt, sie sei intelligent?

Ja, und zwar mehr als das. Sie ist geradezu hellseherisch veranlagt. Hier in Island befassen sich ja praktisch alle mit irgendwelchem Hokuspokus. Manche glauben sogar an Elfen. So war es schon, als ich klein war. Grauenvoll.

Also ein Grund mehr, die Frau da wegzuholen.

Ja, es hat schon vielen anderen gutgetan, von Geringerem befreit zu werden.

Nur eins noch. Wenn du tatsächlich den Schritt tust und Öna gegenüberstehst, um herauszufinden, dass du aller Wahrscheinlichkeit zum Trotz die Hauptsache für sie bist, dann mach bloß keine Halbheiten. Wenn du zauderst, spürt sie das sofort und lässt sich davon abschrecken. Wenn es dir ernst damit ist, dass daraus etwas werden soll, dann sei bereit, alles in die Waagschale zu werfen. Sei auch bereit, ein Kind mit ihr zu bekommen, falls sie das verlangen sollte, aber um deinetwillen – und euretwillen – hoffe ich, dass sie das nicht tut. Und dann schass deine Sekretärin und stell eine ältere und hässlichere ein.

Das kannst du nicht von mir verlangen. Eine hässliche Frau, nein, das könnte ich nicht.

Bist du bereit, für diese Person alles in die Waagschale zu werfen?

Ich muss nichts in die Waagschale werfen.

Oh doch. Du kannst doch nicht ewig mit diesem Kreuz-und-quer-Sex weitermachen.

Nein, wozu auch? Ich bräuchte das doch gar nicht. Das wäre das Letzte, was ich bräuchte.

Das glaubst du.

Ich glaube es nicht, ich weiß es. Aber was in aller Welt soll ich jetzt tun?

Das habe ich dir doch gerade gesagt. Weck die spukige Frau und hör dir an, was sie dazu meint. Du kannst ja erst einmal auskundschaften, wie es um diese Ehe steht. Und wenn du dann glaubst, dass es Sinn macht, kannst du die Spukfrau womöglich dazu bringen, Una auf dich aufmerksam zu machen. Vielleicht lässt du sie zuerst anrufen. Du kannst auch heute Nacht jederzeit noch einmal mit mir telefonieren, falls ich dir irgendwie helfen kann. Du bedeutest mir so viel, dass du privilegiert bist – ich hab nämlich noch nie jemandem gestattet, mich nachts zu belästigen, bis auf ein einziges Mal, das war ein hochgradig suizidgefährdeter Patient, den ich sehr mochte. Er hat sich trotzdem umgebracht. Wie gesagt, du bist privilegiert, ruf einfach an, wenn du das Bedürfnis hast.

Danke dir, es könnte gut sein, dass ich davon Gebrauch mache. Ich komme mir ganz klein vor und fühle mich diesem Vorhaben überhaupt nicht gewachsen.

In großen Stunden sind wir immer Zwerge.

Und was, wenn die Frau sagt, dass Una gut verheiratet und glücklich ist?

Du könntest es trotzdem darauf ankommen lassen, was Una dir selber sagt.

Falls ich sie denn überhaupt erreiche.

Natürlich erreichst du sie. Du reist nicht aus Island ab, ohne mit ihr gesprochen zu haben, *it's now or never.*

Vielleicht.

Nicht vielleicht. Wie viele Leben hast du?

Eines.

Vergiss das nicht. Jetzt kommt es darauf an.

Danke dir.

Nichts zu danken, prost!

Prost! Und gute Nacht, Dween.

Gute Nacht, Karl.

Das Wasser im Jacuzzi war so kalt geworden, dass sich Karl Ástusons Mundwinkel verkrampft hatten, und er schämte sich dafür, dass er Doreens Namen nicht mehr richtig artikulieren konnte, als er sich verabschiedete. Er stieg aus der Wanne, legte das Handy auf dem Regal über dem Waschbecken ab und starrte es an, als könne er nicht glauben, dass es ein Telefon sei, geschweige denn, dass er tatsächlich über dieses Gerät mit Doreen Ash gesprochen hatte.

Eine kurzfristige Aktion war angesagt: eine heiße Dusche. Als seine Zehen wieder warm wurden, fühlte er sich seltsam leicht im Kopf. Und dabei dachte er nicht an Una im Nachbarhaus, nicht präzise in dem Augenblick. Denn was ihm bevorstand, war beinahe bedrohlich für einen Mann, der es sich abgewöhnt hatte, etwas von der Zukunft zu erwarten. Also wandte er sich von der Zukunft ab und konzentrierte sich darauf, wieder durch und durch warm zu werden, was ihm Erleichterung brachte.

Er betrachtete krebsrote Beine und Zehen, drehte das heiße Wasser ab und zählte nach Atem ringend unter der eiskalten Dusche bis hundert. Nach dieser Selbstkasteiung war ihm noch leichter zumute, aber vor allem war ihm warm bis ins Mark. Er dachte überhaupt nichts und schwebte hoch oben auf einer sausenden Wolke über einer Insel mit tausend grünen Hügeln, während er sich hinter den Ohren und zwischen den Zehen abtrocknete, so wie Ástamama es ihm beigebracht hatte.

Er warf einen Blick in den Spiegel, kämmte sich, und sein Vorhaben nahm klare Umrisse an. Es galt, Kontakt zu Una zu bekommen, bevor er das Land wieder verließ. Wenn nicht heute Nacht, dann später. Und nun dachte er anders über die angebliche Verschwörung. Solange sich nichts Gegenteiliges herausstellte, wollte er es als eine höhere Fügung ansehen, dass er sich in das Nachbarhaus verirrt hatte. Und jetzt lag es an ihm, sich diese Fügung zunutze zu machen, statt darüber zu stolpern wie über eine hohe Schwelle.

Er zog sich an und ging nach oben, blieb in der offenen Tür zum Schlafzimmer stehen und sagte ohne zu zögern: Entschuldige die Störung, aber ich muss mit dir reden.

Selbstverständlich musst du mit mir reden, sagte die Frau im Bett, als wäre sie wach gewesen. Warte im Wohnzimmer auf mich, bis ich fertig bin.

Danke, sagte er.

Vielleicht könntest du in der Zwischenzeit einen Kaffee kochen?

Mach ich, sagte er. Viel Kaffee.

Der Kaffee war fertig, als Sigríður in der Küche erschien. Sie hatte das Haar mit einem weißen Band zu einem Pferdeschwanz gebunden und trug einen qualitativ hochwertigen Bademantel in einer weiteren nebulösen Farbe. Ein Gespenst, wie es im Buche steht, mit schlafgrauem Gesicht. Sie hatte sich die Zähne geputzt, und er war erleichtert, nun doch irgendeinen Geruch an ihr wahrzunehmen, wenn es auch nur Zahnpasta war.

Sie nahmen die Kaffeetassen mit ins Wohnzimmer. Der Nachtgast stellte die Tasse auf dem Wohnzimmertisch ab und sagte, noch bevor sie sich gesetzt hatten: Du weißt, worum es geht, denke ich.

Sag es mir trotzdem.

Ich bin kein deutscher Amerikaner, ich bin Isländer und heiße Karl, wie du weißt. Ich habe lange in Amerika gelebt. Es ist normalerweise nicht meine Angewohnheit zu lügen, aber der Abend war etwas Besonderes. Una ist *die* Frau in meinem Leben. Ich habe nie geheiratet, und ich habe keine Kinder. Ich weiß, dass Una keine Kinder hat. Ich weiß nicht, wie ihre Einstellung zu mir ist, aber wenn ich ihr etwas Ähnliches bedeute wie sie mir, dann möchte ich Klarheit schaffen. Am liebsten gleich. Würdest du mir dabei helfen?

Dazu bin ich ja da. Aber so, wie die Dinge liegen, hat es gar nicht den Anschein, als würdest du viel Hilfe brauchen.

Hast du eine Ahnung, wie Una über mich denkt?

Die habe ich, aber fragen musst du sie selber.

Wie ist ihr Mann?

Er engt sie ein.

Wie kann ich sie erreichen, jetzt?

Ruf sie auf ihrem Handy an.

Wacht nicht der Mann davon auf?

Sie schlafen in getrennten Zimmern. Aber es wäre besser, wenn er nicht aufwacht. Er ist eifersüchtig, auch wenn er gar keinen Anlass dazu hat.

Nun beschlich Karl Ástuson das Gefühl, als würde die düstere Ahnung dieser Nacht doch in Erfüllung gehen. Dass es ihm vorherbestimmt war, im Nachbarhaus von Unas Haus umgebracht zu werden, und zwar nicht ohne Grund. Und brachte er nicht auch Una in Gefahr, wenn der Mann aufwachte?

Weißt du, ob er einen tiefen oder leichten Schlaf hat?

Er schläft wie ein Stein. Das tun viele von diesen knallharten Typen.

Soll ich anrufen? Oder wäre es vielleicht besser, wenn sie erst deine Stimme hört, damit sie nicht zu sehr erschrickt?

Vielleicht, sagte das Gespenst des Hauses. Soll ich jetzt gleich anrufen?

Wozu warten, hörte Karl Ástuson sich selber mit resoluter Stimme sagen, und im gleichen Moment kamen ihm Zweifel daran, ob er noch bei Sinnen beziehungsweise ob er überhaupt wach und auf dieser Welt war; und obendrein am Silberstrand fünf in einem Haus, das es noch nicht gegeben hatte, als er mit Una am Sonnenscheinabend im Garten von Nummer drei saß, als die Zukunft sich auftat, so weit und so strahlend, dass die Stunde davor verblasste.

Er sah zu, wie Sigríður anrief. Sie sagte etwas, was er nicht hörte, und dann reichte sie ihm das Telefon.

Grüß dich und entschuldige die Störung, sagte er und redete sofort weiter, ohne dass Una die Möglichkeit erhielt, auch nur ein einziges Wort der Begrüßung einzuschieben.

Dank einer Kette von überaus seltsamen Zufällen befinde ich mich im Haus nebenan, und ich hatte das Gefühl, dass ich jetzt oder nie herausfinden muss, ob du vielleicht mit mir reden möchtest. Jetzt gleich, wenn es geht.

Ja, flüsterte sie und legte auf.

Sigríður sah Karl Ástuson fragend an. Er sagte ihr, dass Una kommen würde.

Dann muss ich ein paar Eierkuchen aufwärmen, erklärte die Frau seufzend.

Eierkuchen, das ist doch wirklich nicht nötig, erklärte er salbungsvoll wie ein Seelsorger in einer Feierstunde.

Im Nachhinein begriff er nicht, weshalb er sich nicht ans

Fenster gestellt hatte, um Una aus dem Nachbarhaus herüberkommen zu sehen, zu den Treppen des Hauses, in das er sich verirrt oder zu dem er den Weg gefunden hatte, je nach Sichtweise. Aber dieser Anblick, den er nie sah, war das, was ihm die ganze Zeit viel klarer vor Augen stand als das, was er in Wirklichkeit sah, als sie zur Tür hereintrat, in einem langen veilchenblauen Mantel, mit verwuscheltem Haar.

Sie sah ihn an und lächelte. Dann bückte sie sich rasch, um aus den Lederstiefeln zu steigen. Sie hatte keine Zeit gehabt, Socken anzuziehen. Er verspürte einen Kloß im Hals, als er auf ihre nackten Zehen blickte, die unter den Hosenbeinen ihres Pyjamas zum Vorschein kamen. Er hätte sie gerne gefragt, ob er ihr aus dem Mantel helfen dürfe, aber er traute sich nicht zu reden, die Stimme würde entstellt klingen. Das kam als Auftakt nicht in Frage. Dies war eine sogenannte Schicksalsstunde, die er nicht dadurch vermasseln durfte, dass er bereits in der Garderobe weinerlich klang.

Sie zog sich den Mantel selber aus. Er nahm ihn wie ein königlicher Butler entgegen und hängte ihn auf, und dann stand Una in ihrem nachtblauen Seidenpyjama in der Diele und hielt eine flaschengrüne Handtasche an sich gedrückt. So abhängig war eine Frau von ihrer Handtasche, dass sie eher an sie dachte als daran, sich etwas anzuziehen, und seien es nur ein Paar Socken, wenn sie sich mitten in der Nacht gezwungen sah, von einem Haus ins andere zu gehen.

Hallo, liebe Una, komm herein, sagte Sigríður. Soll ich dir nicht einen Bademantel und Socken leihen?

Danke, sehr gern.

Una ging vor Karl ins Wohnzimmer und ließ sich auf dem Sofa nieder. Er setzte sich in den Sessel ihr gegenüber. Sie schien verstört zu sein und sah unverwandt in eine Ecke, als befände sich dort ein böser Geist, der auch nicht verschwinden würde, wenn sie woanders hinblickte.

Unterdessen erforschte ein vornübergebeugter Karl Ástuson den Teil des Teppichs, der am weitesten von Unas Zehen entfernt war. Trotzdem übten diese weiblichen Zehen eine derartige Wirkung auf ihn aus, dass er erst, als sie im sicheren Hafen der Wollsocken gelandet waren, das Risiko einging, den Mund aufzumachen. Dann erst lehnte er sich auf seinem Sessel vor und streckte ihr über den Tisch hinweg zur Begrüßung die Hand hin. Sie ergriff sie unverzüglich, und damit blieben sie erst einmal mit einem in die Länge gezogenen Händedruck aneinander kleben.

Wir haben vielleicht jetzt nicht viel Zeit, sagte er, aber ich war entschlossen, das Land nicht zu verlassen, ohne mit dir gesprochen zu haben. Eine Freundin von mir, die Psychiaterin ist, hat mir geholfen, klarzusehen.

Bist du in Behandlung bei einer Psychiaterin?

Nein, sagte er, aber vielleicht wäre das nötig.

Ich bin ständig in psychiatrischer Behandlung, seit fünf Jahren schon, sagte Una. Bestimmt bin ich in der Hoffnung hingegangen, dass es mir helfen würde, aus der Ehe herauszukommen, aber das hat nicht geklappt. Es ist die alte Geschichte, geholfen wird nur dem, der sich selber hilft.

Bist du unglücklich?, fragte Karl in einem Ton, als würde er nach dem Wetter fragen. Und Unas Antwort klang auch nicht anders, als hätte sie die Wetternachrichten gehört und könnte ihm die Prognose mitteilen.

Glück ist ein großes Wort. Unglück auch.

Genau das hat Mama auch immer gesagt.

Das weiß ich, sagte Una. Du hast es mir damals gesagt.

Ich hatte vergessen, dass ich dir das gesagt habe.

Wie konntest du das vergessen?

Ich weiß es nicht. Aber dich habe ich nicht vergessen, nicht einen einzigen Tag.

Sie schwieg.

Ich habe nie geheiratet, ich hatte noch nicht einmal eine feste Beziehung.

Ich habe dich auch vermisst. Immer.

Karl Ástuson befreite sich so ungeschickt aus dem Händedruck, dass er mit der Hand gegen seine Tasse stieß. Er wischte sich die Kaffeespritzer verlegen mit einer gelben Osterserviette ab, stand anschließend auf und setzte sich neben Una und betrachtete ihr Profil. Sie senkte den Blick und sah auf ihre Hände.

Die hatten sich verändert und auch das Gesicht. Die Jahre hatten winzige Falten um Augen und Mund hinterlassen, und ihre Wangen waren fülliger als früher. Da war auch ein leichter Ansatz zum Doppelkinn, vielleicht, weil sie nach unten blickte. Sie sah nicht besonders jung aus für ihre siebenunddreißig Jahre, aber er fand sie unglaublich schön. Er beneidete die Zeit, die sich an dem lieben Gesicht zu schaffen gemacht hatte. Und liebte gleichzeitig jede Minute der Zeit, die mit ihrem Antlitz in Berührung gekommen war; er hatte nur den einen Wunsch, bei möglichst allen weiteren Minuten dabei sein zu dürfen, die mit ihrem Gesicht in Berührung kommen würden.

Ich habe dich auch vermisst. Immer. Weil das so war, musste es ihm doch gestattet sein, Una in den Arm zu nehmen. Das tat er und sagte: Könntest du dir vorstellen, mit mir zu kommen?

Wohin?

Ich bin an zwei Orten zu Hause, auf Long Island und in Südfrankreich, ganz in der Nähe von Arles.

Wann?

Jetzt.

Jetzt?

Ich traue nur dem Augenblick, und der ist jetzt.

Wie sollen wir das machen?

Wenn wir bald aufbrechen, können wir noch einen Flug erwischen. Hast du deinen Pass dabei?

Der ist zufälligerweise in meiner Tasche.

Ich glaube nicht mehr an Zufälle.

Und was ist mit Ingi Bói, wenn er aufwacht, und ich bin weg?

Du schickst ihm eine SMS, bevor wir ins Flugzeug steigen.

Hätte es nicht Zeit bis morgen?

Ich traue dem Morgen nicht.

Inwiefern?

Wenn wir warten, laufen wir Gefahr, dass es schiefgeht. Ich möchte mit dir dieses Haus verlassen, jetzt.

Und Karl Ástuson nahm den Arm von Unas Schultern, griff nach einem Eierkuchen und aß ihn halb auf, wie um seinen festen Vorsatz zu unterstreichen. Er kaute bedächtig, nicht flüchtig.

Ja, aber ich liebe mein Haus, sagte Una.

Das Haus, das du stattdessen bekommst, ist nicht schlechter. Im Grunde genommen sind es sogar zwei.

Kein Haus kann mir mein Haus ersetzen, sagte Una. Das Haus ist mein Leben.

Ein Haus ist ein Haus, sagte Karl. Ein Leben ist ein Leben.

Dir ist es ernst damit, sagte Una.

Es ist das Einzige, womit mir jemals ernst war. Abgesehen von unseren gemeinsamen Monaten.

Sieben Monate, sagte Una. Die sich über das ganze Leben hingezogen haben, bis zu dieser Stunde.

Der Augustmorgen, an dem wir uns trennten, holt uns ein.

Ich werde dir irgendwann erzählen, was passierte, sagte sie.

Ganz wie du willst, sagte er, obwohl er sich keineswegs mehr sicher war, ob er wissen wollte, was passiert war. Er hatte es vorgezogen, sich auf die Version zu verlegen, dass nichts vorgefallen war, dass sie mit ihren neunzehn Jahren wie alle anderen Mädchen in diesem Alter ihren eigenen Weg gehen wollte, weil sie noch nicht bereit war, ihr Leben mit jemand anderem zu teilen. Er hatte den Gedanken daran, weshalb sonst seine Liebste Schluss mit ihm gemacht haben könnte, immer mit aller Kraft verdrängt.

Was war das eigentlich für eine Apathie? Was für eine Art von Verdrängung? Weshalb hatte er damals am Küchentisch, als sie mit ihm Schluss gemacht hatte, keine einzige Frage gestellt? Hatte er sich wie ein Idiot aufgeführt? Er war der Überzeugung gewesen, dass Kinohelden und Kavaliere sich nicht anders verhalten hätten als er, und war sofort effektvoll aufgestanden, um zu zeigen, dass ein Mädchen, das gehen wollte, gehen konnte.

Nun sah Una ihm, dem Mann, der sie sein Leben lang liebte, zum ersten Mal seit dem Dienstagmorgen vor siebzehn Jahren in die Augen. Ihrer Miene nach zu urteilen hätte man glauben können, soeben sei im gleichen Raum ein sehr lieber Freund verstorben. Sie richtete sich auf und erhob sich mit genau denselben Bewegungen, die Karl seit seiner Jugend vertraut waren. Sie murmelte so leise, dass er eher sah als hörte, was sie sagte: Ich bitte Sigríður, mir ein paar Sachen zu leihen.

In diesem Augenblick verspürte er Erleichterung, pure Erleichterung – vielleicht wie jemand, der erfährt, dass seine

Krankheit nicht unbedingt tödlich verlaufen muss. Ihm wurde weder heiß noch kalt, er stürzte nur noch mehr Kaffee in sich hinein und verputzte den Rest des Eierkuchens mit Butter. So oft kam er nicht in den Genuss von isländischer Butter.

Er wollte möglichst kein Taxi bestellen, um zum Flughafen zu fahren – aus Angst davor, dass Nonni wieder auftauchen würde; und ein Krankenwagen kam nun auch nicht mehr in Frage. Er hoffte darauf, dass Sigríður nicht nur ein Auto hätte, sondern ihnen auch anbieten würde, sie zum Flughafen zu bringen, das war die sicherste Art und Weise. Zunächst mussten sie aber so schnell wie möglich aus diesem Haus heraus, bevor ein wutschnaubender Ehemann im nächsten Haus erwachte. Der hatte jetzt wirklich Grund dazu, wild zu werden. Es war der Albtraum eines jeden Mannes, dass ihm die Frau im Schutz der Dunkelheit mit einem alten Liebhaber davonläuft, ohne vorher auch nur einen Mucks zu sagen. Eine unschöne Verfahrensweise, aber es gab keine andere Möglichkeit.

Nun war er in dieser Schicksalsstunde allein im spukigen Wohnzimmer. Die Frauen hatten sich einfach ohne ein Wort zurückgezogen. Una probierte wohl gerade viel zu weite Kleider in nichtssagenden Farben an, Sachen, in denen sie ihm übers Meer folgen würde. Welches Meer? Sobald das feststand, würde er Lotta anrufen müssen, um ihre Ankunft vorzubereiten. Er fürchtete sich davor, Lotta sagen zu müssen: Ich komme nicht allein, hier sind unvorhergesehene Dinge passiert. Das klang nach Unfall. Allerdings wäre diese Nachricht für sie ja auch eine Hiobsbotschaft. Zwar hatte sie vermutlich nach all den Jahren die Hoffnung aufgegeben, dass aus ihnen ein Paar werden würde. Aber sie glaubte und hoffte wahrscheinlich, dass der Status quo erhalten bliebe, dass sie weiterhin die vom Tisch fallenden Brosamen aufpicken könnte; unter anderem einmal pro Jahr eine Reise mit dem Master.

Es tat ihm entsetzlich leid, wie schlimm es für Lotta sein würde, dass er nicht mehr allein war. Sie würde es als Betrug empfinden. Er hatte ihr nicht nur nie etwas versprochen, sondern ihr auch klar und deutlich gesagt, dass er sich nie binden würde. Überdies hatte er aus lauter Vorsicht immer größte Zurückhaltung gewahrt, damit sie nichts missinterpretierte. Aber seit wann hielt sich die Liebe an logisches Denken? Verliebte Menschen sahen in jedem Blick und jeder Handbewegung Anlass zur Hoffnung. Und der musste er wohl auch Vorschub geleistet haben, indem er ihr ein Geheimnis anvertraute, das er niemand anderem verraten hatte, damals beim Abendessen im Nightingale. Er hatte ihr von Ástamama erzählt, wie sie ihn darauf vorbereitet hatte, ohne sie zu leben.

Er hatte das Glück gehabt, im Nightingale den Tisch mit der besten Aussicht auf Wolkenkratzerwald und Wasser zu bekommen (und er staunte darüber, dass er nach all den Jahren, in denen Lotta dergleichen für ihn besorgt hatte, noch imstande war, selber einen Tisch zu bestellen). Mit Lotta war so ein Abendessen auch ohne Vorankündigung möglich, denn sie hatte immer Ausgehsachen im Büro parat. Das war typisch für sie. Es kam zwar kaum öfter als zweimal im Jahr vor, dass sie davon Gebrauch machen musste, aber Lotta war immer für alles gewappnet. Sie tauchte strahlend in einem minzgrünen Seidenkleid aus ihrem Büro auf, und er öffnete eine ganz besondere Champagnerflasche.

Er war schon lange nicht mehr so gut gelaunt gewesen. Die Geschäfte – auf Isländisch bezeichnete er sich als Spekulanten – waren unglaublich gut gelaufen. Innerhalb von einer

Woche hatte er größere Summen gescheffelt als je zuvor in einem so kurzen Zeitraum. Allerdings bereitete es ihm Kopfzerbrechen, was er mit diesem Geld machen sollte. Er musste sich wirklich ins Zeug legen und erstklassige Lösungen finden, um diese Summen zu vervielfältigen. Akzeptables Risiko, wenige Eier in viele Körbe, das war die Devise.

Selbstverständlich hatten Champagner und andere Weine ihn beschwipst gemacht, sonst hätte er wohl nie angefangen, über Ástamama zu sprechen. Nicht auf diese Weise. Er hatte nie jemandem davon erzählt, wie es war, als sie auf dem Totenbett lag, als sie starb. Niemandem außer Una, und auch ihr nur begrenzt. Es war einfach nicht möglich, in allen Einzelheiten darüber zu reden; und das hatte er auch nicht getan; er hatte verschwiegen, dass er selber hatte sterben wollen; dass er auch krank geworden war, es aber zum Sterben nicht gereicht hatte.

Vielleicht hatte ihn gerettet, dass er es Ástamama nicht antun wollte, gleich zu sterben, denn natürlich hätte sie gewollt, dass ihr Liebling weiter existierte auf ihrer Lieblingserde mit allem, was auf ihr war, mit Bergen und Seen und Vögeln und Bäumen – und Menschen.

Er erzählte Lotta, wie seine Mutter sich durch die Krankheit nicht hatte beirren lassen, sondern sich darauf konzentrierte, ihm alle Wege zu ebnen. Wie lieb sie immer mit ihm geredet hatte. Kurz nach der ärztlichen Diagnose, noch bevor sie von der Krankheit gezeichnet war, hatte sie einen ganzen Abend lang mit ihrem Sohn darüber gesprochen, wie viel er ihr bedeutete, wie unsäglich glücklich sie gewesen war, als er zur Welt kam; dass er alles für sie sei und der wunderbarste Mensch, den sie kannte; dass nicht sie ihn geformt hatte, sondern er sich selber, dass er wundersam sei. (Das war das Wort, das sie für Karl Ástuson verwendete, wundersam.

Klang geradezu biblisch, stellte er fest, als er erwachsen war, aber er liebte es.)

Und dann begann sie mit der Vorbereitung. Tag für Tag, Woche für Woche bereitete sie Karl Ástuson auf das Unausweichliche vor – dass sie im Begriff war, diese Welt mit allem, was in ihr war, zu verlassen, darunter vor allem ihren Sohn. Er war sich vollkommen sicher, dass er nur hatte überleben können, weil sie ihn vorbereitet hatte, weil sie ihm, bevor sie ging, beigebracht hatte, wie er ohne sie existieren konnte.

Sie schärfte ihm ein, dass er sich seine Frau gut auswählen müsse: Es ist das Allerbeste, wenn man gut verheiratet ist, das Zweitbeste ist, allein zu leben. Sie schärfte ihm ein, dass der Partner interessant und nett sein müsse, vor allem im Hinblick darauf, dass man mit ihm über Gott und die Welt reden könne. Das war die Hauptsache, und dazu ein anständiger Charakter.

Du darfst nicht den Fehler machen, eine zickige und kratzbüstige Person zu heiraten, mein lieber Kalli. Es gibt nichts Unangenehmeres, als von launischen und jähzornigen Menschen umgeben zu sein. Ich bin sicher, dass es einem das Leben verkürzt, gar nicht zu reden davon, wie es einem das Leben verleidet. Derartige Charakterfehler lassen sich auch nicht wieder zurechtbiegen, nein, das funktioniert meist überhaupt nicht.

Das Problem ist, dass uns in jungen Jahren die Menschenkenntnis fehlt, hatte Ástamama hinzugefügt. Mir wäre es nie im Leben eingefallen, mich mit Fríðas Vater einzulassen, wenn ich ein paar Jahre älter und klüger gewesen wäre.

Bemühe dich, Kopf und Herz in Einklang zu bringen. Sobald du merkst, dass deine Freundin Charakterfehler hat, die nicht leicht zu ertragen sind, dann mach dich aus dem

Staub, bevor du nicht mehr zurückkannst. Man kann sich sein ganzes Leben ruinieren, wenn man die falsche Partnerin wählt.

Nimm dich vor allem davor in Acht, dich von einer Frau vereinnahmen zu lassen. In dieser Hinsicht können Frauen gemeingefährlich sein, und Männer sind nicht genug auf der Hut, sie sind so unglaublich unschuldig. Das ist zwar schön, wirkt sich aber leider meist nachteilig für sie aus.

Und Karl Ástuson erzählte Lotta, dass es seiner Mutter über einen langen Zeitraum hinweg gelungen war, mit Gesprächen über alle möglichen praktischen Dinge – beispielsweise Rezepte für Fischgerichte und Biskuitrollen oder wie man sich eine Frau wählt – die Aufmerksamkeit von ihrem eigenen Zustand abzulenken. Sie hatten sich lange, lange unterhalten – über alles andere als ihre Krankheit und meistens über seine Zukunft. Wonach er sich sehnte, was er noch alles lernen wollte, in was für einem Haus er leben wollte. Sie war entschlossen, nach vorn zu blicken, in die Zeit, wo sie nicht mehr da sein würde – sie wollte ihren Kalli nach fünf Jahren, nach zehn Jahren, nach zwanzig Jahren vor sich sehen.

Wie viele Kinder möchtest du haben?, fragte sie.

Ein Mädchen, es soll Ásta heißen.

Richte ihr Grüße von mir aus, sagte Ástamama. Das konnte sie ohne jede Sentimentalität sagen, ohne dass Tränen flossen; ihr, die im Sterben lag, gingen Grüße an ein Enkelkind, dessen Zeugung noch in weiter Ferne lag, ganz selbstverständlich über die Lippen.

Mithin das Unglaublichste waren ihre Vorschriften darüber, wie lange Kallis Besuche bei ihr dauern durften, nachdem sie in das schlimmste Krankheitsstadium eingetreten war:

Wenn du mich gut in Erinnerung behalten willst, mein

lieber Kalli, so bedeutet mir das am meisten. Ich will nicht, dass du hier ständig um mich herum bist, wenn es zu Ende geht. So etwas sollte jungen Menschen nicht zugemutet werden. Reif sind wir frühestens mit dreißig, und da fehlen dir noch einige Jährchen. Und dann lächelte sie, gab ihm einen Kuss und schickte ihn aus dem Zimmer.

Eine erstaunliche Frau, sagte Lotta.

Das war sie. Wirklich erstaunlich, auch wenn ich das sage.

Lottas Tränen tropften in den Ausschnitt des minzgrünen Seidenkleids, im Gedenken an eine Frau, die sie nie gekannt hatte; Karl Ástuson hätte ebenfalls geweint, wenn ihm die Tränen zu diesem Zeitpunkt seines Lebens nicht längst abhandengekommen wären.

Sprechen wir von etwas anderem, sagte er. Der Alkohol hat mich indiskret gemacht.

Das ist so unerhört traurig, sagte Lotta. Aber gleichzeitig auch schön.

Auch schön, das dürfen wir nicht vergessen, wiederholte er, wie das personifizierte Echo. Sie stürzten sich auf das Dessert, Panna cotta mit einem Hauch von Vanille in Kombination mit einer Fruchtsoße, die im Jahr zuvor bei einem internationalen Dessert-Wettbewerb in Rio de Janeiro den ersten Preis gewonnen hatte.

Während des preisgekrönten Desserts bemühte sich Karl Ástuson, wieder Haltung zu gewinnen. Gab sich wieder formell und gesetzt, um sicherzugehen, dass Lotta dieses überraschende Bekenntnis über innerste Gefühle nicht missverstünde, um sie nicht – falls es bereits geschehen war – auf weitere abwegige Gedanken zu bringen.

Er war nie zuvor ihr gegenüber so persönlich geworden, dieser Frau, die seit fünf Jahren eng mit ihm zusammenarbeitete – und das durfte er sich auch nicht ein weiteres Mal gestatten. Sie würde sich falsche Hoffnungen machen. So durfte man nicht mit Menschen umgehen.

Als er die Rechnung beglichen hatte, schlug er vor, sich in getrennten Taxis auf den Heimweg zu machen, er müsse auf dem schnellsten Weg nach Hause, da er noch eine Kleinigkeit zu erledigen habe.

Ganz wie du willst, Master, sagte Lotta mit ihrer disziplinierten Stimme, aber ein leichtes Zucken der Mundwinkel verriet die Enttäuschung, die sie nicht zu kaschieren vermochte. Dieses Abendessen und das Gespräch über Ástamama verhieß keine großen Veränderungen, nicht den lang ersehnten Wendepunkt; sie war wieder allein auf dem Weg nach Hause.

Er schreckte aus seinen Gedanken an Lotta hoch. Was war eigentlich los? Die wichtigste Aktion in seinem Leben stand bevor, und da kam Lotta ihm in die Quere, die Frau, die es gewohnt war, ihm in allem zu assistieren, wie eine Verlängerung seiner eigenen Hand. Ihm stand die Aufgabe bevor, Una und sich selbst außer Landes zu bringen. Zuvor noch Gepäck aus einer Wohnung mit Aussicht auf eine Tankstelle abzuholen. Es war der Laptop, den er nicht entbehren konnte, deswegen musste er gezwungenermaßen noch einmal dorthin. Die Stapel von Hawaiihemden und den schwarzen Pyjama hätte er problemlos dort zurücklassen und Lotta bitten können, sich darum zu kümmern, dass die Sachen zum Roten Kreuz gelangten.

Er hatte überhaupt keine Vorstellung, wie lange diese Anprobe nun schon andauerte, ob Una und Sigríður seit fünf, zehn oder sogar fünfzehn Minuten verschwunden waren. Er wurde unruhig.

Una hatte sich nicht dazu geäußert, ob sie mit ihm gehen wollte, sie hatte nur gesagt, dass sie sich ein paar Sachen ausleihen wollte. War es denkbar, dass sie ihn getäuscht hatte? Dass die beiden Frauen heimlich zur Kellertür hinaus und hinüber zu Una gegangen waren, weil sie ihn für komplett durchgeknallt hielten und lieber Zuflucht bei diesem brutalen Ingi Bói gesucht hatten?

Er hörte überhaupt nichts mehr von den beiden – war das normal? Er stand auf und ging zum Schlafzimmer. Sein Herz schlug schneller, als er geschäftiges Herumwuseln hörte. Sigríður streckte ihren Kopf zur Tür heraus und sagte: Du vermisst uns wohl schon?

Nein, nein, antwortete er verlegen, es steht einfach so viel auf dem Spiel, dass ich mit den Nerven zu Fuß bin.

Das wird schon alles, erklärte Sigríður. Es ist allerdings kein leichtes Unterfangen, Una mit Sachen von mir auszustaffieren.

Er setzte sich wieder aufs Sofa, belegte einen kompletten Eierkuchen mit Ziegenkäse aus entfernten Weltgegenden und verschlang ihn so schnell, als stünde er unter enormem Zeitdruck, und dazu trank er gierig eine weitere Tasse Kaffee. Gleichzeitig schoss es ihm durch den Kopf, dass er nach diesen Kaffeemengen in der nächsten Zeit dauernd zum Klo rennen müsste, was auf einer Flucht nicht sonderlich günstig war. Nein, es war keine Flucht, es war eine Entführung. Er entführte eine Frau, nicht gerade ein feines Benehmen. Aber im Märchen ist nicht immer Platz für feines Benehmen.

Er stellte sich Una vor, wie sie in ihrem langen, veilchenblauen Mantel zum Haus von Sigríður geeilt war, eine Szene wie bei einem Gefangenenaustausch in einem Film. Nur dass derjenige, der Una am alten Ort bewachen sollte, schlief und der andere, der sie in Empfang nehmen sollte, nicht genügend Verstand besaß, sie durchs Fenster zu beobachten und darauf zu achten, dass alles mit rechten Dingen zuginge.

Karl Ástuson lachte, als Una im Wohnzimmer erschien.

Ich habe lieber nicht in den Spiegel geschaut, sagte sie.

Ja, das ist vielleicht auch besser so, entgegnete er.

Ist das der Dank?, fragte Sigríður in ihrem weinerlichsten Ton, und alle mussten lachten.

Aus einer bezaubernden Frau unter vierzig war eine reizlose Frau geworden, die auf die sechzig zuging, in viel zu kurzen Lodenhosen und einem unförmigen rotbraunen Pullover, der an ihr herumschlabberte. In ihren Mantel würde sie nicht mehr hineinpassen.

Ich ziehe lieber das Pyjamaoberteil an, sagte sie. Das macht nichts, es könnte eine Bluse sein.

Das stand ihm also bevor, mit einer Frau in einer nachtblauen Schlafanzugjacke zu reisen, einem unwirklichen Kleidungsstück, das er durch das Fenster gesehen hatte und darauf gefasst gewesen war, für den Rest seines Lebens davon zu träumen. Stattdessen durfte er es berühren, sooft er wollte. Damit konnte man gleich beginnen. Er streichelte den Ärmel bis zur Schulter hinauf und sagte: Was für eine schöne Farbe.

Winterblau, sagte Una.

Ein schönes Wort. Hast du es selber erfunden?

Ich weiß es nicht. Ich dachte an das Leben, es kam mir winterblau vor.

In meinem Haus im Süden scheint ewig die Sonne. Möchtest du dorthin?

Darf ich mir das auf dem Weg zum Flughafen überlegen, ich bin mir nicht sicher. Spielt es eine Rolle für dich, ob wir Richtung Süden oder Westen fahren?

Eigentlich wollte ich nach Westen, aber ich kann auch genauso gut in den Süden fahren, wenn du möchtest.

Es würde dir keine Umstände machen?

Nein.

Er umarmte Una kurz und fest und flüsterte ihr ins Ohr: Jetzt kommst du mit mir.

Ich komme mit dir, antwortete sie.

Auf der Treppe vor dem Haus hielt er Una bei der Hand, und sie stützte sich auf ihn, als sei ihr schwindelig. Er seinerseits fürchtete Ingi Bói, es hätte ihn absolut nicht überrascht, wenn der mit einer Flinte aus dem Haus gestürmt wäre, geweckt von dem Zuschlagen einer Autotür, dem Anlassen eines Motors mitten in der Nacht – und seine Frau nicht mehr in ihrem Bett.

Sigríður stieg hinten ins Auto ein und überließ Karl das Fahren. Nun saß Una also neben ihm auf dem Beifahrersitz, und ihm kam es ganz seltsam vor, sie zu chauffieren. Er saß vornübergebeugt und warf aus den Augenwinkeln einen Blick auf ihre Lederstiefel. Sie passten glücklicherweise doch einigermaßen gut zur kurzen Lodenhose. Es wäre ihm entsetzlich peinlich gewesen, wenn Una auf ihrer ersten gemeinsamen Reise wie ein Harlekin ausgesehen hätte.

Später sagte sie ihm, dass ihr die Tränen gekommen waren, als sie von ihrem Haus wegfuhren, weil sie dieses Haus so sehr liebte, wie man ein Haus lieben konnte, vielleicht sogar mehr. Sie liebte es wie einen Menschen und ließ es zurück wie einen lieben Freund, mit dem sie nie wieder sprechen könnte.

Sie schwiegen in der Dunkelheit auf den menschenleeren Straßen am Meer. Der Fahrer versuchte, dieses Schweigen, an dem auch er beteiligt war, zu verkürzen, indem er das Tempolimit geflissentlich missachtete und Ampeln bei Rot überfuhr.

Als sie bei seiner Unterkunft angekommen waren, blieb Sigríður im Auto, doch Una wollte dieses Apartment sehen.

Sie trat vor ihm ein, ging direkt zum Wohnzimmerfenster und zog die Vorhänge auf. Er eilte zu ihr hin, als bestünde die Gefahr, dass sie sich vor der Aussicht auf die Tankstelle und das unruhige Meer in nichts auflösen würde.

Das ist ein Zufall, sagte er, noch einer. Meine Sekretärin bestellt immer die Unterkünfte für mich. Und ich habe da unten gestern Abend ein Würstchen gegessen, mit allen Zutaten außer rohen Zwiebeln. Das war aber kein Zufall.

Una lächelte bezaubernd. Das war das Lächeln Nummer zwei nach der neuen Zeitrechnung, die mit dem ersten in der Diele von Sigríður angefangen hatte – das Lächeln, das die Pforten des Himmels aufgestoßen, Wolkentürme beiseitegefegt und Nebelschwaden aufgelöst hatte.

Er sah hingerissen auf ein langes Lächeln, das immer noch um ihr Gesicht spielte, auch wenn es formal gesehen vorüber war, und fragte dann: Bist du auch manchmal zu dieser Tankstelle gegangen?

Verrat ich dir nicht, sagte sie, jetzt mit ihrem verschmitzten Lächeln, das von so kurzer Dauer war, dass man es eigentlich erst im Nachhinein wahrnahm.

Sie begann, seine Sachen zusammenzulegen und in den Koffer zu packen. Er beeilte sich, den schwarzen Pyjama in seiner Laptop-Tasche verschwinden zu lassen, den sollte sie nicht anfassen müssen. Ein schwarzer Pyjama, hatte der nicht etwas Playboyhaftes? Konnte es sein, dass die Liebhaberinnen ihn für einen Schürzenjäger hielten? Konnte es sein, dass Una ihn für einen Schürzenjäger halten würde, wenn sie von all diesen Frauen wüsste?

Er sah auf die geschlossene Laptop-Tasche mit dem schwarzen Pyjama und nahm sich vor, Una nie etwas über die Liebhaberinnen zu erzählen, höchstens, dass es da ganz seltene Male die ein oder andere Frau gegeben hatte. Gleichzeitig wurde ihm klar, erst jetzt, jetzt endlich, dass Lotta ihm eine ständige Geliebte ersetzt hatte. Sie hatte es ihm leichtgemacht, allein zu sein; sie hatte sich um ihn gekümmert wie eine gute Geliebte. Sie hätte ihm sogar auch nur zu gern die Hemden gebügelt, wenn er da nicht eine Grenze gezogen und sie standhaft selber in die Wäscherei gebracht und abgeholt hätte.

Una stand nun wieder beim Fenster, und er ging zu ihr hinüber und nahm sie in den Arm. Sie legte den Kopf an seine Schulter, und so standen sie beide Seite an Seite und blickten auf die Tankstelle, genau wie sie es an jenem Abend getan hatten, allerdings mit einer anderen Perspektive – an jenem Abend vor langer Zeit, aus dem noch einige mehr wurden.

Ich kann es nicht glauben, sagte sie.

Es wird sich aber zeigen, dass es wahr ist, sagte er.

Er sehnte sich danach, sie zu küssen, aber er war sich nicht sicher, ob es der richtige Moment war. Deswegen ließ er es bleiben und nahm stattdessen ihre Hand in seine beiden.

Ich erinnere mich, sagte sie.

Und das stimmte – wenn ihr früher kalt an den Händen gewesen war, hatte er sie immer lange und so behutsam gewärmt, als seien sie aus eierschalendünnem Porzellan.

Hand in Hand gingen sie zum Aufzug und fuhren sechs Stockwerke hinunter, als wären sie an den Oberarmen zusammengewachsen, wobei Karl mit dem Gepäck in der anderen Hand Schlagseite hatte. Als sie zum Auto kamen, war Sigríður eingeschlafen. Und Una nickte schon auf der Ausfallstraße nach Breiðholt für kurze Zeit ein und sah überhaupt nicht danach aus, als würde sie in ihrem Pyjamaoberteil entführt.

Karl durfte seine Augen nicht von der Straße abwenden,

denn stellenweise war Glatteis. An einer roten Ampel riskierte er einen Blick auf Una. Sie lächelte ihr bezauberndes Lächeln und legte ihre Hand federleicht auf die seine. Unterwegs zum Flughafen nickte sie abwechselnd ein und wachte auf, die Hauptperson auf einer nervenaufreibenden Reise.

Möchtest du nach Westen oder in den Süden?, fragte Karl, als sie die Abzweigung nach Grindavík passierten.

Vielleicht sollten wir im Süden beginnen, sagte sie. Die Flugzeuge in den Westen fliegen doch erst heute Nachmittag.

Ganz richtig. Aber wir könnten trotzdem schon jetzt losfliegen und irgendwo einen Zwischenstopp machen, beispielsweise in London.

Nach Süden ins schöne Wetter, ja?, sagte sie.

Nach Süden ins Paradies, sagte er. Dort blühen schon die Mandelbäume und die Kirschbäume.

Traumhaft, sagte sie.

Dann fliegen wir in den Traum hinein, nach Marseille, mit Zwischenlandung in Paris, sagte er.

Geht denn heute überhaupt ein Flug nach Paris?, fragte sie.

Wir reisen in den Süden, sagte er. Im Zweifelsfall über eine andere Stadt.

Und Geld ist kein Problem?

Kein Problem, sagte er.

Una brach in Tränen aus, als sie sich von Sigríður verabschiedete. Karl hatte keine Ahnung, was er zur Saunafrau sagen sollte. Schließlich sagte er: Ich werde dir nie genug danken können. Und dann gab er ihr einen Kuss auf die Wange, die genauso teigig war wie die ganze Person. Er musste sich zusammenreißen, um sich nicht vor ihren Augen den Mund abzuwischen.

Von diesem teigigen Kuss an, mit dem er sich von Sigríður verabschiedete, war Karl Ástuson auf der ganzen Reise nach Paris in einem Bewusstseinszustand, wie er ihn noch nie erlebt hatte. Er war wie im Halbschlaf, aber dennoch so präsent, dass er alles bis ins kleinste Detail präzise und richtig machte. Wie beispielsweise, Una in angemessener Entfernung warten zu lassen, während er die Tickets kaufte (nichts von entscheidender Bedeutung, aber Vorsicht war angebracht, falls die Frau am Fahrkartenschalter Una kennen sollte). Er ließ sie auch vor dem Geschäft warten, als er etwas zum Anziehen für sie kaufte. Es wäre zu auffällig gewesen, in einer Pyjamajacke daherzukommen und Kleider anzuprobieren. Und er stellte seine Kompetenz sachkundig unter Beweis, fand in Rekordzeit einen hellen Rock und einen roten Pullover, Größe zweiundvierzig, eine Nummer größer als früher.

Während Una zur Toilette ging, um sich umzuziehen, war Karl trotz seines Schlafwandlerzustands so konzentriert, dass er nicht vergaß, eine Flasche Lebertran zu kaufen. Und nicht genug damit, er besaß sogar die Geistesgegenwart, Lotta anzurufen. Er erwähnte aber nicht die Frau, die er im Schlepptau hatte, sondern erklärte nur, er sei auf dem Weg in den Süden und wolle Bescheid sagen, damit sie die Vorbereitungen im Haus in die Wege leiten konnte. Ankunft dort um vier Uhr Ortszeit. Für neun Uhr einen Tisch in der Goldenen Schwalbe bestellen, für eine Person, ja.

Als Una in tadellosem Aufzug von ihrer kleinen Expedition zurückkehrte, gestand Karl Ástuson ihr, dass Lebertran das einzige isländische Produkt sei, ohne das er nicht leben könne, selbstverständlich abgesehen von ihrer eigenen Person. Dafür wurde ihm wieder das verschmitzte Lächeln zuteil, und in dem Moment begann er zu glauben, dass aus der

Reise mit Una Ernst werden würde – von nun an befürchtete er nicht mehr, sie würde kehrtmachen, womöglich noch am Flugsteig. Jetzt wusste er ganz sicher, dass sie mit ihm bis zum Ziel fliegen würde, nicht nur nach Paris, sondern bis in den Süden, wo er ein zweihundert Jahre altes Haus an einem Ort mit dreihundert Sonnentagen im Jahr besaß.

Am Gate angekommen, blieb ihnen noch eine halbe Stunde bis zum Abflug, und sie verfassten eine SMS an Ingi Bói. *Habe mich kurzfristig entschlossen, Urlaub zu machen. Mehr bald. Keine Sorge, U.*

Sie blickte hoch, als sie die Nachricht abgeschickt hatte, und sagte: Der Ärmste.

Du Ärmste, sagte Karl. Du hast Besseres verdient als einen bulligen Ehemann.

Una sah ihn an, als würde ihr ein Licht aufgehen. War ihr diese Selbstverständlichkeit wirklich nie in den Sinn gekommen? Dass sie etwas Besseres verdient hatte als einen Ehemann, der sie einengte? Nein, Selbstverständlichkeiten fielen den Betroffenen immer zuletzt oder gar nicht ein. Das wusste er nur zu gut.

Als sie sich im Flugzeug auf ihre Plätze gesetzt hatten, wusste Karl nicht genau, welchen Eindruck er auf Una machte, aber so viel stand fest, sie sah nicht aus wie eine Frau, die aus heiterem Himmel ein neues Leben beginnt, eine Bevorzugte mit Glücksgarantie, sondern wie eine schläfrige Frau an der Seite eines zufälligen Bekannten in der Maschine nach Paris, die vergessen hatte, sich zu kämmen.

Karl hätte sie gerne gefragt, wie sie sich fühlte, aber er unterließ es lieber. Er durfte nicht lästig fallen. Er hatte nur zur Stelle zu sein und sich wie ein professioneller Guide um die Abwicklung der Reise und die Bedürfnisse der Passagiere zu kümmern und ihnen die Reise so erträglich wie möglich zu machen. Denn es war keine leichte Sache, entführt zu werden, auch wenn derjenige, dem so etwas widerfährt, an nichts zu denken braucht.

Du siehst wunderschön aus in deinen neuen Sachen, sagte er.

Du hast gut gewählt, sagte sie. Und sie passen mir wie angegossen.

Das ist nur der Anfang, sagte er. Von jetzt an wird der Sohn der Schneiderin deinen Kleiderschrank füllen.

So etwas bedarf sorgfältiger Überlegung, eine Garderobe von Grund auf.

Der Sohn einer Schneiderin schreckt nicht davor zurück.

Du warst ganz bestimmt der einzige Junge im Gymnasium, der etwas von Stoffen verstand.

Na ja, ich bin ja schließlich in Tüll herumgekrabbelt und habe auf Musselin herumgekaut. So gesehen steckt einem das einfach im Blut, inklusive Stecknadel.

Dem Sohn der Schneiderin muss es nahegegangen sein, die Liebste in der Schafwolle von Sigríður zu sehen.

Ich hätte dich fotografieren sollen.

Eine Flugbegleiterin kam mit Decken und Kissen. Karl half Una, sich zuzudecken, und sie suchten sich mühsam eine Schlafposition.

Er konnte seine Blicke nicht von ihrem Gesicht abwenden, während sich ihre sorgenvolle Miene entspannte und einem winzigen Lächeln wich. Dann war sie eingeschlafen – und im nächsten Moment stürmten neue Ängste und Zweifel auf Karl Ástuson ein. Was war er im Begriff zu tun?

Er entführte seine große Liebe, die Frau eines anderen Mannes, Mutter von keinem Kind. Das war nicht das Problem, alles lief wie geschmiert, als wäre die Aktion bis ins Detail fachmännisch geplant worden.

Nun aber stand das Nachspiel bevor – und das Problem bestand in nichts weniger als einem ganzen Leben, das vor ihnen lag. Was für eine Garantie gab es dafür, dass er Una überhaupt gefallen würde, ein neuer Mann in einer neuen Zeit? Seiner Meinung nach hatte er sich seit dem Gymnasium nicht verändert, aber seit wann konnte man etwas auf das geben, was ein Mann von sich selber hielt?

Dass Una ihm nicht gefallen würde, war ausgeschlossen. Una war, wie sie immer gewesen. Er wusste, woran er mit ihr war. Sie war kristallklar, aber trotzdem nicht langweilig, transparent und berechenbar, wie immer sie das anstellen mochte.

Genau da setzte der Zweifel an: War er der Mann für das heldenhafte Unterfangen, den Faden mit dieser Frau wieder anzuknüpfen? Und die schlimmsten Ängste waren bereits an die Oberfläche gedrungen und vergrößerten sich mit furchterregender Geschwindigkeit zu einem Eisberg mitten auf einer Schifffahrtsroute; wie würde es sein, mit seiner Jugendliebe jenseits des Meeres zu schlafen? Die Zeit rückte unerbittlich vor, die Stunde war bereits in Sichtweite.

Du hast kalte Hände, sagte Una, die aufgewacht war und ihre Hand auf seine gelegt hatte.

Das stimmte, diesem routinierten Liebhaber war schauerlich kalt bei der Vorstellung, dass er Una nicht befriedigen könnte, dass er nicht seinen Mann stehen, sondern das Liebesspiel in jeder Hinsicht so fürchterlich verpatzen würde, dass sie sich von ihm abwandte und im schlimmsten Fall den nächsten Flug zurück nach Island nahm.

Als Una wieder an seiner Schulter eingeschlummert war, riss er sich am Riemen und stellte einen Dreistufenplan auf, während er die Frau fest im Arm hielt. Das gab ihm Kraft. Er würde:

erstens)

nichts aus irgendeiner Panik heraus übers Knie brechen. Keine Gelegenheit ergreifen, bevor Una nicht ganz sicher bereit wäre.

zweitens)

alles ganz langsam angehen, im Schneckentempo über eine Zeitbrücke aus siebzehn Jahren kriechen.

drittens)

sich vorstellen, sie wäre eine Liebhaberin, die er so behandeln würde, als sei sie Una. Um zu verhindern, dass überwältigende Gefühle die Durchführung beeinträchtigten.

Er ließ sich den angebotenen Champagner und die Zeitungen reichen und starrte auf das *Morgunblaðið*, als käme es vom Mond. Hatte er sich vielleicht dort befunden, im Weltraum, am Silberstrand der Milchstraße, wo eine Frau namens Una im Sternenschiff zu ihm hingesegelt war? Sie hatte siebzehn Jahre gebraucht, um zum Ziel, um zu ihm zu gelangen; eine lange Reise, gemessen an der Dauer eines Menschenlebens – aber wie ein Augenzwinkern im Vergleich zur Ewigkeit.

Er las drei Nachrufe hintereinander, während er sein Champagnerglas leerte. Lebende und Tote wurden bei ihren Kosenamen genannt, die teilweise wie Spitznamen klangen. Es tauchten beispielsweise die Zwillinge Robbi und Bobbi auf. Ein Nachruf las sich so, als würde man sich über den Verstorbenen lustig machen, einen Mann, der in der Blüte des Lebens dahingeschieden war. Da stand nämlich, er habe in der Blüte seiner Jahre vor Gottes Dichterstuhl treten müssen. War das ein Druckfehler oder eine alberne Anspielung darauf, dass dieser Mann davon geträumt hatte, einen Lyrikband herauszugeben?

Karl Ástuson war so in seine Überlegungen vertieft, wie

Isländer sprachlich mit dem Tod umgingen, dass er gar nicht merkte, wie die Maschine abhob; erst als die Lichter auf der Erde zu kleinen Punkten geworden waren, wusste er, dass die Dämmerung eines neuen Tages in einer neuen Dimension angebrochen war; am Himmel unten, oben und zu beiden Seiten.

In dieser Dimension war die Zeit aus flexiblem Material. Die Tatsache, dass Una an seiner Seite durch die Lüfte segelte, bedeutete nichts anderes, als dass sie die Zeit so zurechtgebogen hatten, dass sich die Jahrzehnte ineinander verhaken konnten. Von nun an würden sie so lange Seite an Seite sein, wie es die Zeit in neuen Ländern gestattete, und zwar jene Zeit, der wir uns zum Schluss alle beugen müssen, die wir nicht zurechtbiegen können. Dort existieren wir als Erinnerung, solange jemand lebt, der sich an uns erinnert.

Der Nebel der Besorgnis, der in den letzten Stunden auf Island so dicht gewesen war, dass er ganz vorsichtig gehen musste, um nicht gegen Wände zu stoßen, löste sich nach der Lektüre von drei Nachrufen auf. Karl Ástuson schlief wie ein Stein, bis das Flugzeug französischen Boden berührte.

Ja-Tango

Das Seltsame war, dass Karl und Una, solange sie lebten, nur wenig über ihre Woche im Schlösschen Beausejour sprachen. Es lag im Süden von Arles und im Norden der Camargue, die als Schwemmland bezeichnet wird, aber eher eine dreieckige Insel mit hohem Schilf und Teichen und einer eigenständigen Fauna zwischen den Mündungsarmen der Rhone und dem Mittelmeer ist. (Der Ort auf der Welt, wo der Himmel die Erde ablöst, sagte Una.)

Karl Ástuson fand ein Wort für diese Woche und nannte sie die *Traumzeit* – ein Wort, das er aber nie laut aussprach. Trotzdem war es ein Schlüsselwort, ein Wort, auf welches das Leben hinauslief, ein Wort, das man auf den Lippen haben durfte, wenn das Leben zu Ende ging.

Am neuen Anfang wichen sie nicht voneinander, diese Liebenden früherer und neuerer Zeiten. Wenn sie zusammen Spaziergänge in der Camargue unternahmen, wo der Horizont aus einem breiten Band von Riesenschilf und langem Wasserspiegel bestand, mit Wolken und skurrilen rosa Flamingos (von denen Una sagte, sie sähen aus wie Pfefferminzbonbons auf Stelzen), waren sie einander so nahe, wie man es bei einem Spaziergang nur sein kann, auf dem man nebenbei auch vorwärtskommen will. Dabei legt der Mann der Frau seinen Arm fest um die Schultern, während sie mit ihrem Arm seine Taille umfasst. Eine Haltung, die ebenso schön wie ermüdend ist. Beim Frühstück im Wintergarten saßen sie beieinander und hielten Händchen, soweit es das

Frühstück gestattete. Karl brachte es bald zu einiger Geschicktheit darin, den Kaffee mit der Linken zu trinken.

Sie wirkten die meiste Zeit ernst, diese beiden Menschen, die ansonsten immer zu einem Lachen aufgelegt waren. Man hätte den Eindruck haben können, als stünde ihnen eine Kraftprobe bevor, doch sie lebten nur in Verwunderung und Freude über das gemeinsam Erlebte, Kleines oder Großes, Erinnerungsküsse oder Originalküsse, Henriettes Aprikosenkompott, Vin de Sable aus der Gegend, den sie Sandrosé nannten, oder Ausflüge mit dem Auto in einer Landschaft, die durch weltberühmte Bilder Teil des globalen Bewusstseins geworden war. Und zu dieser Jahreszeit geschmückt mit blühenden Wolken auf Bäumen – so verschwenderisch, dass es an eine Fata Morgana gemahnte. Vor allem für Isländer, auch wenn sie viel in der Welt herumgekommen sind.

Una fügte sich in die Umgebung ein wie eine Einheimische aus einem anderen Bezirk – obwohl sie nie zuvor in Frankreich gewesen, sondern immer nur nach Italien gereist war. Auf dem Markt kannte sie sämtliche Gemüsevarianten und wählte nicht weniger kritisch aus als die Französinnen. (Fragte nach wildem Spargel, doch seine Jahreszeit war leider noch nicht ganz gekommen.) Und obendrein sprach dieses liebenswerte Geschöpf auch noch Französisch, wie auch immer sie das bewerkstelligt hatte. Karl Ástuson starrte sie an, als würde sie in Zungen reden.

In Haus und Garten von Beausejour fühlte sie sich so daheim, dass es ganz den Anschein hatte, als sei sie ein Leben lang dort mit Karl Ástuson ein und aus gegangen. Er nannte das Haus seit neun Jahren sein Eigen und hatte versucht, alles in Una-Manier einzurichten. Beispielsweise ihre Farben zu wählen, die nicht unbedingt seine waren. Und ob nun aus diesem oder einem anderen Grund – kaum war sie zur Tür hereingetreten, sagte sie: Ich habe das Gefühl, als sei ich hier schon einmal gewesen. Und Karl antwortete: Das bist du auch.

Natürlich war es ihm nicht entgangen, dass er für Una einkaufte, wenn er die Antiquitätengeschäfte abklapperte, und auch, als er das weiße Ledersofa aus Italien bestellte, ein ausgefallenes Möbel, das aber an Ort und Stelle unerhört zur Geltung kam und den mediterranen Frohsinn der Fliesen so akzentuierte, dass der Boden zu tanzen schien.

Alles in Beausejour hatte er in ihrem Sinne ausgewählt und zusammengestellt, ohne auch nur eine einzige Minute daran geglaubt zu haben, dass sie wieder zu ihm zurückkehren würde, oder sich einzubilden, dass sie jemals seine Frau werden könnte, in der Zukunft – falls sich die Gegenwart wider alles Erwarten überhaupt dazu herablassen würde, sich in einem unbegreiflichen Zickzack dorthin zu begeben.

Trotzdem hatte es Stunden in der Hollywoodschaukel gegeben, vor allem einmal im Herbst, in denen er sich Una im Garten vorstellte, eine Una, die Oliven pflückte, grüne und violette, und ganz lebendig vor ihm stand.

Una, hatte er laut gesagt, *ich weiß, wie man Oliven einlegt.*

Er sagte ihr nicht, dass sie bei ihm gewesen war, dass er sie bei dem Baum angeredet hatte, sondern wiederholte nur, was er damals gesagt hatte, dass er wisse, wie man Oliven einlegt. Und fügte hinzu, dass sie im Herbst wiederkommen müssten, wenn sie reif wären.

Über das, was einmal gewesen war, redeten sie so wenig wie möglich, aber wegen vergeudeter Zeit fielen Tränen. Karl Ástuson hatte nicht geweint, seit er an seinem ersten Tag in New York auf den Stufen zur Grand Central Station stand. Jetzt weinte er wieder und vergrub sein Gesicht in Unas Haaren. Das kam öfter als einmal vor, und er schämte sich nicht.

Er weinte, als sie sich das erste Mal geliebt hatten. Da hatte Una einen verwunderten Ausdruck, den er nicht kannte, und das war der erste Anlass zu Tränen. Die Anlässe mehrten sich. Das Bedauern über all die Jahre, die er verpasst hatte und die sie nicht minder bedauerte. Die Freude darüber, dass das große Projekt gelungen war, eine Brücke vom vorigen Leben über ein Vakuum hinweg ins eigentliche Leben zu bauen. Aber vor allem weinte er vor Erleichterung darüber, dass sie beide, wenn sie sich liebten, zu einer Person verschmolzen. Näher als das, mit Seele und mit allem, konnte man einem anderen Menschen nicht kommen, dorthin hatte er sich gesehnt, bis ganz hin zu Una. Er hatte sich nie nach etwas anderem gesehnt.

Am ersten Abend in Beausejour, nach dem Abendessen in der Goldenen Schwalbe, hatte sich Karl Ástuson an den Flügel gesetzt und einen Walzer von Chopin gespielt, allerdings nicht den Abschiedswalzer von damals im Wohnzimmer, und wie nicht anders zu erwarten, hatte Una auf dem weißen Sofa hingerissen gelauscht. Er spielte nur dieses eine Stück und setzte sich dann neben sie aufs Sofa. Sie war es, die sich langsam zu ihm hinüberlehnte und ihm die Hand in den Nacken legte, und er war es, der zu küssen begann, erst sanft, dann fest.

Kein Chopin mehr heute Abend, sagte sie zwischen den festen Küssen, und lachend gingen sie Hand in Hand in das Schlafzimmer mit dem quadratischen Himmelbett aus dem achtzehnten Jahrhundert und den spezialangefertigten Matratzen aus der Gegenwart.

Die ersten Male liebten sie sich überaus behutsam, als wären sie körperlich behindert oder blind und schwebten deswegen in Gefahr, sich unsanft aneinander zu stoßen; es war dunkel im Schlafzimmer. Aber selbst während unbeleuchteter Wonnen spürte Karl, dass Unas Körper nicht mehr derselbe war. Der Bauch hatte andere Formen angenommen, und die Brüste kamen ihm völlig verändert vor. Sie waren recht groß und hingen ein wenig herab. Die Enttäuschung war fast körperlich, sie hinterließ einen bitteren Geschmack im Mund. Gleichzeitig gab er sich die Schuld am Zustand der Brüste. Es wäre ihnen nicht so ergangen, wenn er sie in seiner Obhut gehabt hätte, und als Entschädigung für falsche Behandlung und natürlich auch Vernachlässigung ließ er ihnen besondere Aufmerksamkeit zuteilwerden.

Während der sieben Tage in Beausejour schliefen sie meist erst gegen Morgen ein, sie wollten dem Schlaf nicht gestatten, zwischen sie zu treten. Immer wieder richteten sie sich ein wenig auf zu einem weiteren Kuss, tranken einen Schluck Wasser, legten sich wieder hin und umschlangen einander von Kopf bis Fuß, liebten sich mal halbwegs, mal ganz, ernst oder ausgelassen; und dann noch ein Glas Rotwein vor dem Einschlafen, noch einmal aufs Klo; Mandeln knabbern, noch einmal Zähne putzen, noch einmal duschen, noch einmal *Two Sleepy People* anhören und dabei flüstern wie unartige Kinder, die sich immer wieder etwas einfallen lassen, um nichts zu verpassen und auf keinen Fall einzuschlafen.

Sie hielten sich auch im Schlaf bei der Hand, genau wie sie im Wald oder am Strand Händchen hielten. Sie schliefen bis lang in den Tag hinein wie Brüderchen und Schwesterchen, die sich im dichten Nebel oben auf den Bergen verirrt hatten, sich unter freiem Himmel ein Nachtlager bereiten mussten und erst gegen Morgen völlig erschöpft in Schlaf gefallen waren.

Karl Ástuson, der von dem ersten Dienstag nach dem verlängerten Wochenende im August bis zu einer Februarnacht viele Jahre später nicht gewusst hatte, was Zukunft bedeutete – dieser Karl Ástuson ließ sich nun in der Zukunft nieder. Er versuchte mit aller Kraft, jeden Augenblick ganz und in sich vollkommen zu machen, wartete aber gleichzeitig auch darauf, dass er vorüber war, damit er die Erinnerung daran heraufbeschwören konnte, wie es aus Unas Augen leuchtete, wenn er ihr ein weiteres Mal leise erzählte, dass er immer an sie gedacht hatte, immer; niemals, an keinem einzigen von Gott geschenkten Tag, hatte er sie aus den Augen verloren – trotzdem hatte er sich aber nie vorstellen können, dass die Tage kommen würden, die jetzt gekommen waren. Sodass er nach dem Aufwachen immer einige Zeit brauchte, um sich zurechtzufinden: Das hier ist kein Traum, hier ist Una, hier ist das Leben, in einem irdischen Paradies nicht weit von Arles.

Ansonsten sprachen sie in dieser ersten Woche nicht viel. Vielleicht mussten sie sich von all den ungesagten Worten in der langen Zeit erholen, in der Karl und Una vom Schweigen des anderen umgeben gewesen waren, wie Tote im Geiste. Wenn sie sich unterhielten, setzten sie die Worte so vorsichtig und gewählt, als übten sie sich in einer neuen Sprache und wollten keine Grammatikfehler machen.

In Abwesenheit von Worten wurde stets und ständig Musik gehört, im Auto, im Wintergarten, im Schlafzimmer; sie schliefen bei Musik und wachten bei Musik, und sie musizierten auch selber. Diesbezüglich stellte Una Anforderungen, und sie zwang Karl zu mehr Musikausübung, als ihm lieb war. Sie hatte nicht die Geschichte vom Komponisten Karl Ástuson vergessen, und er musste sich bitte schön den Ja-Tango in Tönen und Worten in Erinnerung rufen.

Dieser Tango war zum Geburtstag von Ástamama uraufgeführt worden. Karl hatte sich das Ganze abends in seinem

Bett ausgedacht, wenn er die unentwegten JaJas und JaJaJaJas aus dem Wohnzimmer unten hörte, wo die Nähmaschine vorwärtsratterte; da war ihm eingefallen, er könnte seiner Mutter zum Geburtstag eine Freude machen, indem er aus all diesen Jas einen Tango komponierte – für Klavier, Violine, Klarinette, Nähmaschine und Sopran.

Das Werk begann mit einem ganz leisen Ton auf der Klarinette, dem Geigentöne mit einem winzigen Ja folgten, unterstützt vom Klavier. Das wiederum erzeugte eine ganze Kette von Jas, bei denen die Nähmaschine (im Grunde genommen ein geistloses Krachmachgerät) wie ein Schlaginstrument zur Geltung kam. Und dann vermehrten sich die hohen Jas, wurden aber ganz zum Schluss von Klarinette und Geige übertönt, die sich mitsamt dem Klavier fröhlich und ausgelassen austobten. Auf einmal verstummte alles, bis der Sopran ein sachliches *Ja!* und die Nähmaschine ihr letztes Rattern von sich gab.

Als Unas Applaus für die Leistung des Einmannorchesters endlich verklang, erzählte Karl ihr, dass seine Mama mit diesem Wort auf den Lippen aus der Welt gegangen sei, noch ehe jenes Geburtstagsjahr herum war. Das gehörte zu den Dingen, die zu traurig gewesen waren, um sie Una zu Es-war-einmal-Zeiten zu erzählen. Und jetzt erst beschrieb er ihr, wie seine Mutter ein einziges klares und helles Ja von sich gegeben hatte, bevor sie starb, etwa im Ton einer jungen Frau, die gerade das Haus verließ, vielleicht um in die Stadt zu gehen, und sich etwas in Erinnerung rief, was sie auf keinen Fall vergessen durfte.

Er ging allerdings nicht auf einen kleinen Mädchenpullover ein, den seine Mama strickte, nachdem sie krank geworden war, und der immer noch in einem ramponierten Koffer im Musikzimmer auf Long Island existierte. Es war völlig ungewiss, ob er ihr jemals den Pullover zeigen und ihr sagen würde, dass Ástamama ihn gebeten hatte, das kleine Mädchen zu grüßen, das er so gern bekommen hätte.

Das Mädchen für den Pullover stand im Augenblick auf keinem Programm und auch keine anderen Kinder. Una hatte sich nicht dazu geäußert, weshalb sie keine Kinder hatte, und fragen mochte er nicht. Er schob den Gedanken von sich weg, ob irgendwann einmal ihr eigenes Kind entstehen könnte, möglicherweise schon jetzt, oder ob Una überhaupt Kinder bekommen konnte. Er fragte sie weder danach, ob er sich vorsehen sollte, noch unternahm er etwas in dieser Hinsicht. Er hatte keine Ahnung, ob Una sich auch solche Gedanken machte, ob sie seit damals die Pille nahm. Sie ließ nichts durchblicken.

In einer Landschaft von vielen ungesagten Worten kannten sich die beiden, die hier unterwegs waren, so gut, als wären sie gemeinsam durch die Reinkarnationen der Jahrhunderte gegangen – so gut, dass es nicht einmal überraschte, wie ungleich sie in vieler Hinsicht waren. Wie unterschiedlich beispielsweise ihre Geschmäcker waren, wenn es um Restaurants ging. Ein Aspekt, der in ihrem früheren Leben kaum zum Tragen gekommen war.

Jetzt stellte sich heraus, dass sich Una in kleinen, unscheinbaren Lokalen mit ganz einfachem Essen am wohlsten fühlte. Sie konnte kein Verständnis dafür aufbringen, dass Essen wie ein japanisches Blumenarrangement auszusehen hatte, und fühlte sich in einer Selbstbedienungsraststätte an der Landstraße 113, die hauptsächlich von LKW-Fahrern frequentiert wurde, ausgesprochen wohl. Karl hingegen nahm sich dort aus wie ein Mann auf der Flucht, als er sich das Essen auf den Teller gab, und er blickte sich um, als könnte ihn jemand auf frischer Tat ertappen – der Mann, der es bislang nach Möglichkeit vermieden hatte, unter einem Michelin-Stern essen zu gehen, und der eine Weinkarte in Augenschein nahm wie ein Biologe, der eine ungewöhnliche Kreatur unter dem Mikroskop untersuchte. Una war nicht wählerisch, was Weine betraf, sie durften nur nicht schlecht schmecken. Doch, sie konnte einen guten Wein genießen, aber so etwas sollte man ihrer Meinung nach möglichst zu Hause trinken, das sei viel zu teuer in Restaurants.

In Sachen Kleidung hatten Karl und Una in früheren Zeiten ganz auf derselben Linie gelegen. Das bestgekleidete Paar in der ganzen Schule, die beiden Einzelkinder, und Karls Sachen sahen aus wie Label-Ware, obwohl sie heimgeschneidert waren. Jetzt trug er drüber wie drunter Label-Ware. Una war aber nicht dafür, allzu viel für Kleidung auszugeben, und außerdem hatte sie sich inzwischen darauf eingeschworen, dass Kleider und Schuhe bequem zu sein hatten und nicht drücken durften. Sie war alles andere als begeistert, als Karl ihr hochhackige Schuhe kaufen wollte; als er ihr den Schuh zur Anprobe brachte, musste er es über sich ergehen lassen, dass sie ihre Miene verzog, so als wolle er sie in ein Dirndl zwängen, weil er das sexy fand.

Als die Woche im Paradies ihrem Ende zuging, mussten sich Karl und Una ins Gedächtnis zurückrufen, dass das menschliche Leben nicht nur aus Musik und Küssen besteht, sondern auch voll von sogenannten Tatsachen ist. Auch wenn es sich dabei möglicherweise um Nebensächlichkeiten handelte, musste man sich doch mit ihnen vertraut machen, wenn es galt, ein neues Leben zu beginnen.

Hatte sie ihre Solistenprüfung als Pianistin absolviert? Worum ging es in ihrer Magisterarbeit im Fach Italienisch? Seit wann arbeitete sie nicht mehr in der isländischen Oper? In welchem Jahr war sie zum Silberstrand gezogen? Was waren ihre Lieblingsorte in Italien? Und weswegen fuhr sie immer dorthin?

Una wiederum fragte nach dem Haus auf Long Island, von dem sie glaubte, dass es gleich nach ihrem heißgeliebten eigenen Haus das spannendste auf der Welt sein musste, und sie befragte ihn auch eingehend nach Lotta. Karl spürte instinktiv, dass die Situation brenzlig werden würde, und verlegte sich unverzüglich darauf, die räumliche Trennung zweier Frauen zu planen. Das Büro musste außer Haus verlegt und stattdessen etwas in einer Entfernung angemietet werden, die zu Fuß zu bewältigen war. Diese Maßnahme war ebenso logisch wie die, zwei Sopranistinnen nicht gleichzeitig auf dieselbe Bühne zu stellen.

Una wusste, dass Karl Businessmanager war, und am vierten Tag fragte sie ihn nach seinem Business. Sie nahmen gerade ihr Frühstück im Wintergarten ein, von früh konnte allerdings keine Rede sein, denn es war bereits zwei.

Jetzt wird es schwierig, antwortete er. Ich bin ein Spekulant der unbegreiflichsten Sorte. Partygäste ergreifen zuhauf die Flucht, wenn die Rede auf meinen Broterwerb kommt.

Hat dieses Unbegreiflichste einen Namen?, fragte sie.

Es hatte tatsächlich einen Namen. Karl Ástuson gehörte zu einer Gruppe einiger weniger Auserwählter, deren Berufsbezeichnung aus dem Französischen kam, Arbitrageur, und ihre Tätigkeit hieß Arbitrage.

Abrakadabra, sagte Una. Bitte erklären.

Es geht darum, ortsbedingte Preisunterschiede ausfindig zu machen und aus der Differenz Gewinn zu schlagen. Beispielsweise, wenn eine Währung von Land zu Land verschieden gehandelt wird; es geht darum, im richtigen Moment zu kaufen und zu verkaufen. Da können beispielsweise irgendwo in Timbuktu hundert Mercedes herumstehen, zu einem ganz guten Preis, aber in Nicaragua bekommt man mehr dafür. Hokuspokus.

Mit anderen Worten, Spekulation hoch zwei, sagte Una. Und du bist derjenige, der auf solche Preisunterschiede spekuliert und daran verdient.

Besser kann man es nicht formulieren.

Aber du darfst nicht mit mir spekulieren.

Ich habe stets und immer auf dich spekuliert, seitdem wir elf waren. Du hast immer den entscheidenden Unterschied für mich ausgemacht, von dem Augenblick an, als ich dich zum ersten Mal gesehen habe, und daran wird sich nie etwas ändern.

Una sah den Mann an und sagte nichts. Sie schwiegen, bis sich eine Türkentaube bei ihnen aufs Dach setzte und das Schweigen mit langgezogenen gurrenden Bluestakten durchbrach.

Dann sagte Una: Spekulieren auf Unterschiede in höherer Potenz also.

Sie lachten und schwiegen anschließend wieder, bis Una sagte: Ich würde gerne bei deinen Spekulationen mitmachen. Und zu Weihnachten machen wir dann ein dickes Geschäft mit Spekulantius.

Über diesen albernen Witz kicherten sie bis zum Abend, pufften sich wechselweise in die Seite: Spekulieren, Spekulant, Spekulantius.

Im Ernst war Karl aber keineswegs daran gelegen, dass Una ins Spekulationsgeschäft einstieg. Sie sollte nur auf Long Island am Flügel sitzen. (Selbstverständlich ein Bösendorfer, wie in der Musikschule. Klang weicher als ein Steinway.) Ja, zwischendurch durfte sie auch mal ein Buch lesen.

Pah, du hast doch gar keine Bücher, sagte sie.

Natürlich habe ich Bücher, sogar jede Menge. Auch isländische. Einige sind noch von Mama. Aber ich besitze viel mehr Musik. Ein ganzes Zimmer voll von Musik.

Er hörte sich selber reden. So leicht war es, endlich das Geheimnis des Musikzimmers mit allem, was darin war, zu lüften. Niemand hatte es bislang betreten dürfen, nicht einmal Immaculada. Er putzte das Zimmer selber und staubte von Herzen gern einmal in der Woche alles ab.

Ein ganzes Zimmer?

Ja. Und zwar nicht zu klein. Nun muss ich allerdings eine weitere Sitzgelegenheit anschaffen, es gibt dort nämlich nur einen Sessel. Aber wie auch immer, du wirst keinen Finger krummmachen müssen, das kommt überhaupt nicht in Frage.

Es würde mir nichts ausmachen, einen Finger krummzumachen. Ich habe die ganze obere Etage am Silberstrand angestrichen. Allein.

War der Kerl so geizig?

Nein, ich bin so geizig. Und Anstreichen macht mir Spaß.

Mit deinem Geiz wirst du dich aber nicht durchsetzen können, wenn ich etwas zu sagen habe.

Du hast aber nichts zu sagen.

Ich hatte vergessen, dass ich nie verheiratet gewesen bin. So funktionieren wohl Ehen.

Genauer gesagt ist es so, dass die Frauen alle kleinen Dinge und die Männer alle großen Dinge bestimmen, sagte Una.

Ich werde es mir merken, sagte Karl.

Ein ständiger Anlass zur Verwunderung in dieser Woche in Beausejour war, dass Karl und Una, die streng genommen Unbekannte füreinander geworden waren, sich bei allen Dingen, die sie sich vornahmen, in einer Weise behilflich waren, als wären sie ihr ganzes Leben lang ein Zwiegespann gewesen. Was dem einen schwerfiel, war leicht für den anderen. Sie ergänzten einander. So war es auch früher immer gewesen, zum Beispiel bei Deutsch und Mathematik, aber es war keineswegs selbstverständlich, dass es auch noch galt, wenn es beispielsweise darum ging, ein Rindfleischragout nach lokalem Rezept zu kochen – so viel später, dass weder sie noch er Wert darauf legte, die ganze Zeit der Trennung in Rechnung zu stellen.

Sie waren im buchstäblichen Sinne so lachhaft gut aufeinander abgestimmt, dass sie immer noch vierhändig auf dem Klavier spielen konnten, ohne sich zu sehr in die Quere zu kommen. Das war eine Fähigkeit von früher, aber sie entdeckten auch neue an sich; beispielsweise im gemeinsamen Verfassen von Kurzprosa für die Umwelt in Form von SMS-Geschichten über Unas Reise – und ihr späteres, angeblich zufälliges Treffen in New York. Es stand auf einem anderen Blatt, ob dieser Version so ohne weiteres geglaubt werden würde. Die Hauptsache war, sich daran zu halten.

Einem Dieb, und wirklich nur einem, gelang es, ins Paradies einzudringen. Einem Tier ohne Hirn, einer berüchtigten Mücke aus den Sümpfen, die Una so übel mitspielte, dass ihr rechtes Auge versank. Das geschah am fünften Tag, als sie einen Ausflug nach Saintes-Maries-de-la-Mer machten.

Una wunderte sich über diesen Namen, laut Reiseführer waren dort drei Marias übers Meer gekommen; sie, die sich in der Kunstgeschichte bestens auskannte und in den Museen von Florenz und Venedig zu Hause war, kannte die heilige Maria nur im Singular. Karl hingegen dachte an die vielfältigen Marias in seinem Leben: Ástamama, Sigríður, Doreen Ash, Lotta … und seine Halbschwester Fríða, ja …

Woran denkst du?, fragte Una, als sie Karls Marien-Miene bemerkte.

Ich denke meist an dich.

Das brauchst du nicht. Ich bin bei dir.

Entschuldige, dass ich so unpraktisch bin, ich denke trotzdem an dich, auch wenn du bei mir bist. Und sie hat direkt am Auge zugestochen.

Den glücklichsten Menschen der Welt blieb nichts anderes übrig, als auf dem schnellsten Wege nach Arles zu fahren und sich ärztlich behandeln zu lassen.

Es war peinlich, denn der Arzt und die Krankenschwester blickten Karl Ástuson und die Frau mit dem verquollenen Auge an, als hätte er sie geschlagen.

Die glauben, dass ich dich geschlagen habe, sagte er, und ihm war das unangenehm.

Sollen sie doch, wenn es ihnen Spaß macht, erklärte Una in verstocktem Ton, so als ginge das niemanden etwas an – genau wie eine Frau, die geschlagen worden war.

Karl und Una fuhren nie wieder nach Beausejour, nicht einmal, um im Herbst ihre grünen und dunkelvioletten Oliven zu pflücken. Noch vor Ende des Jahres verkauften sie das Schlösschen aus dem achtzehnten Jahrhundert an einen Mann, den sie noch nie getroffen hatten, von dem sie nicht einmal wussten, wie er hieß; Lotta hatte sich um die Transaktion gekümmert. Stattdessen kauften sie ein neues Schloss, ein neues Paradies zwischen Pyrenäen und Strand auf der französischen Seite. Sie nannten es Beaulieu, und dort verlebten sie neue Traumstunden. Auch dort trug Karl ein Märchen vor, das Una zu unterschiedlichen Zeiten gehört hatte, in Beausejour und in Reykjavík.

Es war einmal ein elfjähriger Junge, der mit seiner Mutter in einem Eckhaus in der Stadtmitte wohnte. Sie war Schneiderin und unglaublich musikalisch. Er hatte auch eine Halbschwester, die ebenfalls recht musikalisch war. Er selber spielte auf dem Klavier im Wohnzimmer, und genau das tat er an einem Wintertag, wo es draußen heftig schneite; es ging auf Weihnachten zu. In diesem Eckhaus nähte die Mutter im Wohnzimmer hinter einem asiatischen Paravent, während ihr einziger Sohn auf dem Klavier übte, und zu dem Zeitpunkt der Geschichte war er schon recht geschickt auf diesem edlen Instrument. An diesem Wintertag war der Sohn der Schneiderin ganz in seinen Chopin vertieft, als plötzlich ein dickvermummtes Mädchen mit Schneeflocken auf der Mütze im Wohnzimmer stand. Er vermutete, dass sie in seinem Alter war, was sich später als richtig herausstellte.

Darüber erschrak der junge Pianist, und um nicht bei der Anprobe des Weihnachtskleids im Wege zu sein, wollte er sich in die Küche zurückziehen und ein Glas Milch trinken. Doch da geschah das Wunder, das vielleicht, alles zusammengenommen, eines der größten Wunder in seinem ganzen Leben war. Das Mädchen sprach ihn mit leiser Stimme an, aus der mit der Zeit ganz sicher ein Mezzosopran werden würde. Sie sagte: Spiel weiter. Der Junge war wie vor den Kopf geschlagen und bekam Herzklopfen. Er sah in das gütige Gesicht seiner Mutter, um die Bestätigung dafür zu erhalten, dass der Wunsch des Mädchens durchaus nicht abwegig war. Seine Mutter erklärte rundheraus, dass er ihnen nicht im Wege sei.

Der Sohn spielte also weiter, und anfangs verhaspelte er sich aus Schüchternheit gegenüber dem fremden Mädchen ein paarmal. Aber bald zog ihn Chopin mit seinem Abschiedswalzer wieder ganz und gar in seinen Bann. Der Junge spielte wie nie zuvor und vergaß alles um sich herum. Und als er schließlich aufstand, hatte er die Anprobe im Wohnzimmer ebenfalls vergessen. Das führte dazu, dass er sah, wie ihr das Weihnachtskleid über den Kopf gezogen wurde, wobei nackte Knie und Beine zum Vorschein kamen, denn das Mädchen kannte keine Scheu und wurde nicht vollständig von dem Paravent verdeckt. Der Junge erschrak bei diesem Anblick heftig, doch es gelang ihm, sich nichts anmerken zu lassen. Er ging ganz ruhig in die Küche, so als sei nichts vorgefallen, und er konnte nicht sehen, dass ihr das etwas ausgemacht hätte.

In der Küche nahm er wie geplant das Glas Milch zu sich, und dazu aß er einen von den Keksen mit Schönheitsfehlern, die er erst kürzlich in der Fabrik gekauft hatte. Er erinnerte sich deutlich, dass das Mädchen im Wohnzimmer dunkelhaarig und keineswegs hellhäutig war. Er erinnerte sich auch, dass das Weihnachtskleid aus einzigartig rotem Samt war (so rot, dass er an Purpur denken musste) und dass es einen roten Spitzenbesatz und samtbezogene Knöpfe hatte. Er saß mit seinem Glas auf einem Küchenhocker und bekam aufs Neue Herzklopfen, als das Mädchen in die Küche hereinschaute. Jetzt war sie wieder dick vermummt und sagte mit einem freundlichen Lächeln leise adieu.

Er war so abwesend nach diesem Besuch, dass er eine ganze Weile wie angewurzelt bei der Küchentür stehen blieb. Als plötzlich der Tanzlehrer auftauchte, der Jón hieß, amüsierte er sich so sehr über den Sohn der Schneiderin mit dem Keks in der Hand, dass er sagte: Wohl bekomm's, bevor er ins Wohnzimmer ging.

Der Sohn erfuhr noch am gleichen Abend von seiner Mutter, dass das Mädchen Una hieß und ebenfalls Klavierunterricht hatte. Sie war das einzige Kind eines schon etwas älteren Ehepaars und wohnte am Grundarstígur. Der Vater des Mädchens war Kaufmann. Durch Nachforschungen fand er heraus, dass sie genau wie er in einem Eckhaus wohnte, und er musste viel über diese göttliche Vorsehung nachdenken.

Von da an beschäftigte ihn das Mädchen Una und alles, was mit ihr zusammenhing, und die Sache wurde nicht besser dadurch, dass er *zu Weihnachten in viel zu zartem Alter Doktor Schiwago von Boris Pasternak las, in dem sich alles um die Liebe zu Larissa dreht. Er nannte das Mädchen hinter dem Paravent im Stillen Una Larissa und nahm sich vor, Medizin zu studieren.*

Mit anderen Worten, das Mädchen mit den kurzen Haaren ging ihm fortan nicht mehr aus dem Sinn, ebenso wenig wie das Wunder, als sie sagte: Spiel weiter. Er beobachtete sie aus den Augenwinkeln beim Eislaufen auf dem Stadtteich und auch andernorts, und als sie in der Abschlussklasse des Gymnasiums waren und nach dem Silvesterfeuer ein Liebespaar wurden, hatte er das Gefühl, er sei im siebten Himmel.

Und jetzt konnte er endlich Una die Frage stellen, die ihm seit seinem elften Lebensjahr auf den Lippen gebrannt hatte: Wieso bist du mit deiner guten Erziehung im Mantel ins Wohnzimmer gekommen? Und die Antwort war einleuchtend: Die Klingel war kaputt.

Der gute Liebhaber

Warum hast du mir nicht gesagt, dass sie schwarz ist?

Ich habe nie behauptet, dass sie weiß wäre.

Du versuchst nur, dich herauszureden, du differenzierst.

Und dann lachten sie, aber Una war trotzdem enttäuscht, als hätte Karl ihr etwas Wichtiges verschwiegen, nämlich nichts Geringeres als die Hautfarbe der rechten Hand, die sich nach dem ersten höflichen Gespräch mit der neuen Frau des Hauses in ihr Büro zurückgezogen hatte.

Karl hatte sich eine Galgenfrist erkauft, indem er Lotta einen halben Monat lang in Urlaub geschickt hatte, einen Tag bevor er und Una in Amerika eintrafen. Wozu, fragte er sich, es änderte ja doch nichts an der Lage, in die er sich hineinmanövriert hatte, indem er die Sache vor sich herschob, anstatt sie wie ein Mann in Angriff zu nehmen und unverzüglich dafür zu sorgen, dass das Büro aus dem Haus verbannt wurde. Und mit etwas Einfallsreichtum in irgendein Gespräch eine Hauptsache wie die Hautfarbe einfließen zu lassen, obwohl sie für ihn eine Nebensache war.

Jetzt versuchte er, sein Vergehen wiedergutzumachen, indem er die Karten auf den Tisch legte. Er ließ sich zwölf Minuten lang mit all den ausgefeilten rhetorischen Finessen, die er sich im Debattierclub des alten Gymnasiums angeeignet hatte, über Lotta und seine Verbindung zu ihr aus. Dabei erwähnte er unter anderem, dass ihre Eltern Menschenrechtler gewesen waren; dass Lotta prophezeit hatte, der nächste amerikanische Präsident würde ein Schwarzer sein, dass sie angeblich sogar wusste, wer, auch wenn der Mann noch nicht sehr bekannt war.

Sie liest vielleicht auch aus der Kaffeetasse?

Unterschätz Lotta nicht.

Das tu ich nicht. Sie ist nämlich in dich verliebt.

Wie sollte es auch anders sein, unwiderstehlich, wie ich bin.

Versuch nicht, das ins Lächerliche zu ziehen. Sie ist in dich verliebt.

Sie kann sein, was sie will, das ist nicht meine Schuld. Und ich werde hier in der Nähe Büroräume anmieten.

Mit anderen Worten, das Problem in die nächste Straße verlagern.

Besser, als es hier im Haus zu haben.

Jetzt wollte Una wissen, ob Karl die Grundregel befolgt hatte, Arbeit und Privatleben zu trennen, oder ob er mit Lotta geschlafen hatte. Als Karl Letzteres verneinte, reichte ihr das aber nicht: Ob er nicht Lust dazu gehabt hätte.

Für was hältst du mich eigentlich? Natürlich hatte ich Lust dazu.

Na klar, sie ist eine attraktive Frau, sagte Una eifersüchtig.

Das ist doch Nebensache. Die Hauptsache ist, dass ich nicht in sie verliebt bin, und das war ich nie. Diesbezüglich bin ich anderweitig festgelegt, wie du weißt.

Ja, das weiß ich, sagte Una mit einer Mischung aus dem bezaubernden und dem verschmitzten Lächeln (eine neue und besonders reizvolle Variante), und das Problem verflüchtigte sich einstweilen, bis auf die Tatsache, dass Una fragte, ob er es nicht komisch fände, dass Lotta ihn Master nannte.

Doch, das fand er.

Weshalb er das komisch fände.

Einfach so, sagte Karl.

Einfach so gilt nicht, verstehst du das nicht, sie stammt von Sklaven ab. Du bist der weiße Herr und Master, und sie ist eine dunkle Sklavin.

Sie erhält aber keinen Sklavenlohn, sagte Karl und schämte sich fast zu Tode, dass ihm die peinliche Ironie dieser Situation entgangen war.

Die Angst davor, in Unas Augen an Ansehen zu verlieren, flammte in ihm auf. Und blitzartig sah er vor sich, dass es auch noch so sein würde, wenn sie neunzig wären. Er könnte nie vollkommen sicher sein, ob er sich richtig verhielt – ob er nicht auf irgendeine Weise Una kränkte und Gefahr liefe, dass sie sich entfremdeten. Es ging also um eine ganz neue Existenzform im Vergleich zu den vergangenen siebzehn Jahren, in denen er sich nie hatte beunruhigen müssen. Kein Problem, wenn nichts von solcher Bedeutung ist, dass man deswegen aus der Fassung geraten müsste.

Karl Ástuson machte sich sofort daran, diesen peinlichen Schnitzer auszubügeln, und nahm den Fall Lotta in Angriff wie ein Baustatiker seine Berechnungen. Das Büro wurde in die nächste Straße verlegt, und er gewöhnte sich neue Regeln im Umgang mit der Privatsekretärin an. Das bedeutete, dass er ihr zugleich weniger und mehr Aufmerksamkeit schenkte. Er hatte es sich bislang nicht zur Angewohnheit gemacht, ihr Blumen zu schenken, und ihr Gehalt hatte er nur erhöht, wenn sie darum bat. Auf der anderen Seite hielt er sich aber wesentlich weniger in ihrer Nähe auf, arbeitete meist zu Hause und richtete eine tägliche Arbeitsbesprechung für sie beide ein.

Lotta nahm das alles in ihrer praktischen Art hin, routiniert bis in die Fingerspitzen. Sie ließ sich nach außen nichts anmerken, aber sie war nicht mehr so fröhlich wie sonst. Sie magerte ab und trug Sachen in gedämpften Farben. Karl gingen diese Veränderungen an seiner Lotta nahe, der Lotta, die ihm so tüchtig und treu darin beigestanden hatte, seine weitgesteckten Ziele zu erreichen, und ihm so gesehen die Wege für die Hauptsache geebnet hatte, Una wiederzuerlangen. Ihretwegen hoffte er, sie würde von sich aus eine Entscheidung treffen, entweder kündigen oder sich mit den neuen Gegebenheiten abfinden, aber sie tat weder das eine noch das andere. Ihr dabei zu helfen, war ihm nicht möglich – außer sich in Wort und Tat formvollendet ihr gegenüber zu verhalten, um eine Frau mit einer neuen Art von Liebeskummer nicht über Gebühr zu verletzen.

Es gab zwar Störfaktoren wie Lotta, auch von anderer Seite, aber trotzdem bauten Karl und Una sich ein Leben miteinander auf, weiterhin harmonisch und guter Dinge in einem Haus, von dem aus man einen Blick auf die Hauptstadt der Welt hatte. Sie zweigten sich so große Portionen von Traumstunden ab wie möglich; indem sie Handys abstellten und Telefone ausklingeln ließen; indem sie bei jedem Wetter täglich an irgendeinem Strand spazieren gingen und ein Steinchen zum anderen legten; indem sie Konzerte besuchten und alles um sich herum vergaßen; indem sie einen Ausflug aufs Land machten und sich eine Unterkunft aussuchten, die eine Kulisse aus der Ewigkeit hätte sein können – bei einem gefrorenen See unter immergrünen Nadelbäumen, die sich wiegten wie Tänzer mit vielen Armen und Schenkeln.

Das Zusammenleben mit Una war wie ein Leben im Wasser. Jeder Tag brachte eine neue Art von Leichtigkeit, Schwerelosigkeit, die nur die Liebe hervorbringen kann, und Karl kam es beinahe so vor, als würde er schweben oder zumindest kaum den Boden berühren. Una fiel auch auf, wie viel beschwingter er ging, und sie sagte es ihm ohne jeden ironischen Unterton. Er nahm allerdings auch tatsächlich ab, denn seine Essgewohnheiten waren umgekrempelt worden. Der Eremit Karl Ástuson hatte Steaks mit Salat gegessen und Rotwein getrunken. Und zwischendurch Whisky. Mit Una aß er Fisch und Muscheln und trank am liebsten Champagner und Weißwein. Whisky rührte er nicht mehr an.

Als der Frühling auf Long Island eine bestimmte Richtung eingeschlagen hatte, aus der man schließen konnte, dass sich daraus ohne Rückschläge ein Sommer entwickeln würde, hatten Una und Karl äußerliche Störfaktoren so weit in den Griff bekommen und das Haus auf Long Island so abgeschirmt, dass die Welt nur nach gewissen festgesetzten Spielregeln Zugang hatte – und im Musikzimmer war sie völlig ausgeschlossen. Dort konnten sie sich nach Bedarf eine gute Arie anhören. *Happy we* von Händel, und schlimmstenfalls sangen sie mit.

Doch im beginnenden Sommer mit Una und in dem besonderen Glück, das sich allgemein mit einem Sommer einstellt, gar nicht zu reden davon, wenn man liebt, stand Karl kurz vor der Entdeckung, dass er auch in einer Dimension jenseits von Una existierte – und dort hatte sich eine andere Frau eingenistet.

Zu seinem Entsetzen musste dieser akkurate Mann, nachdem er und Una auf Long Island feste Wurzeln geschlagen hatten, langsam, aber sicher feststellen, dass seine Gedanken manchmal auch um Doreen Ash kreisten. Was auch immer sich sein ansonsten so standhafter Sinn davon versprach.

Seine Dankesschuld ihr gegenüber hatte er schriftlich abgetragen, mit wohlgesetzten Worten, an denen er lange herumformuliert hatte. Das reichte natürlich nicht aus, wie sollte es auch angesichts der Höhe der Schuld. Aber sich dabei zu ertappen, stets und ständig an seine Wohltäterin zu denken –

grenzte das nicht schon an eine fixe Idee? Es war auf jeden Fall so höllisch, dass er sich mit einer neunschwänzigen Katze gegeißelt hätte, wäre er davon überzeugt gewesen, dass diese Methode geholfen hätte.

Karl Ástusons Gedanken kreisten so hartnäckig um Doreen Ash, dass er sich gezwungen fühlte, etwas zu unternehmen. Er wollte auf keinen Fall Gefahr laufen, dass irgendetwas seine und Unas Beziehung beeinträchtigen könnte. Er beschäftigte sich intensiv mit dem Gedanken, was zu tun war, und ihm fiel nur eines ein: Er musste los, um Doreen zu treffen, um herauszufinden, ob er dieser Frau nicht Fesseln anlegen konnte; er musste seine Gedanken wieder auf die Reihe bekommen, damit er sie wie Aktenunterlagen auf dem Schreibtisch systematisch zu ordentlichen Stapeln sortieren konnte.

Es war normal, ihr unter dem Vorwand der Dankbarkeit einen Besuch abzustatten. Er wählte ein großzügiges Geschenk für die Retterin, ein Platin-Armband mit Lapislazuli. Das war, wie gesagt, normal, doch weshalb ließ er *Von Karl* eingravieren? Er versuchte sich einzureden, dass sich damit der Wert des Geschenks erhöhte. Aber stimmte das wirklich? Hätte er nicht Rücksicht auf Doreens eifersüchtige Lebenspartnerin nehmen müssen? Der Psychologin Liina, mit zwei i?

Er fuhr mit der Bahn nach New York, das war ungewöhnlich. Er hatte sich nicht angemeldet (das war ebenfalls ungewöhnlich). Er saß also sozusagen im Ausnahmezustand am Zugfenster, und die Metropole breitete sich vor ihm aus mit allem, was in ihr war, an erster Stelle aber stand eine Einwohnerin – Doreen Ash. Der lebenspendenden Hebamme, die äußerlich gesehen weit davon entfernt war, dieser Berufsbezeichnung zu entsprechen, und die sich wohl nie als einen guten Menschen bezeichnet hätte. Aber sie war selbstverständlich gut, wenn man genauer hinsah, viel eher als diejenigen, die sich mit dem milden Schleier der Menschenliebe umgeben und sich selber anpreisen: Hier bin ich, die Güte in Person!

Doreen Ashs Praxis lag nur einen Steinwurf weit vom Zoo im Central Park entfernt, dem Lieblingsort von Karl Ástuson in der Stadt, die ihm während seines Studiums eine Stiefmutter geworden war, die ihn immer noch in ihrer kühlen Umarmung hielt, als er die Stelle in der Bank bekam und sich zu etablieren versuchte. Er war durch die Wege im Tiergarten geschlendert und hatte sich Affen, Schlangen und Pinguine angesehen, um zu vergessen und für eine Weile nicht traurig zu sein, nicht hilflos, der junge Mann, der für alle Zeiten seine Liebsten verloren hatte, Una und Ástamama.

Doreen Ash musste selber die Sprechanlage bedient haben, denn er wurde nicht nach seinem Anliegen gefragt, sondern sang- und klanglos eingelassen.

Sie erwartete Karl im siebten Stock beim Aufzug. Nicht nur das überraschte ihn, sondern auch die Tatsache, dass sie um mehr als die drei Jahre gealtert war, die seit ihrer letzten Begegnung vergangen waren. Er gab ihr einen Kuss auf die Wange, den sie wie ein Wachtposten ohne eine Bewegung oder ein Wimpernzucken entgegennahm. Sie strich ihm aber mit den Fingern über den Handrücken, so leicht und schnell, dass es kaum eine Berührung war – eine unverständliche Geste, die auch gar nicht zu Doreen Ash passte.

Genauso wenig stimmten ihr Büro und ihre Praxis mit dem Bild überein, dass er sich von Doreen Ash gemacht hatte. Hätte er eine Prognose abgeben sollen, wie ihr Sprechzimmer eingerichtet war, hätte er auf modernes Design getippt. Weiß und Chrom. Doch der Raum war ganz im Gegenteil in dunklen Farben gehalten, braun und weinrot, dunkles

Parkett, eine alte Sitzgarnitur aus Leder und ein großer alter Schreibtisch aus Eiche. Afrikanische Masken an der Wand und eine ägyptische Katze auf dem Tisch. Aussicht auf den Central Park Zoo, den historischen Ort aus einem früheren Leben in der Stadt, an dem aber nie etwas geschehen war, außer dass er dort wieder zu sich selbst fand. Soweit das Una-los überhaupt möglich war.

Doreen Ash setzte sich hinter den Schreibtisch, und Karl Ástuson nahm ihr gegenüber Platz. Wie ein Kunde. Ein Patient. Sie schwiegen. Von draußen drangen durch das geöffnete Fenster schwache Tierlaute herein.

Ich hatte die ganze Zeit gehofft, dass du kommen würdest, und du störst mich gar nicht, sagte Doreen Ash schließlich, obwohl sie nicht danach gefragt worden war, ob sie sich gestört fühlte.

Das freut mich, sagte Karl Ástuson. Ich konnte natürlich nicht wissen, ob du nicht mit Patienten beschäftigt wärst.

Meine Patienten stoße ich so allmählich ab, aber es sind immer noch zwei übrig, und die werden wohl auch bei mir bleiben, bis dass der Tod uns scheidet. Keine Ahnung, ob es daran liegt, dass ich mich nicht von ihnen trennen kann oder sie sich nicht von mir, aber so ist es nun einmal. Beides Männer selbstverständlich. Eingeschworene Muttersöhnchen und selbstverständlich auch Schwule im Schrank. Der eine lebt sogar noch bei seiner Mutter, aber er ist ja auch erst einundvierzig. Und ich bin immer noch zu keinem endgültigen Schluss gekommen, wer wen festhält, die Mutter ihn oder er sie, obwohl er schon sieben Jahre bei mir ist. Es ist mir wohl nicht bestimmt, dem auf den Grund zu kommen, zumal ich auch nicht daran glaube, dass man der Wahrheit über die Menschen auf den Grund kommen kann.

Merkwürdig.

Es bedarf einer langen Suche, um der Wahrheit über einen einzigen Menschen auf die Spur zu kommen.

Und woraus besteht dann deine Arbeit?

Ich höre, wie gesagt, auf.

Weil die Wahrheit über einen Menschen so unzugänglich ist?

Vielleicht spielt es nicht die wichtigste Rolle, wie kompliziert oder undurchsichtig diese Wahrheit ist. Man kann ein Arbeitsmodell über das Leben einer Person aufstellen und dann nur hoffen, dass die Projektion nicht allzu weit vom Original entfernt liegt. Und wenn dieses Arbeitsmodell der Person hilft, sich im Leben zurechtzufinden, dann ist es auf jeden Fall besser als nichts.

Therapie ist dann also so etwas wie Modellbau.

Meiner Meinung nach ja. Ein Modell von etwas, von dem wir nicht wissen, wie es ist. Man arbeitet im Nebel und tappt blind umher.

Es gibt noch andere, die ihre Arbeit so beschreiben. Irgendein Schriftsteller, wenn ich mich richtig erinnere.

Blinde haben einen guten Orientierungssinn.

Na schön.

Ganz abgesehen von der Wahrheit ist es immer gut und richtig, seine Probleme mit einem sogenannten neutralen Gegenüber zu besprechen. Mit jemandem, der kein Freund ist und nicht zur Familie gehört. Im Übrigen ist ein Therapeut natürlich keineswegs neutral, zumindest würde mir nicht im Traum einfallen, mir einzubilden, dass ich das sei. Ich bin nur anders voreingenommen als Freunde oder Familie. Und ich erleichtere Freunden und Familien die Bürde. Meine Patienten können sich bei mir ihre Lasten von der Seele wälzen und anschließend mit anderen über angenehmere Dinge plaudern.

Ich erinnere mich, dass dir die Patienten auf den Geist gingen.

Nur die, bei denen wirklich etwas nicht stimmt. Die in ihrer eigenen Welt leben und jahrelang denselben egomanen Schwachsinn wiederkäuen. Ihnen zuzuhören, ist eine Tortur.

Wieso denn, seid ihr nicht speziell dafür ausgebildet, euch solche Gespräche nicht nahegehen zu lassen?

Was für eine Ausbildung könnte einen wohl dagegen wappnen? Und die Kranken, bei denen es den Anschein hat, als seien sie von sämtlichen Kontakten abgeschnitten, haben immer ein besonderes Händchen dafür, sich durch alle Schutzvorrichtungen hindurchzuschmuggeln.

Sie schwiegen, und er schaute seine Retterin an, die Frau, die innerhalb von drei Jahren um zehn Jahre gealtert war. Vielleicht zerstörte sie sich mit Alkohol, wie sie angedeutet hatte. Aufgeschwemmte Wangen, verquollene Lider. Und eigentlich sah es so aus, als hätte sie bereits ein weiteres der untrüglichen Symptome, die unbewegliche Humphrey-Bogart-Oberlippe.

Nicht genug damit, dass die Zeit nicht zimperlich mit Doreen Ash umgegangen war, sie wirkte im Grunde genommen wie eine ganz andere Frau. Sie war von einer Trauer umgeben, die noch nicht geboren war, als sie sich begegneten. Vielleicht hatte sie einen engen Freund oder Verwandten verloren.

Sie war auch ganz anders gekleidet als an dem Abend, an dem er auf sie gestoßen war. Damals hatte sie ein legeres weißes Sommerkleid getragen. Ein Wickelkleid, das ihm nicht in die Quere gekommen war, als es aufs Ganze ging. Nun trug sie ein rotes Chanel-Kostüm und glich eher einer Frau aus der Business-Welt als einer Psychiaterin. Karl ertappte sich dabei, die goldenen Kugelknöpfe an der Jacke zu zählen, es waren elf. Ein derartiges Outfit konnte mehr als lästig sein, und der enge Rock stellte eine Schranke der ganz besonderen Art dar, wenn es darum ging, eine Frau zu entkleiden. Er erinnerte sich dunkel an einen peinlichen Moment mit einer Liebhaberin, deren knallengem Rock nicht beizukommen war. Er hatte sich so ungeschickt angestellt, dass das Spiel um ein Haar in ein regelrechtes Handgemenge ausgeartet wäre.

Und was ist mit deinem neuen Buch?

Überübermorgen beginnt die Marketing-Kampagne.

Herzlichen Glückwunsch.

Zu früh, aber trotzdem danke. Sie prophezeien, dass es ein Bestseller wird, das habe ich dir bestimmt schon gesagt.

Toll.

Prophezeiungen bewahrheiten sich nicht immer.

Wie heißt das Buch?

Doreen Ash lachte und sagte: Das wirst du noch früh genug erfahren.

Ach?

Es muss unbedingt bis zur letzten Stunde geheim gehalten werden.

Ich besorge mir ein Exemplar, sobald es in die Läden kommt.

Du bekommst ein signiertes von mir, sagte Doreen Ash und fügte etwas abrupt hinzu: Wohnst du nicht immer noch da, wo du damals warst?

Doch, ja, sagte Karl Ástuson, der sich nur ungern an ihr Treffen bei ihm zu Hause erinnern lassen wollte. Er beeilte sich, das Geschenk zu überreichen.

Die Schachtel mit dem Armband war kunstvoll in weißes Japanpapier verpackt und mit einer rosa Porzellanblüte versehen worden. Unpassender hätte die Verpackung kaum sein können, sie erinnerte an ein Hochzeitsgeschenk, doch niemand wollte heiraten. Die Blumenverkäuferin war sicher davon ausgegangen, es handele sich um ein Geschenk für seine Verlobte, und er hatte keinen Versuch unternommen, diese völlig verfehlte Verpackung zu verhindern.

Es kam einem Geschicklichkeitsspiel gleich, ein Päckchen auszupacken, das von einer geübten Blumenverkäuferin kunstfertig mit filigranen Fäden verschnürt worden war. Doreen Ashs Hände schienen leicht zu zittern. Sie schwiegen, bis das Armband zum Vorschein kam.

Traumhaft schön, sagte sie. Ich danke dir. Das ist viel zu viel.

Sie probierte das Armband nicht an, sondern hielt es nur in der Hand und betrachtete die ultrablauen Steine mit den Goldadern.

Nichts ist zu viel. Du hast nicht nur mich gerettet, sondern Una auch. Eine entsetzliche Ehe. Der Kerl hat sie unter seiner Fuchtel gehabt. Geschlagen hat er sie bestimmt auch. Ich glaube, sie ist zu stolz, um darüber zu reden.

Wollt ihr ein Kind bekommen?

Was?

Ein Kind?

Darüber habe ich nicht nachgedacht.

Und sie?

Wir reden nicht über Kinder, sie hat in einer langen Ehe keins bekommen, und für mich sind Kinder fast so etwas wie Wesen aus dem All. Mit einer Ausnahme. Ich hatte ein enges Verhältnis zu der kleinen Tochter von meiner Halbschwester.

Und was ist, wenn sie schwanger wird?

Dann würden wir ein Kind bekommen. So einfach ist das. Es sei denn, sie würde eine Abtreibung wollen.

Na, hör mal.

Ich kann nicht in die Köpfe der Menschen hineinsehen,

ich lese keine Gedanken. Ich kann nicht wissen, was Una denkt, es sei denn, sie sagt es mir.

Du bist also so weit, dass du die grundlegenden Dinge verstehst.

Danke für das Lob. Aber eigentlich bin ich gekommen, um dir Lob auszusprechen. Du hast mein Leben im wahrsten Sinne des Wortes gerettet. Es war so leer, dass ich genauso gut hätte tot sein können.

Bei Rettungsarbeiten kommt meist nichts heraus. Unglaublich, dass es in deinem Fall etwas gebracht hat, das begreife ich eigentlich gar nicht. Entscheidend war natürlich, dass du nicht bei mir in Behandlung bist. Dann hätte ich nämlich nicht das Recht gehabt, so mit dir zu reden. Wenn du bei mir in Behandlung wärst, hätte ich dir nicht zu so etwas Revolutionärem raten können. Ich würde mir wünschen, etwas Ähnliches für meine beiden letzten Mohikaner tun zu können. Desperate Fälle, an denen ich klebenbleibe und sie an mir – wie eine Skulptur der Hoffnungslosigkeit. Das wenige, was man sagen kann, ist besser als nichts, aber es ist nicht gut genug. Und ich – wer soll mich retten, ich selber kann es augenscheinlich nicht oder will es nicht, und nicht einmal Liina ist imstande dazu. Ich glaube, ich halte mich an meine beiden hoffnungslosen Fälle, die ewigen Muttersöhnchen, vielleicht ist das eine Art von Rettungsleine. Aber das ist unprofessionell und unseriös, es ist gegen alle Regeln. Selbstverständlich sollte ich sie mir auch vom Hals schaffen, da mir das alles so klar ist, aber ich tue es trotzdem nicht.

Karl Ástuson wusste nicht, was er sagen sollte, deshalb sagte er nichts, eingedenk der Verhaltensmaßregeln, die ihm seine Mutter mit auf den Weg gegeben hatte: Wenn du nicht weißt, was du sagen sollst, dann schweige lieber.

Er schwieg so lange, bis Doreen Ash wiederholte: Ja, wer soll mich retten? Dann legte sie das Armband aus Platin und Lapislazuli an, das Geschenk von Karl, und schaute auf ihr Handgelenk, so als würde sie einen Blick auf die Uhr werfen, aber die Zeit nicht verstehen.

Kann ich etwas tun?, fragte er und hörte selber, wie albern das klang.

Am allerwenigsten du, sagte Doreen Ash, ohne ihren Blick von dem Armband abzuwenden.

Karl Ástuson sah ihr ins Gesicht, aber da war nichts, was ihm einen Hinweis darauf hätte geben können, wieso er am allerwenigsten etwas für sie tun konnte. Es endete damit, dass er Echo spielte: Am allerwenigsten ich.

Du weißt, dass ich dich liebe, sagte sie.

Der Satz enthielt keine Dramatik und klang ganz en passant. So als hätte sie gesagt: Du weißt, dass Kartoffeln fehlen.

Was für ein Unsinn, sagte er. Du stehst doch mehr auf Frauen.

Doreen Ash musste lachen und sagte dann in einem so freundlichen Ton, als spräche sie zu einem kleinen Jungen: Muttersöhnchen.

Ich hatte eine Mutter, die in einer unbegreiflichen Weise wundervoll war. Alles um sie herum war Leben und Farbe, Wärme und Lachen. Sie hat aus meiner Kindheit einen Traum und ein Märchen gemacht. Hätte ich nicht diese Mutter gehabt, könnte ich nicht an Traum und Märchen glauben, und ich hätte es nie in Angriff genommen, eine siebzehn Jahre lange Brücke zu überqueren und ein neues Leben aus lauter Glück aufzubauen. Und wenn mich das zum Muttersöhnchen macht, will ich es gerne mein Leben lang bleiben.

Ein Ausdruck der Bewunderung glitt über Doreen Ashs Gesicht. Sie hatte nie zuvor erlebt, dass Karl Ástuson ärgerlich wurde. Er war beinahe erschrocken über den Gesichtsausdruck dieser Frau, die behauptete, ihn zu lieben. War das wahrscheinlich? War es eine Falle, um ihn ins Bett zu locken? Nein, nein.

Cocktailstunde, sagte Doreen Ash. Was darf ich dir anbieten?

Gin und Tonic?, fragte er, der Whiskymann, der sich die gebrannten Weine abgewöhnt hatte.

Doreen Ash entnahm das dazu Erforderliche einem Möbelstück, das wie ein Aktenschrank aussah, aber einen Kühlschrank enthielt.

Der hier ist mein Geheimnis, sagte sie. Nicht einmal Liina weiß davon und auch sonst niemand außer meiner Putzfrau. Sie kümmert sich um die Vorräte und entsorgt die leeren Flaschen. Ansonsten ist mein Leben so bescheiden, dass ich keine Geheimnisse habe. Abgesehen von dir, denn du bist ein Geheimnis. Und kein geringes. Groß genug, dass ich niemandem von dir erzählt habe und das auch nie tun werde.

Sie blieb also hartnäckig dabei. Karl Ástuson spuckte im Geiste in die Hände und bereitete sich darauf vor, mit einer verliebten Doreen Ash zu reden, während sie zwei Gin Tonics mixte, die es in sich hatten. Er war ärgerlich über diese Komplikation. Zum Zeichen seiner Dankbarkeit hatte er ein sündhaft teures Armband für sie gekauft. Er hatte sie aufgesucht, weil er nicht verstand, warum sie ihm dauernd in die Quere kam, und weil er hoffte, den Grund dafür herauszufinden. Und nun war er weiter von diesem Ziel entfernt als je zuvor. Und was noch schlimmer war, jetzt würde sie ihm doppelt in die Quere kommen – die Frau, die bis über beide Ohren in ihn verliebt war.

Wie sollte er damit umgehen? Wem wäre es eingefallen, dass ein Retter und Schicksalsengel nach vollbrachter Mission Schwierigkeiten machte? Die betreffende Person hatte einfach von der Bühne abzutreten. Aber diese hier konnte das nicht und legte sogar Schlingen für den Schutzbefohlenen aus, sodass er der Länge nach hinschlug und zu Füßen der Retterin wie eine Fliege auf dem Rücken herumstrampelte.

Es lag auf der Hand, dass er sich selber eine Falle gestellt hatte, indem er Doreen Ash diesen Besuch abstattete. Wie irgendjemand so weise gesagt hatte: Wir sind darauf spezialisiert, uns Fallen zu stellen. Über dieses Thema hätte er sich sehr gern mit Doreen Ash unterhalten, doch sie war wohl nicht die geeignete Person, um mit ihr über die infame Falle zu reden, in die er nun hineingeraten war, denn sie war die Falle, mit Haut und Haar.

Sie setzte sich wieder an ihren Platz hinter dem Schreibtisch, und sie prosteten einander zu. Sie trank einen großen Schluck, schüttelte den Kopf und sagte in einem Ton, als amüsiere sie sich über irgendeinen Blödsinn, den sie gemacht hatte: Es wurde mir klar, als du gelächelt hast, erinnerst du dich, auf dem Bürgersteig vor deinem Haus. Als ich nicht wollte, dass du das Taxi bezahlst, da begriff ich es. Als hätte mir jemand einen Schlag gegen den Kopf versetzt. Das ist mir noch nie passiert.

Du hast dich doch bestimmt schon früher irgendwann einmal verliebt.

Ja, aber nicht so. Das waren Menschen, die ich oft getroffen habe, so etwas braucht normalerweise seine Zeit. Aber bei dir geschah es urplötzlich. Im Nachhinein weiß ich auch den genauen Zeitpunkt, nämlich als du vor der Bar zu mir gesagt hast: *Nur gut, dass es nicht der Regenbogen war.* Erinnerst du dich?

Das klang nun schon fast wie eine Anklage, so als könne

der Mann, mit dem sie sprach, etwas dafür. Als habe er den Regenbogen genau mit der Absicht ins Spiel gebracht, ein tragisches Schicksal mit unerwiderter Liebe heraufzubeschwören. Oder als hätten dieser Zustand und die Liebe vermieden werden können, wenn er nicht von einem Regenbogen gefaselt hätte.

Ich begreife das nicht, du hast mir am Telefon gesagt, dass du dich meinetwegen endgültig von den Männern abgekehrt hast.

Es war gleich von Anfang an, als ich dich traf, hoffnungslos. Da hatte ich einen vollkommen sympathischen Mann gefunden, den Traum-Lover, in den ich mich auf der Stelle verliebte, aber ich hatte nicht die geringste Chance bei ihm.

Und wieso konntest du das so genau wissen?

Es kommt vor, dass ich Dinge ganz klar sehen kann, und es kommt auch vor, dass ich mir Einhalt gebieten kann, wenn es früh genug der Fall ist.

Und was hast du so klar gesehen?

Dass du dich nie in mich verlieben könntest.

Moment mal. Ich kann mich in niemanden verlieben. Ich habe eine Liebe. Mehr gibt es nicht.

Da siehst du es.

Ja, aber ich bin doch ein hoffnungsloser Maßstab. Wer ist denn schon so wie ich?

Es hätte nichts geändert, auch wenn ich ganz genau gewusst hätte, warum ich dich nicht bekommen konnte. Ich wusste nur, dass daraus nie etwas werden würde. Mir wäre es nie eingefallen, mich an dich heranzumachen, genauso wenig wie an einen Schwulen.

Und was ist mit Liina?

Wieso Liina?

Du musst doch in sie verliebt sein.

Bist du verrückt? Sie ist hinter mir her gewesen, und zwar länger, als ich Lust habe, mich zu erinnern. Sie betet mich an, das arme Ding. Nachdem ich dir begegnet war, fand ich es an der Zeit, dass sie endlich ihre Belohnung bekam, auch wenn es eine sehr fragwürdige Belohnung ist. Liina assistiert mir, wo sie nur kann, ohne sie hätte ich dieses Buch nie geschrieben. Sie hat sogar mehr als eines der wissenschaftlichen Kapitel konzipiert. Und sie kümmert sich auch um die Rechnungen und das Auto, den ganzen alltäglichen Kram. Ich bin nicht besonders stolz auf so eine Herrin-und-Dienerin-Beziehung. Das ist nicht die große Liebe, so wie ich sie mir vorstelle. Für mich ging es einfach nur um die Chance, nicht allein leben zu müssen, jemanden zu haben, an den man sich kuscheln kann. Von all den Menschen, denen ich begegnet bin, kommt da sonst niemand in Frage, mit dem oder der ich mir vorstellen könnte zusammenzuleben. Das Leben mit Liina ist angenehm, es macht nicht sonderlich viel Spaß, aber es ist auch nicht langweilig. Was macht denn so gesehen auch schon besonders Spaß? In meinem Leben gibt es keine anderen Inhalte als die Liebe und die Trauer darüber, die Liebe nur theoretisch zu erleben. In gewissem Sinne ist das natürlich auch ein Inhalt, jetzt mal abgesehen von allem anderen.

Es wäre mir nicht im Traum eingefallen, dir vorzuschlagen, diese Öna zu entführen, wenn ich dich nicht geliebt hätte. Ich hätte weder die Kraft noch das Interesse gehabt, dich so herumzukommandieren, wenn ich dich nicht geliebt hätte. Dass die Sache so gut geklappt hat, ist ein Trost für mich, trotz allem. Eine Schmerztablette, eine Wundsalbe. Ich fühle mich etwas besser, oder ich leide etwas weniger, weil ich es zustande gebracht habe, dass dir etwas gelingt, was man Leben nennen kann. Für mich ist es kein Leben, wenn es keine gefühlsmäßigen Inhalte gibt.

Wenn Liebe unerwidert bleibt, wird ganz krass klar, wie viel fehlt. Einem geht auf, dass das Leben der reinste Tanz auf Rosen sein kann, nur dass man selber daran keinen Anteil hat. Der wurde einem genommen, und das ganze Leben ist klein und hässlich, verglichen mit dem großen hellen Leben, das sein könnte. Du verstehst wohl am allerbesten, wovon ich rede.

Ob am allerbesten, weiß ich nicht, aber ich verstehe.

Es ist unendlich schmerzhaft, dich aus so geringer Entfernung gegenüber am Tisch zu betrachten, sagte Doreen Ash. Aber es ist auch schön.

Ich bin doch nur ein ganz normaler Mann, sagte Karl Ástuson, der nunmehr gegen die Regel seiner Mutter verstieß, lieber zu schweigen, wenn er im Zweifel war, was er sagen sollte. Er fügte hinzu: An mir ist doch nichts Besonderes, denk daran.

Das glaubst du. Du bist nicht nur ungewöhnlich, sondern du bist geradezu geheimnisvoll. Du hast mir nie gesagt, weshalb du so erschrocken warst, als du meine Visitenkarte gesehen hast. Hast du geglaubt, du hättest mit deiner Halbschwester geschlafen?

Karl Ástuson war für den Rest seines Lebens stolz darauf, an diesem Punkt wie ein Schauspieler in der einundsiebzigsten Vorstellung geantwortet zu haben: Ich habe eine Halbschwester, wie ich dir gesagt habe, und sie heißt Fríða. Ich kann euch auseinanderhalten.

Doreen Ash lachte, und Karl Ástuson sah, dass er keine bessere Gelegenheit bekommen würde, um sich aus dem Staub zu machen. Er stand würdevoll auf und fragte: Sehen wir uns wieder?

Doreen Ash schwieg und rührte sich nicht. Dann lächelte sie plötzlich und sagte: Da fällt mir etwas ein. Übermorgen kommt mein Buch heraus, und der Verlag veranstaltet eine Party. Würdest du vielleicht kommen wollen? Nur dieses eine Mal.

Ja, vielen Dank. Natürlich komme ich.

Und tust du mir den Gefallen, ohne Frau zu kommen?

Selbstverständlich, sagte er. Das bin ich dir schuldig.

Wie witzig, sagte sie, aber sie lachten beide nicht.

Sie schob ihm eine Einladung über den massiven Eichenschreibtisch.

Karl Ástuson kam sich auf einmal vor wie der drittletzte Mohikaner. Bestimmt hatte sie den beiden anderen ebenfalls eine Einladung über den Tisch geschoben, den Muttersöhnchen, von denen sie sich nicht trennen konnte, oder umgekehrt – den beiden, die sich nicht von ihren Müttern trennen konnten, oder umgekehrt.

Deine beiden Mohikaner, haben die auch Einladungen bekommen?, fragte er.

In der Tat, sagte Doreen Ash. Aber ansonsten gibt es da keine Vergleichspunkte.

Sie begleitete ihn zum Aufzug und machte keine Anstalten, sich anders von ihm zu verabschieden als mit einem Händedruck. Er nahm sie in die Arme und gab ihr einen Kuss auf die Wange. Diesmal senkte sie kurz den Kopf. Er spürte ihren Atem an seinem Hals, die Wärme des Atems einer Lebensspenderin.

Danke, erklärte sie daraufhin mit neutraler Stimme.

Ich bin es, der zu danken hat. Immer.

Wir sehen uns übermorgen, sagte sie.

Darauf freue ich mich, sagte er.

Der Lift war auf dem Weg nach oben, und Doreen Ash war noch neben ihm stehen geblieben. Als das Klingelzeichen ertönte, sagte sie: Eines noch.

Ja, sagte Karl Ástuson und war auf Komplikationen gefasst.

Falls du aus einem unwahrscheinlichen Zufall heraus Liina kennenlernen solltest – ich habe ihr nur gesagt, dass wir uns vor einigen Jahren zufällig getroffen und zusammen gegessen haben. Dass du mich dann angerufen hast und ich dir aus einer Klemme geholfen habe. Es wäre besser, wenn wir dieselbe Geschichte erzählen.

Selbstverständlich, sagte Karl Ástuson lächelnd. Falls es der unwahrscheinliche Zufall so will.

Doreen Ash lächelte keineswegs. Sie öffnete die Aufzugtür, und er fuhr nach unten.

Es war nicht zu leugnen, dass Karl Ástuson allergrößten Wert darauf legte, für die Party zu Ehren von Doreen Ash gut auszusehen und perfekt gekleidet zu sein. Anlass war ein Buch mit einem Titel, der bis zuletzt ein Geheimnis bleiben sollte. In einem Kosmetikstudio, das Lotta für ihn ausfindig gemacht hatte, unterzog er sich einer Gesichtsmassage und einer Maniküre und ließ sich die Haare stylen. Von dem Designer-Stuhl aus, in dem der Kunde sich zwei Stunden nicht rühren durfte, während er sich verwöhnen ließ, hatte er Aussicht auf den Hafen.

Ihm war zumute, als stünde ein großes Ereignis bevor: Er gestand sich selber ein, dass er in ähnlicher Weise unruhig war wie ganz früher manchmal, wenn er mit Una verabredet gewesen war. Ihm durfte kein Schnitzer unterlaufen, und er musste sich noch mehr als gewöhnlich ins Zeug legen. Das war die Last, die Ástamama ihm auf die Schultern gelegt hatte; sie wollte, dass er vollkommen war, und sagte, dass er vollkommen war. Also konnte er sich nicht erlauben, weniger als das zu sein, und perfektionierte sich in allem, was er tat: Kaffee trinken, Schuhe anziehen, Schecks unterschreiben.

Und jetzt ging es um die Frage, ob ein Mann, der alles perfekt machen wollte, Blumen für die Retterin kaufen sollte, die im Begriff stand, die Bestsellerlisten zu erklimmen? Eigentlich hätte er es am liebsten getan, zumal er von einem ausgezeichneten Blumengeschäft wusste, das auf dem Weg lag. Aber wie andere Perfektionisten auch hatte er Angst davor, sich lächerlich zu machen, indem er sich beim Überreichen ungeschickt anstellte. Er sah die ein oder andere Szene vor sich, beispielsweise die, dass die Hauptperson so umschwärmt sein würde, dass er erst ganz zum Schluss an sie herankäme und mit dem Strauß in der Hand die ganze Zeit wie Falschgeld herumstehen müsste. Infolgedessen erschien er mit leeren Händen auf der Party und war unzufrieden mit sich selbst.

Auf einem Tisch vor dem Festraum mit einer Dekoration aus Strelitzien (Karl Ástusons Lieblingsblume) lagen ganze Stapel von dem neuen Buch. Über den orangefarbenen und blauen tropischen Blumen hing ein Käfig mit zwei bemerkenswerten Papageien, einer knallrot, der andere himmelblau. Der eine kreischte in einem fort bye-bye, mit einem höhnischen Unterton, von dem Karl Ástuson sich abgestoßen fühlte. Als der Vogel mit seinem Bye-bye-Latein am Ende war, sah der Käfiggenosse seine Chance gekommen und pfiff ziemlich falsch den Anfang der französischen Nationalhymne.

Um den Mann mit keinen Blumen drängelten sich Menschen, sodass er eine Weile eingekeilt und gezwungen war, den schrägen Lauten der Papageien unangenehm nahe zu sein. Doch nun war der Geheimtitel des Buchs von Doreen Ash ans Licht gekommen: *Der Gute Liebhaber.*

Ein witziger Titel. Geradezu gut. Kaum zu glauben, dass der noch nie jemandem eingefallen war. Klang allerdings nicht sonderlich überzeugend für ein Werk mit angeblich wissenschaftlichem Anspruch. Er konnte sich nicht beherrschen, zog vorsichtig ein Exemplar aus dem Stapel unter den Strelitzien heraus und nahm es genau in Augenschein. Der Text hinten auf dem Schutzumschlag besagte, dass die Autorin eine neue literarische Gattung geschaffen hatte, einen Reality-Roman, einen Liebesroman mit wissenschaftlichen Erläuterungen. Er öffnete das Buch, es war Liina Minuti gewidmet, mit Dank für unschätzbare Unterstützung.

Karl Ástuson war so verunsichert, dass es ihm nicht gelang, das Buch wieder ordentlich an seinen Platz zurückzuschieben. Bei der Aktion deformierte er eine Strelitzie. Ein älteres Ehepaar mit eindeutig akademischem Hintergund beobachtete ihn dabei und sah ihn einigermaßen schockiert an.

Das war kein guter Start. Um weitere Fehlleistungen zu vermeiden, hielt er sich im Festraum verlegen im Hintergrund und so weit wie möglich von der Menschentraube um die zukünftige Bestsellerautorin entfernt. Er sah riesige Plakate mit dem Porträtfoto einer strahlend lächelnden Doreen Ash über dem Rednerpult und daneben Plakate mit dem vergrößerten Cover. Doreen Ash besaß formschöne Zähne, und das Cover-Design war beeindruckend. Eine orangegelbe und blaue Blüte über einem Schwarzweißfoto von zwei Händen, einer kleinen und einer großen. Einer Kinderhand und einer Erwachsenenhand. Vielleicht gar keine so schlechte Idee für ein Werk, das eine Mischung aus Dichtung und Wissenschaft sein wollte.

Karl Ástuson ließ sich exzellente Kanapees munden und leerte sein Rotweinglas in Rekordgeschwindigkeit. Er hatte nur den einen Wunsch, so schnell wie möglich verschwinden zu können, aber zuvor musste er noch der Autorin gratulieren und ein signiertes Buch entgegennehmen, wie sie in Aussicht gestellt hatte. Alles andere wäre Feigheit. Betrug. Es würde ihr in dieser großen Stunde etwas bedeuten, ihn kurz zu treffen. Wenn es stimmte, was sie ihm vor zwei Tagen gesagt hatte.

Zu dieser Stunde konnte er allerdings kaum noch daran glauben, dass der Star des Tages ihn angeblich liebte. Diese Frau, die so weit außerhalb seiner Welt war – aber sich trotzdem dort eingenistet hatte wie eine Eizelle bei einer Bauchhöhlenschwangerschaft.

Das Ehepaar mit dem akademischen Hintergrund stand auf einmal wieder dicht neben ihm. Die Frau sagte: Sie kommen uns so bekannt vor, sind wir uns nicht kürzlich irgendwo begegnet?

Karl Ástuson entgegnete, das könne gut sein, aber er habe ein katastrophales Personengedächtnis, deswegen dürfe man nichts darauf geben, wenn er sich nicht daran erinnerte. Er unterhielt sich angeregt mit den Eheleuten und war deswegen nicht darauf gefasst, als der Star in eigener Person angeschwebt kam, Doreen Ash, jünger und strahlender als bei ihrem ersten Zusammentreffen, Doreen Ash in einem weißen Kleid mit ausladendem, schwarz eingefassten Kragen und einer schwarzen Kette – wie aus einem Film. Ingrid Bergman in *Casablanca*?

Du siehst phantastisch aus, sagte Karl Ástuson, nachdem er ihr einen Kuss auf die Wange gegeben hatte.

Ich habe schlafen können, seit wir uns das letzte Mal trafen. Schlaf ist das A und O fürs Aussehen und das einzige Mittel mit Sofortwirkung.

Nun ja, es hatten aber doch wohl auch noch andere als der Schlaf Hand an ihr Aussehen gelegt – Gesicht und Frisur perfekt und proportional aufeinander abgestimmt. So ein Aussehen war zwar schon beinahe übertrieben, aber letzten Endes doch umwerfend. Und dazu ein umwerfendes Platin-Armband mit Lapislazuli – das allerdings streng genommen nicht zu der schwarzen Kette passte.

Karl Ástuson war etwas aus dem Gleichgewicht geraten, und zwar buchstäblich, stand aber gerade neben einem Tisch, an dem er sich unauffällig abstützen konnte. Glücklicherweise, denn nun zog Doreen Ash ein Exemplar des *Guten Liebhabers* aus ihrer Tasche und überreichte es ihm.

Vielen Dank, sagte er. Ich fände es sehr schön, wenn du es für mich signieren würdest.

Das ist bereits geschehen, entgegnete sie.

Ach ja? Dann nochmals vielen Dank, sagte er, zögerte aber, das Buch zu öffnen und nachzusehen, was sie hineingeschrieben hatte.

Und ich bedanke mich dafür, dass du deinen Namen in das Armband eingravieren ließest, sagte sie.

Nichts zu danken. Hoffentlich bekommst du deswegen zu Hause keinen Ärger.

Ich muss es ja nicht Liina unter die Nase halten. Im Übrigen hat sie eine philosophische Einstellung.

Ach ja? Ich dachte, du hättest gesagt, sie sei eifersüchtig.

Das ist sie. Aber sie macht mir nicht mit irgendwelchem belanglosen Blödsinn das Leben schwer, sonst würde ich auch nicht mit ihr zusammenleben. Mit Menschen, die einen mit Blödsinn behelligen, kann man nicht zusammenleben.

Ist sie hier?, fragte Karl Ástuson.

Ja, sagte Doreen Ash und deutete auf eine kleine, dunkelhaarige Frau in schwarzem Hosenanzug und weißer Bluse. Sie stand gestikulierend inmitten einer Menschentraube.

Sie erzählt ihnen bestimmt, was für ein tolles Buch das ist, sagte Doreen Ash.

Ich freue mich darauf, es zu lesen, sagte Karl.

Das solltest du unbedingt tun, sagte Doreen Ash.

Eine Mischung aus Fiktion und Sachbuch?

Reality-Roman mit wissenschaftlichen Erläuterungen, wie auf dem Schutzumschlag zu lesen ist, kommt der Sache schon recht nahe.

Klingt spannend, sagte Karl Ástuson.

Ja, das fand ich auch, zumindest, solange es dauerte.

Reality-Roman mit wissenschaftlichen Erläuterungen, davon hab ich noch nie gehört.

Das ist auch nicht verwunderlich. Ich habe diese Form erfunden.

Du beschreitest also neue Wege?

Neu ist die Art, wie ich das anpacke, soweit ich weiß. Aber nichts ist neu unter der Sonne, höchstens neu unter einem lokalen Sonnenstrahl.

Wie lange hast du dazu gebraucht?, fragte Karl, der sich bei erdgebundeneren Themen wohler fühlte.

Zwei Jahre – ich war vor einem knappen Jahr damit fertig.

Es wird sicher ein Riesenerfolg, sagte Karl.

Ein hochgewachsener Mann näherte sich und bedeutete Doreen, sie solle kommen.

Sie stellte vor: Mein Verleger, Jasper Masters – ein Freund von mir, Carl Astason.

Jetzt muss ich wohl ein paar Worte sagen, erklärte sie. Bitte geh nicht, ohne dich von mir zu verabschieden.

Versprochen, sagte Karl Ástuson und legte seine Hand auf ihre.

Sie sah zunächst auf seine Hand, dann in sein Gesicht und lächelte. Ihr Lächeln gab ihm zu verstehen, dass sie sich nie wiedersehen würden, dies wäre das letzte Mal. Sie hatte beschlossen, es sei am besten so – und er blickte ihr nach und prägte sich ihren Anblick ein, wie sie langsam und souverän quer durch den Raum zum Rednerpult ging.

Doreen Ash begann mit ihrer Ansprache, sie war brillant. Ein amerikanischer Star. Gewählte und akademisch angehauchte Ausdrucksweise. Und sie war witzig. Sie versuchte nicht, mit billigen Tricks und Gesten Aufmerksamkeit auf sich zu ziehen, sondern sie ruhte gelassen in sich selbst. Sie sprach ein schönes Englisch, ohne irgendeine erkennbare Sprachfärbung, mit deutlicher und weicher Artikulation. Und ihr Auftreten am Rednerpult war perfekt – das war mehr, als man über ihr Benehmen in anderen Situationen sagen konnte. Wer war diese Person? Und was hatte sie eigentlich geschrieben?

Nach dem, was sie über ihr Buch gesagt hatte, konnte es sich um ein hochinteressantes Experiment handeln. Das auf jeden Fall, aber vielleicht auch mehr. Eine Liebesgeschichte, geschrieben von einer Psychiaterin; beide Partner wurden unter die Lupe genommen und wissenschaftlich analysiert. Sie knöpfte sich also die Liebenden wie medizinische Fälle vor, und dazwischen beschrieb sie genau, was sich zwischen den beiden abgespielt hatte, eines Nachmittags und Abends bis tief in die Nacht – so genau, dass sie es Reality-Literatur nannte.

Karl Ástuson verlor während ihrer Ansprache den Faden. Ihn beschlichen Zweifel, ob es sich um gute Literatur handelte. Eine Liebesgeschichte, eingerahmt von professionellen Klischees, verwässert oder aus dem Zusammenhang gerissen durch professionelle Klischees. Waren das nicht unvereinbare Welten in einem einzigen Buch? Trotzdem eine ganz originelle Idee. Die Frau hatte einen scharfsinnigen Intellekt, das durfte man nicht vergessen. Wer weiß, vielleicht war ihr das vermessene Unterfangen gelungen, vielleicht hatte sie aus diesem seltsamen Mischmasch etwas Großartiges gemacht.

Er merkte auf einmal, dass Liina Minuti ihn beobachtete. Etwas an der Art, wie sie das tat, erinnerte ihn stark an die Szene, als Doreen Ash sich im Bett die Brille aufsetzte und ihn betrachtete. Er entschied sich dafür, ihr zuzulächeln. Liina erwiderte das Lächeln streng. Man sah schon von weitem, dass sie nicht geschminkt war. Eine leidlich hübsche Frau, aber uninteressant.

Nun platzten die Papageien in die Ansprache der Autorin hinein, sie drehten gleichzeitig durch und stießen in unverschämten Tönen ein Bye-bye nach dem anderen hervor, was deutlich und klar im Saal zu hören war.

Die können es wohl nicht abwarten, den *Guten Liebhaber* zu lesen, sagte Doreen Ash und erntete schallendes Gelächter. Liina Minuti eilte zur Tür und schloss sie.

Doreen Ash beendete ihre Ansprache mit Glanz und wurde entsprechend von den zahlreichen Gästen bejubelt. Der Verleger küsste sie zuerst, und dann gab es Küsse von allen Seiten unter nicht enden wollendem Applaus, bis der Verleger das Wort ergriff und den Gästen Schweigen gebot.

Der Mann war eine attraktive Erscheinung, er sah nicht weniger wie ein Filmstar aus als die Autorin. Das, was er über den *Guten Liebhaber* und die Autorin sagte, machte Karl Ástuson so stolz, als hätte er selber Anteil an dem Buch gehabt. Er ertappte sich dabei, wie ein Honigkuchenpferd zu grinsen – bis er den wachsamen Blick von Liina Minuti bemerkte.

Doreen Ash hatte kurz gesagt eine neue literarische Gattung geschaffen – einen Liebesroman, in dem die Liebenden und ihre Gefühle professionell unter die Lupe genommen wurden, während die Geschichte ihren Verlauf nahm. Dabei kamen zwar nicht zuletzt auch eigene Theorien der Autorin zum Tragen, doch der Meister Sigmund Freud war nie weit entfernt, genauso wenig wie der Schatten von Melanie Klein. Ohne sie wäre das Buch nie geschrieben worden, aber auch nicht ohne die Hilfe der Psychologin und Lebenspartnerin Liina Minuti, die der Autorin eine unschätzbare Stütze gewesen war. Der Verleger prophezeite dem Buch rauschenden Erfolg, er hatte eine große Auflage drucken lassen. Zum Schluss seiner Rede ging er kurz darauf ein, dass der Anlass des Buches zwar tiefernst sei – es ginge um die Chancen der Liebe, um die Chancen des Menschen, in Liebe und mit Liebe zu leben –, aber es sei von einer begnadeten Humoristin geschrieben, und die Komik verleihe dem Werk, das ohnehin schon außerordentlich vielschichtig sei, eine weitere Dimension.

Eine Welle der Begeisterung ging durch den Saal. Der Verleger Jasper Masters und die Autorin Doreen Ash fielen sich ausdauernd in die Arme. Hinter der verschlossenen Tür drehten die Papageien ein weiteres Mal durch, diesmal mit Sirenen- und Freudengeheul.

Inzwischen hatte die bewundernde und verliebte Liina Minuti den Verleger abgelöst und den Platz in Doreen Ashs Armen eingenommen. Karl Ástuson schob sich näher an sie heran, aus purer Neugierde wollte er die beiden zusammen sehen. Liina flüsterte Doreen etwas zu. Karl spürte Mitleid mit ihr. Wer weniger geliebt wurde oder praktisch gar nicht geliebt wurde, war übel dran. Wer alles gab und im Gegenzug nur mit Lappalien und Larifari bedacht wurde, aber niemals mit dem Einzigen, wonach er sich sehnte, der Liebe des Heißgeliebten, der Heißgeliebten. Aber war es trotz all dieser Abstriche nicht doch besser, bei dem sein zu dürfen, den man liebte? Tja, wie viele unglücklich liebende Frauen und Männer hatten sich nicht schon diese Frage gestellt.

Doreen Ash befreite sich aus der langen Umarmung. Sie sah Karl an, als sei er der einzige Anwesende im Saal, und ging zu ihm hinüber.

Schön, dass du gekommen bist, sagte sie.

Schön, dass ich kommen durfte. Diese Stunde werde ich nicht so schnell vergessen. Vielen Dank, dass du mich eingeladen hast, und alles Gute.

Danke.

Ich bin so gespannt, dass ich mich noch nicht einmal getraut habe, das Buch zu öffnen und deine Widmung zu lesen.

Ich verstehe, sagte Doreen Ash. Dann also adieu.

Adieu, sagte Karl Ástuson.

Ich wünsche dir weiterhin Glück, sagte sie.

Das habe ich. Ohne dich hätte ich es nicht.

Mir wird warm ums Herz.

Sie küsste ihn auf die Wange und flüsterte: Du bist schön.

Danke, gleichfalls, sagte er. So schön wie nie.

So schön wie nie, entgegnete sie und lächelte, als sei ihr etwas Witziges eingefallen, das sie aber nicht verraten wollte. Dann drehte sie sich zu ihren Schlange stehenden Bewunderern um.

Karl Ástuson, mit dem *Guten Liebhaber* in der Hand, machte sich unverzüglich aus dem Staub. Er befürchtete, in irgendwelche Gespräche verwickelt zu werden, bei denen ihm Erklärungen abverlangt würden, wieso er von dem Star des Tages so bevorzugt wurde. Er riskierte es noch nicht einmal, auf den Aufzug zu warten, sondern ging unter den Kreischattacken der Papageien schnurstracks zur Treppe. Der eine schrie etwas, was klang wie: Klappe halten.

Während er die neun Stockwerke hinunterstapfte, kam es Karl Ástuson wunderlicherweise so vor, als würde das Buch, das Doreen Ash ihm verehrt hatte, sich in seiner Hand wie ein Stein erwärmen: wie einer der Steine am Strand bei Grótta und Örfírisey, die er auf seinen Spaziergängen mit Ástamama und mit Una aufgehoben und umklammert hatte.

Zwar sehnte er sich zurück nach seinem Zuhause auf Long Island und nach Una, doch gleichzeitig steigerte sich seine Neugier auf das Buch, das in seiner Hand immer heißer wurde, es hatte fast den Anschein, als sei es aus anderem Material als Papier. Er konnte es einfach nicht mehr abwarten, er musste einen Blick hineinwerfen. Unwillkürlich beschleunigte er sein Tempo und nahm Kurs auf die Grand Central Station. Dort wollte er das Buch öffnen, oben im italienischen Restaurant.

Zum Schluss fing er an zu rennen, und erst als er Platz genommen hatte, merkte er, dass er völlig verschwitzt und außer Atem war, weil er ein ganzes Stück gelaufen war. Karl Ástuson, der nichts unerträglicher fand, als sich zu blamieren, war froh, dass er zu diesem Zeitpunkt der einzige Gast in dem Lokal war. Und er hatte Glück, der Kellner war anderweitig beschäftigt und konnte ihm keine missbilligenden Blicke zuwerfen.

Während er langsam wieder zu Atem kam, fühlte er sich wie ein Debütant auf den Bahnhöfen dieser Welt. Nicht nur er selber, sondern auch die Atmosphäre kamen ihm unbekannt vor. Summendes Stimmengewirr und gellende Bekanntmachungen, und unten die vielen Menschen, die in alle Richtungen strömten.

Und vor ihm auf dem Tisch lag das Buch, *Der Gute Liebhaber*, ungeöffnet. Er betrachtete das Umschlagbild mit der Kinderhand, der Erwachsenenhand und der Paradiesvogelblume, und in diesem Augenblick hätte er dieses Exemplar am liebsten sofort weggeworfen. Das Buch würde ihn stören. Und er hatte keinen Bedarf an weiteren Störungen aus der Richtung von Doreen Ash.

Eigentlich hatte er vorgehabt, sich einen Kaffee und einen Fernet Branca zu bestellen, denn zu Abend essen wollte er natürlich mit seiner Una. Im entscheidenden Augenblick bestellte er aber nicht Kaffee und Fernet Branca, sondern Kalbssteak und Chianti. Das Gleiche hatte er an jenem Abend mit Doreen Ash gewählt, bevor sie zu ihm nach Hause fuhren. Hätte ihn jemand gefragt, hätte er geantwortet, er würde ihr zu Ehren dasselbe Essen bestellen. Da dieser Abend so viel für sie verändert hatte, wollte er sich solidarisch zeigen und sich nur an das Gute und Schöne erinnern, das sie verband, unter anderem Kalb und Chianti. Nur so konnte man der Erinnerung Gerechtigkeit widerfahren lassen. War es nicht an der Zeit, einen Strich unter den peinlichen Abschnitt mit dem Rauchen et cetera zu ziehen?

Den *Guten Liebhaber* hatte er immer noch nicht geöffnet, obwohl er seine Neugier kaum zu bezähmen vermochte. Er wartete darauf, dass der Kellner ihm den Rotwein brachte, trank sofort davon (glücklicherweise ein echter Chianti), holte tief Atem und öffnete das Buch.

Auf der Titelseite stand mit schwarzer Tinte:

Für den Guten Liebhaber höchstselbst –
mit einem Maximum an Liebe und Dank,
Doreen Ash.

Wieso brachte sie Liebe mit Maximum in Verbindung? Ein Wort, das in den Zusammenhang von Sünde und Schuld gehörte: *Mea culpa, mea maxima culpa!* Das Gebet, das er selber für seinen Gebrauch übersetzt hatte und manchmal anwandte: *Meine Schuld, einzig und allein meine Schuld!*

Was für eine Widmung war das eigentlich: *Für den Guten Liebhaber höchstselbst*?

Er schloss das Buch hastig, ging zur Toilette und spritzte sich kaltes Wasser ins Gesicht. Was sollte diese Widmung? Ein kleiner Scherz in Erinnerung an einen Abend und eine Nacht vor drei Jahren? Er lächelte in den Spiegel, natürlich war das ein Witz, und trocknete sich das Gesicht mit einem gutgebügelten Taschentuch ab.

Als das Essen auf dem Tisch stand, betrachtete Karl Ástuson den Teller und überlegte. Ausgeschlossen, dieses Buch mit dieser Widmung mit nach Hause zu nehmen. Es blieb nichts anderes übrig, als es zu entsorgen. Er könnte sich ja im Zweifelsfall ein jungfräuliches Exemplar zulegen, falls er das Bedürfnis danach verspürte. Oder?

Wahrscheinlich war es das Beste, dieses Buch mit der übertrieben persönlichen Widmung nicht zu lesen. Der Scherz war geschmacklos. Es würde ihm auch gar nicht nachzuweisen sein, da er der Autorin keine Rechenschaft über den Inhalt abzulegen brauchte. Mit ihrem Blick hatte Doreen Ash gesagt: Wir sehen uns nicht wieder. So viel war klar. Es war Doreen Ashs Art, eine klare Sprache zu sprechen, und zwar nicht nur in Worten. Die Wirkung war seltsam, angenehm und unangenehm zugleich. Wie abwechselnd heiß und kalt duschen; es endete zwar mit robusterem Blutkreislauf und Wohlbefinden, aber die Prozedur war unangenehm.

Karl Ástuson sah von dem italienischen Kalb hoch, das er mit Appetit zu verzehren begonnen hatte, und betrachtete Menschenschlangen, die mit Koffern auf Rädern, Rucksäcken, Plastiktüten in alle Himmelsrichtungen strebten. Nach einem Pattern, das an fliehende Ameisen erinnerte. Wohin waren all diese Menschen unterwegs, und was war in all diesen Behältern? Unterwäsche, Socken, Hemden, Bücher, Zahnbürsten.

Vor siebzehn Jahren hatte er auf der Grand Central Station gesessen, nachdem er gerade in New York angekommen war, überwältigt von der Größe und dem Fluidum der Stadt, überwältigt von dem imposanten und chaotischen Bahnhof, überwältigt davon, allein in der großen Welt zu sein, und allein in seiner kleinen. Keine Ástamama, um sie anzurufen und ihr zu sagen: Ich bin in New York, ich bin dort, wo ich hinwollte. Keine Una, um sie zu umarmen. Und er, das Geburtstagskind, weinte, nachdem er sich auf eine Treppe gesetzt hatte, um Kräfte für die letzte Etappe der Reise zu schöpfen.

Viele Jahre später erfuhr er von einem Buch mit dem Titel: *By Grand Central Station I sat down and wept.* Eine seiner Liebhaberinnen hatte das zitiert, als er ihr von seiner Reise erzählte, vom Beginn seines Amerika-Aufenthalts, von den Tränen. Es war die ganz große Ausnahme, dass er einer Liebhaberin etwas von Bedeutung anvertraute, es war gegen die Regeln, die er *Arbeitsregeln* genannt hatte, um sich über sich selber lustig zu machen. Dieser Verstoß gegen die Regeln war ihm so nahegegangen, dass er den Namen der Liebhaberin verdrängt hatte. Normalerweise ließ er diesen Frauen die Ehre zuteilwerden, sich daran zu erinnern, wie sie hießen.

Er starrte auf sein Essen, auf das Rotweinglas, auf das Exemplar des *Guten Liebhabers* und lauschte aufmerksam den Bekanntmachungen aus den Lautsprechern, wie zum Beweis, dass er tatsächlich in der Grand Central Station war, siebzehn Jahre später, und dass Una, die auf ewig verloren geglaubte, den weiten Weg zu ihm gekommen war.

Als er damals weinend auf der Treppe saß, hatte er sein zukünftiges Leben vor sich gesehen. Er würde in Amerika leben, er würde reich werden, er würde schöne Häuser an wunderbaren Orten besitzen, er würde viele und lange Reisen unternehmen, im Luxus leben und viele Liebhaberinnen haben. Das Einzige, was für ihn von Bedeutung war, hatte er absolut nicht voraussehen können. Aber in versteckten, schlechtbeleuchteten Schlupfwinkeln der Seele hatte er so innig auf Una gehofft, dass er sein ganzes Sinnen und Trachten darauf ausrichtete, es ihr recht zu machen. Ein Haus zu kaufen, das ihr gefallen würde. Möbel nach ihrem Geschmack, ebenso Porzellan und Besteck. Und sie hatte auch an beiden Orten gesagt: Als hätte ich das alles selber ausgewählt.

Und an beiden hatte er geantwortet: Das hast du ja auch.

Er hatte immer noch nicht angefangen, in dem Buch zu lesen. Wieso? Fürchtete er sich vielleicht vor einem Buch? Warum auf einmal diese Feigheit? Er hörte auf zu essen, schob den Teller beiseite, klappte das Buch auf und überflog das Inhaltsverzeichnis, wo unter anderem Titel wie diese zu finden waren: *Am Anfang war die Sonne … Die Nacht, in der es geschah … Narziss ohne Vater … Im Spiegel des Mutterauges … Der Halbschwesterkomplex … Liebesmutter …*

Er blätterte weiter und begann zu lesen, ganz vorne. Erstes Kapitel: *Am Anfang war die Sonne*

Sie war in Eile, weil sie Freunde am Broadway treffen wollte, aber ein Sonnenfleck an der Ecke von 7. Avenue und 55. Street lockte sie an. Ein guter Grund, um ein Glas Champagner darauf zu trinken, dass die hartnäckige Sonne es nun endlich geschafft hatte, sich zwischen den Wolkenkratzern hindurchzuzwängen und auf dem Bürgersteig vor der Bar und dem Koffergeschäft zu landen. Es war ein Frühlingstag, der mehr Frühling und anschließend einen ganzen Sommer verhieß, und da gehörte es einfach dazu, unversehens einen kleinen Schlenker zu machen und auf einem Bürgersteig stehen zu bleiben und eins mit der Stadt zu werden; mit beginnender Laubpracht im Central Park und lärmenden Vögeln. An einem solchen Nachmittag in der Weltmetropole steht Großes bevor.

Aha, die Gute hatte also die Bar und das Trottoir bei dem Koffergeschäft abgekupfert. Vielleicht gar nicht mal so abwegig, dass ein Romanautor anstelle von unbekannten Orten lieber Schauplätze verwendete, die er kannte.

Er selber war aus der Apple-Geschäftsstelle gekommen und wollte zu seinem Restaurant, dem Italiener in der nächsten Straße. Aber auch er ließ sich unwillkürlich von der Sonne zu einem Schlenker verleiten, und dabei stieß er auf eine Frau in einem weißen Wickelkleid, die allein draußen unter einem Gerüst stand und Champagner trank. Nicht gerade sein Typ, das sah er gleich. Genauer gesagt, nicht schön genug und schon etwas älter. Aber irgendetwas an ihr und ihrem Kleid (und ihren zugegeben erstklassigen Beinen) brachte ihn dazu, in die Bar zu gehen und sich ebenfalls ein Glas Champagner zu bestellen. Er kam gerade noch rechtzeitig nach draußen, bevor sie ihr Glas geleert hatte.

Er: Man hält es drinnen einfach nicht aus, wenn die Sonne endlich durchkommt.
Sie: Solange ich denken kann, bin ich der Sonne nachgelaufen.
Er: Nur gut, dass es nicht der Regenbogen war.

Daraufhin hatte sie ihm einen raschen Blick zugeworfen, so als hätte er schicksalhafte Worte von sich gegeben. (Dieser spezielle Gesichtsausdruck fand in dem Buch allerdings keine Erwähnung, und auch nichts, was mit ihm in Verbindung stand.)

Er las weiter, nun folgte die Beschreibung des Mannes, der zufällig dort vorbeigekommen war. Es handelte sich eindeutig um die Beschreibung von Karl Ástuson, so viel stand fest. Aussehen und Auftreten stimmten bis ins kleinste Detail. Und nicht zuletzt auch die Kleidung – das weiße Hemd, die dunkelgraue Hose, der blaugraue Pullover, den er über dem Arm trug.

Sie erinnerte sich also anscheinend äußerst präzise. Der blaugraue Pullover stimmte, den hatte er am gleichen Tag gekauft. Aber war das nicht Zeugnis für einen beklagenswerten Mangel an Phantasie, wortwörtlich zu wiederholen, was damals zwischen ihnen gesagt worden war? Es war natürlich korrekt, der Auftakt bei dem Sonnenfleck neben einem grünen Reisekoffer war auf seine Weise perfekt gewesen – so gesehen konnte man daran nicht herumbessern, aber war es nicht die Aufgabe eines Schriftstellers, aus der Realität etwas Neues zu schaffen? Die Wirklichkeit war doch verflixt noch mal keine Dichtung, und sie konnte es nie werden. Realität war Realität, Dichtung war Dichtung. Dichtung hatte wahrer als die Wirklichkeit zu sein, also musste wohl Reality-Literatur, wie Doreen Ash sie nannte, eine noch größere Lüge sein als das, was realiter passierte. Oder hatten Begriffe wie Lüge und Wahrheit gar nichts damit zu tun?

Ihm fiel nicht ein, sich das, was sie schrieb, zu Herzen zu nehmen. Es war offensichtlich ihre Absicht, ihn als Komparsen zu verwenden. Den Stoff für das Buch, den eigentlichen Inhalt, den musste sie doch von ganz woanders herhaben. Sie hatten seitdem keinerlei Verbindung miteinander gehabt, waren Unbekannte füreinander, und das waren sie immer noch. Ein Abend – und der Rest spielte sich im Kopf von Doreen Ash ab. Reality-Literatur, hatte sie gesagt – aber aus so wenig Reality ließ sich ja wohl kaum etwas machen. Ein

Abend und eine halbe Nacht. So etwas konnte doch nicht für einen dicken Wälzer reichen, auch wenn dieser Abend früh begonnen hatte. Sie würde etwas, was sich nur in ihrem Kopf abgespielt hatte, doch wohl kaum bis ins Uferlose auswalzen können. Eingleisige Liebe und Einbildung. Ein außerordentlich mickriger Plot.

Karl Ástuson vertiefte sich wieder in das Buch, das Gespräch auf dem Bürgersteig wurde ganz präzise wiedergegeben, bis sie vor der zu kühlen Frühlingsbrise nach drinnen flüchteten. Sie nahmen unter einem Bild von Ronald Reagan Platz und bestellten noch einmal Champagner. Und eine alte Dame am Nachbartisch schielte zu ihnen herüber. Sie trug eine weiße Schirmmütze und trank ein schaumiges weißes Getränk mit einem langen Strohhalm. Alles stimmte haargenau.

Er las weiter und fand die Lektüre unspannend. Er konnte sich nämlich recht gut an den Abend erinnern und hätte im Zweifelsfall ebenfalls eine derartige Nacherzählung zu Papier bringen können. Ganz offensichtlich hatte man es hier nicht mit einer ernstzunehmenden Romanschriftstellerin zu tun. Schwer zu sagen, ob andere Leser diesem Text etwas abgewinnen konnten – für ihn war er schal, denn er kannte ihn auswendig.

Wie stellte sich diese einfallslose Autorin die Fortsetzung vor, wenn sie an dem Punkt anlangte, wo sich herausstellte, dass der magere Stoff, den ein Abend und eine Nacht boten, niemals ein ganzes Buch füllen konnte, auch wenn man ihn mit etwas streckte und verlängerte, was als wissenschaftliche Erläuterungen deklariert wurde. Möglicherweise wäre es aber ganz interessant zu sehen, wie sie vorginge, wenn die direkte Schilderung der undramatischen Ereignisse des Abends einfach nicht mehr ausreichte. Er vergewisserte sich noch einmal, doch, das Buch hatte 570 Seiten. Eine grässliche amerikanische Unsitte, solche Schwarten zu schreiben.

Karl Ástuson schnitt das kalt werdende Kalb in Happen und vertilgte sie mit der Gabel in der rechten Hand, mit der linken hielt er das Buch und las es wie ein x-beliebiger Leser – bis zu dem Punkt, wo Doreen Ash sich dem zuwandte, was sie nachträglich in das Geschehen hineininterpretierte. Da fiel es ihm buchstäblich aus der Hand, und er nahm das Buch in beide Hände.

Im Nachhinein wusste sie nämlich genau, wann sie Feuer gefangen hatte, und nannte ganz präzise den Moment, in dem er sich so weit in ihr Bewusstsein eingeschlichen hatte, dass es nie wieder rückgängig zu machen wäre, der Mann, den sie von nun an lieben würde, ohne irgendetwas dagegen tun zu können.

Es war sein Lächeln, als er gesagt hatte: *Nur gut, dass es nicht der Regenbogen war* – als sie den Beginn des Lächelns sah; wie sich das Gesicht im Lächeln von den Augen bis zum Mund verzog; wie ein seriöser Passant mit einem Pullover über dem Arm zu einem unbeschwerten Mann mit einem Champagnerglas auf dem Bürgersteig wurde; was für ein beispiellos liebenswertes und jungenhaftes Lächeln es war. Ein spontanes, unkonditioniertes Lächeln.

Die meisten Lächeln sind konditioniert, befand diese Autorin. An und für sich ist das auch gut und schön. ABER: Wenn es darauf ankommt, gibt es vieles, was besser und schöner sein kann. Aber vor allen Dingen: Komm solch einem Lächeln nicht zu nahe.

Hier handelte es sich um ein Lächeln, das nichts anderes zu sein vorgab, als es war; das Lächeln an sich, so etwas wie der Prototyp für alle anderen, und quasi ein Vorläufer des allerersten Lächelns auf dieser Welt. Ein solches Lächeln streckte einen nieder, bedingungslos und auf Anhieb, das war richtig, das war selbstverständlich – anderes war gar nicht möglich.

Aber auch, wenn man sofort und spontan Feuer fing, wurde einem das nicht unbedingt in dem Augenblick klar, wo es geschah, denn so verhielt es sich mit der Zeit und dem Leben und allem, was im Leben wichtig war – immer stellte sich erst später heraus, welche Rolle was spielte. In diesem Fall vergingen zwölf Stunden nach dem Ereignis, nach dem Lächeln, bevor es ihr klar wurde. Es war Liebe, unausweichlich. Unwiderruflich.

Nicht genug damit, dass sie genau wusste, was sie zur Strecke gebracht hatte, sie konnte sogar die Uhrzeit präzisieren. Sie war nämlich auf dem Weg zum Broadway gewesen, wo sie Freunde treffen wollte, und deswegen hatte sie einen Blick auf die Uhr geworfen, bevor sie die Bar betrat und ein Glas Champagner bestellte.

Sie hatte keine Ahnung gehabt, was sich in den nächsten Minuten ereignen würde, dass sie einen Mann treffen würde, durch den sich alles auf einen Schlag veränderte und der sie verliebt bis über beide Ohren zurück- und von da an der Leere überlassen würde.

Zum zweiten Mal saß Karl Ástuson in der Grand Central Station und weinte. Er weinte über sich selber in der Erinnerung daran, wie er an seinem zwanzigsten Geburtstag auf der Treppe gesessen hatte, mit dem Einzigen, was er besaß: seinem Koffer mit den Sachen und seiner Leere. Er weinte darüber, wie wenig gefehlt hätte, dass Doreens Leere ihm sein ganzes Leben gefolgt wäre. Er weinte über ein Leben, das zu Ende gewesen war, als Una ihn am ersten Dienstagmorgen im August verließ, und das siebzehneinhalb Jahre später wieder begonnen hatte. In einer Februarnacht, als sie in einem langen, veilchenblauen Mantel die Treppe von Silberstrand fünf hinaufstieg. Er weinte über Doreen Ash und den Roman einer Liebe, die mit dem übereinstimmte, was sie selber ihm in ihrem Büro gesagt hatte. Er weinte über die Frau, die für den Rest ihres Lebens so leben müsste, wie er es die ganzen Jahre getan hatte, in einer liebelosen Leere, denn Doreen war ohne Liebe, auch wenn Liina sie liebte; liebelos ist man, wenn man nicht von dem Menschen geliebt wird, den man liebt.

Es blieb nichts anderes übrig, als das Buch zu schließen, das also leider von ihm handelte, *höchstselbst,* und um die Rechnung zu bitten. Der Kellner eilte unverzüglich mit der Rechnung und einer frischen Serviette herbei, damit der Gast sich die Augen trocknen und die Nase putzen konnte. (Das gebügelte Taschentuch war zu nichts mehr zu gebrauchen.) Niemandem außer dem Kellner, der ihn mit einer übertriebenen italienischen Verneigung begrüßt hatte, war ein weinender Mann in der Grand Central Station aufgefallen. Tag für Tag wird auf diesem Bahnhof geweint, nirgendwo auf der Welt ließ es sich besser weinen. Nicht nur in einem Buch.

Im Nebel der Tränen überlegte Karl Ástuson, ob er den *Guten Liebhaber* wegwerfen und sich so schnell wie möglich auf den Heimweg zu Una auf Long Island machen oder auf der New Yorker Seite weiterlesen sollte. Zu Hause konnte er sich mit diesem Exemplar nicht blicken lassen. War es nicht am besten, es in einer sorgfältig ausgewählten Mülltonne zu entsorgen – und damit basta. Dieses Buch war ihm im Wege, es war ein Klotz am Bein. Eine unerwartete Störung und möglicherweise sogar eine gefährliche. Doch nur, wenn er mit der Lektüre fortfuhr. Sollte er dieses Risiko eingehen? Der Privilegierte, dessen Leben Nummer zwei mit der Traumfee begonnen hatte – denn das war sie in der Tat,

Una, die Traumfee, seine einzige Liebe, Stoff für die Tagträume jahraus, jahrein. Kein Buch durfte den goldenen Schnitt des neuen Lebens von ihm und Una beeinträchtigen. Es war seine Aufgabe, diese Störung abzuwenden, egal mit welchen Mitteln, er musste sie rasch und entschlossen ein für alle Mal aus der Welt schaffen, um maximale Schadensbegrenzung sicherzustellen. Um ungehindert und ungestört das kostbare Leben weiterleben zu können, das ihm aller Wahrscheinlichkeit zum Trotz ein weiteres Mal zum Geschenk gemacht worden war.

Es überstieg seine Kräfte, sich von der Grand Central Station loszureißen. Mit dem Buch in der Hand war er auf dem Weg nach draußen, als er an eine Treppe geriet – genau wie seinerzeit, als er gerade in die Stadt gekommen war. Tränen waren ihm in der Zwischenzeit abhandengekommen, doch Trübsal hielt ihn umfangen, ohne dass er wusste, weshalb sie ihn immer noch heimsuchte, einen Mann, der auf Long Island eine Una besaß. Eine Una, die sich bald unter ein isländisches Eiderdaunenbett kuscheln und darauf warten würde, dass er nach Hause käme.

Er schlug das Buch wieder auf und starrte ein weiteres Mal auf die Widmung, die ihn in der zierlichen, aber entschlossenen Schrift der Autorin in einen Romanhelden verwandelte, in die Vorlage. Jeder Buchstabe klar ausgeprägt. Irrtum ausgeschlossen.

Er blätterte zu der Stelle, wo er aufgehört hatte. Die Schilderung dessen, was zwischen Doreen und ihm vorgefallen war, ging bis ins kleinste Detail weiter, wie und wo sie gestanden und gesessen hatten. Unglaublich, wie präzise sie die Wirklichkeit beschrieb – sie erlaubte sich praktisch keinerlei Abweichungen, um die Realität zu würzen, um die Realität abzurunden. Entsprechend kantig war das Ergebnis.

Romanheld Karl Ástuson war einem Mann mit einem großen Koffer im Wege, der die Treppe hinuntereilte. Er konnte dankbar sein, keine Verletzungen davonzutragen. Er klappte das Buch zu, stand auf und zwang sich, auf die Straße zu gehen. Er streifte ziellos durch die breiten Straßen, nicht imstande, das zu tun, was er am liebsten getan hätte, nämlich ein signiertes Buch wegzuwerfen und nach Hause zu gehen. Es endete damit, dass er sich im erstbesten Hotel einquartierte, um die Lektüre ungestört fortsetzen zu können. Ein farbloses Drei-Sterne-Hotel mit einer nichtssagenden Rezeption.

Es sah ihm gar nicht ähnlich, in anderen als anständigen Hotels abzusteigen, doch dies hier war ein Notfall, er hatte keine Zeit, lange zu suchen. Die Zeit, um den *Guten Liebhaber* zu lesen, lief ihm davon, er konnte sich nicht den ganzen Abend in der City herumtreiben, ohne Una Bescheid zu sagen. Es ging um ein Buch, das er nach dem heutigen Abend nie wieder öffnen durfte, es stellte eine Bedrohung für Una und ihn dar.

Im ehemaligen Leben von Karl Ástuson hätte dieses Buch keinerlei Schaden anrichten können. Er hätte dieses Buch und auch die ganze Idee bestimmt komisch gefunden, aber nun hatte der Zufall es so gewollt, dass er im Begriff war, sein Leben wieder auf die Reihe zu bekommen, und zwar in einer Weise, die nur ganz wenigen vergönnt war. Jetzt bedurfte es der Mobilisierung aller Kräfte, um sich dem unerhörten Eingriff einer schicksalhaften Person zu stellen, deren Aufgabe eigentlich beendet war, und dabei wollte er hart und konzentriert durchgreifen.

Er sehnte sich nach einer Dusche, aber dazu war keine Zeit. Am liebsten hätte er in diesem Hotelzimmer übernachtet, aber er durfte Una nicht die Unwahrheit sagen, und überdies hätte er Probleme damit gehabt, sich eine Ausrede einfallen zu lassen. Sie durfte unter gar keinen Umständen Verdacht schöpfen. Verdacht auf einen Seitensprung. Was für ein groteskes Wort, Seitensprung! Er war dankbar, dass er dergleichen nur vom Hörensagen kannte, dass es bei ihm nie die Voraussetzung für Seitensprünge gegeben hatte, dass er auf ewig von dem Makel verschont bleiben würde, ein Seitenspringer zu sein.

Karl Ástuson, den es so sehr nach einer Dusche verlangte, zog die Schuhe aus, setzte sich mit ausgestreckten Beinen auf das Bett mit dem braun verblichenen Überwurf, rückte die Kissen zurecht, fand eine bequeme Stellung und öffnete das Buch über sich selber. Er blickte sich noch einmal um, bevor er weiterblätterte, das Zimmer war von kaum zu überbietender Geschmacklosigkeit. Von der gegenüberliegenden Wand schrie ihm Edvard Munch entgegen. War er in Oslo, oder war er in New York? Das musste an diesem Ort und zu dieser Stunde nicht sein. Er sprang vom Bett auf und drehte den *Schrei* um.

Es gelang ihm nicht, wieder seine bequeme Stellung zu finden. Hektisch begann er, nach seinem Namen zu suchen. Was für einen Namen sie ihm wohl verpasst hatte? Sie rückte auf Seite 53 damit heraus, als sie sich im Restaurant Mamma mia! niedergelassen hatten. Er hieß Carl Söhnlein, ein Amerikaner mit einer schwedischen Mutter. Nur gut, dass es nicht ein Isländer namens Karl Ástuson war. Wie hätte er DAS Una erklären können, falls sie sich dazu verleiten ließe, dieses Buch zu lesen? Der Name Söhnlein missfiel ihm sehr, das war viel zu platt. Und außerdem hieß ein billiger deutscher Schaumwein so. Irgendetwas an dieser Kombination von Schaum und Söhnchen passte ihm gar nicht, und er verwünschte die Autorin im Stillen.

Eine schwedische Mutter, ja – aber was war mit der Vaterschaft? Wer sollte sein Vater sein, und welchen Hintergrund hatte er? Sie würde es doch wohl nicht wagen, ihren Romanhelden vaterlos zu lassen?

Karl Ástuson blätterte wie wild, fand nichts über die Vaterschaft, dafür aber umso mehr über seine eigenen grünen Augen, oh, dieser grüne Schimmer, oh, oh! Diese Beschreibungen waren alles andere als gelungen, lauter Klischees über inneres Leuchten und selbstverständlich das Meer. Ziemlich eindeutig, dass die Autorin keine dichterische Ader besaß. Und mit ihrer Wissenschaft war es auch nicht weit her. Würden sich ihre Kollegen amüsieren?

Der Leser im Hotelzimmer hatte sich hastig bis zur Mitte des Buchs vorgeblättert. Zu seinem Entsetzen fuhr sie mit diesen präzisen Schilderungen fort und verlagerte den Schwerpunkt auf Charakter- und Verhaltensanalyse und das, worüber sie sich unterhalten hatten. Und dabei kam der Gute Liebhaber gar nicht so gut weg, oh nein; egal, was für gute Noten er für Benehmen, Liebkosungen, gepflegte Sprache oder Aussehen bekam. Die Autorin vertrat beispielsweise die Auffassung, dass der Gute Liebhaber zwar so getan hatte, als würde er etwas geben, aber in Wirklichkeit hatte er nicht einen Millimeter von sich preisgegeben, außer im eigentlichen Liebesspiel; da hatte er alles gegeben, weil er sich dabei eine andere Frau vorgestellt hatte.

Der Mangel an Freigebigkeit hatte sich unter anderem darin gezeigt, wie er das Gespräch überaus geschickt und geschmeidig von sich ablenkte, wenn die Autorin etwas anschnitt, was von Belang war. Ein abgekartetes Spiel, ein vielerprobter Plot, alles war auf eine flüchtige Begegnung angelegt, die nichts Tiefergehendes hinterlassen sollte als die Erinnerung an eine schöne Fassade, eine glatte und polierte Begegnung, ein einziges Mal, spaßeshalber.

Die Autorin hielt sich beharrlich und unverfroren an die Marschrichtung, konkrete Beispiele aus der Realität anzuführen, wie sich der Gute Liebhaber aus der Affäre zog, wenn es galt, eine relevante Frage zu beantworten, wie er sofort jeden Faden zerschnitt, der zu ihm hätte führen können – und wie entschlossen er war, jegliche Andeutung darüber zu vermeiden, dass es vielleicht zu einer weiteren Begegnung kommen könnte. Der Autorin zugutehalten musste man, dass sie dieses taktische Verhalten in ihrer Weise für aufrichtig hielt.

Immer noch nichts im Hinblick auf die Schlüsselfrage, die Vaterschaft, aber ganze und halbe Seiten über seine Hände, über künstlerische, verführerische Finger, die alles richtig machten, ob sie nun das Besteck hielten oder irgendetwas berührten, beispielsweise den Handrücken der Autorin. Er hatte nun schon diverse Abschnitte über seine Hände hinter sich, und so langsam wurde ihm mulmig bei dem Gedanken daran, was die Autorin über diese Finger schreiben würde, wenn sie erst mal im Bett angelangt wäre. Ihr war es vermutlich durchaus zuzutrauen, dass sie das ebenfalls alles minuziös beschreiben würde. Sollte er es sich allen Ernstes zumuten, das zu lesen? War es nicht an der Zeit, den *Guten Liebhaber* ein für alle Mal zu entsorgen?

Wozu mit solchen peinlichen Reminiszenzen weitermachen, jetzt, wo das Guter-Liebhaber-Kapitel in seinem Leben zu Ende war? Der Liebhaber von Liebhaberinnen existierte nicht mehr. Er war nur noch der Geliebte einer einzigen Frau. Der Ein-Frau-Liebhaber. Verdammt UNERTRÄGLICH, dass Doreen Ash auf die absurde Idee gekommen war, seinem früheren Leben ein literarisches Denkmal zu setzen, diesem leeren und unbedeutenden Leben, auf das er genauso gut auch hätte verzichten können, und zwar im wahrsten Sinne des Wortes, indem er ihm ein Ende setzte – doch ironischerweise hatte er dadurch die Grundlagen für das Zukunftsmärchen mit Una gelegt. Ohne es zu wissen, aber vollkommen zielorientiert. Er hatte sich hart ins Zeug gelegt, reich und reicher zu werden. Für Una ein Paradies in Südfrankreich zu schaffen. Das Haus auf Long Island nach Unas Geschmack einzurichten, in ihren Farben – und dort hatte es acht Jahre lang bereitgestanden. Und dieser unbewusste Langzeitplan war aller Wahrscheinlichkeit zum Trotz aufgegangen – und dann ausgerechnet jetzt diese Karambolage. Ein weiterer ausgesandter Spuk?

Dahinter steckten (abgesehen von der Liebe) nicht wenig Groll und Rachsucht. Die hochgelehrte Autorin hatte da ganz schön viel Essig unter den Wein gemischt. Karl Ástuson glaubte sich ihr allerdings einen Schritt voraus, was einige Analysepunkte betraf. Sehr zu bezweifeln, ob Doreen Ash sich darüber im Klaren war, dass einiges von dem, was sie schrieb, unerhört peinlich für den Guten Liebhaber war – sogar das, was gut und schön gemeint sein sollte.

Die Vaterschaft? Endlich fiel ihm ein, nach der Szene zu suchen, wo er tatsächlich darauf eingegangen war, beziehungsweise auf den mangelnden Vater – in dem Moment, als Doreen Ash sein Haus verließ. Er überblätterte hastig das Liebesspiel mit allem Drum und Dran, ebenso das Gespräch im Wohnzimmer und das Weitere bis zu der Stelle, als sie vor der Haustür stand. Und, ganz richtig, da kam es.

Carl Söhnlein war also ein Mann, bei dem die Vaterschaftsangabe fehlte (verdammtes Luder!). Ein reinrassiger Muttersohn. Ein Narziss, der sich nicht wie das Original in einem Waldsee spiegelte, sondern in den Augen seiner Mutter, die er ganz für sich allein hatte. Niemand konkurrierte mit ihm um diesen Spiegel und auch nicht um die Mutterbrust. Hier war also der Narziss und Brustsauger, wie er im Buche stand, auf einer noch intensiveren und angestrengteren ewigen Suche nach der Mutter als andere Männer, deren Suche ja an und für sich schon tief und abgründig genug war. In einem Versuch, witzig zu sein, schrieb die Autorin: *Hier geht es nicht darum, in jedem Hafen eine Frau zu haben, sondern in jeder Frau eine Mutter.*

Die Autorin Doreen Ash kam zu dem Ergebnis, es sei nur logisch, dass ein so reinrassiger Muttersohn wie Carl Söhnlein, ohne Vaterschaftsangabe, es als Liebhaber zu Höchstleistungen bringen konnte. Er war von Anfang an unbeeinträchtigt von irgendeinem Gedanken an Nebenbuhler. Er ruhte vollkommen in sich an der Brust seiner Mutter, er hatte nicht einmal eine entfernte Vorstellung davon, wer sein Vater war. Eine Vorstellung, die hinderlich hätte sein können. Er war in alle Ewigkeit verliebt in eine Frau, seine Mutter, und außerstande, sich in andere Frauen zu verlieben als sie – und der Schlüssel zu seinen Fähigkeiten als Liebhaber war, nicht im mindesten in sein Gegenüber verliebt zu sein, unbeeinträchtigt zu sein von störenden Emotionen, wenn er Frauen zufriedenstellte.

Darauf folgte eine lange gelehrte Abhandlung, gewürzt mit Zitaten aus Publikationen der Autorin und anderer Wissenschaftler. Die Freud'sche Theorie von der Mutter als erstem und vielleicht auch einzigem Liebesobjekt des Knaben wurde des Langen und Breiten ausgewalzt.

Die Autorin ging als Nächstes in aller Ausführlichkeit und in einem reichlich langatmigen Stil, den Karl nicht sehr literarisch fand (was er allerdings wohl auch nicht sein sollte), darauf ein, dass die reinste Form eines Muttersohns der vaterlose war – der nicht wusste, wer sein Vater war. Und dann kam der große Rundumschlag: Die Muttersöhne aller Zeiten wurden erst ganz allgemein Jesus Christus gegenübergestellt, und dann im Besonderen der vaterlose Muttersohn, denn selbstverständlich war Jesus ja auch vaterlos, er hatte keine Ahnung von seinem richtigen Vater. Die Vaterschaft war ein derartig großes Geheimnis, dass er der Sohn einer Mutter war, die Jungfrau sein musste, auch wenn eine Zeugung stattgefunden hatte, ja, sogar nach einer Geburt noch Jungfrau – und das alles nur, um die anrüchige und erotische Beziehung zwischen Mutter und Sohn zu kaschieren und die Art und Weise, wie eine Mutter enttäuschte Liebe und einen untauglichen Ehemann (was konnte denn der arme Zimmermann Josef dafür?) kompensierte, indem sie das Söhnchen zum ewigen Schnuckel und zum Ersatzliebhaber machte. An dieser Stelle zitierte Doreen Ash eine Szene aus der Kurzgeschichte *Judas* von Frank O'Connor, wo die Mutter direkt mit der Freundin kämpft und schließlich den Sieg davonträgt, den verweinten Sohn mit den logischen und vielsagenden Worten an sich drückend: *«My little man.»*

Carl Söhnlein alias Karl Ástuson sprang vom Bett auf und schleuderte den *Guten Liebhaber* in die Ecke. Er starrte das ramponierte Buch auf dem braunschimmeligen Teppich an, hob es dann auf und vollendete diese Aktion mit dem Herausreißen der signierten Titelseite. Er zerfetzte sie, warf die Schnipsel in die Toilette und spülte sie hinunter. Das Exemplar selber würde er auf dem Nachhauseweg in einer wohlgewählten Mülltonne entsorgen. Er hatte nicht vor, dieses Buch durch ein neues Exemplar zu ersetzen, und das vorhandene würde er außerhalb der Wände dieses öden Containers von einem Hotelzimmer nie wieder öffnen – doch es war ein passender Ort gewesen, um sich durch einen Haufen Schwachsinn über sich selber hindurchzuarbeiten, den eine verzweifelte Autorin aus tiefer Unkenntnis der Materie, nicht zuletzt des Gefühlslebens ihres Protagonisten Karl Ástuson, zusammengekliert hatte.

Karl Ástuson blickte auf das Buch über Doreen Ash und Karl Ástuson. Er blickte auf seine Schuhe neben dem Bett. Sollte er sich jetzt die Schuhe anziehen und nach kurzem Zwischenstopp bei einer Mülltonne direkt nach Hause fahren, oder sollte er noch einen letzten Blick auf das Geschreibsel werfen? Selbstredend kitzelte ihn die Neugier, wie sie mit dem Liebesakt verfahren würde. Würde sie obszön werden? Oder sentimental? Würde sie alles genau so beschreiben, wie es sich abgespielt hatte, oder würde sie sich endlich Abweichungen erlauben? Sich ihrer Phantasie bedienen? Nein, unmöglich, die fehlte ihr nämlich vollkommen. Das ganze Buch legte Zeugnis von einer beklagenswerten Phantasielosigkeit ab. Oder hatte sie vielleicht ihren ganzen Ehrgeiz dareingesetzt, der Realität absurd genau auf den Grund zu gehen, indem sie sie nacherzählte? Genau das war nämlich dieses Buch, eine einzige verdammte Nacherzählung. Mit wissenschaftlichen Klischees, die wie Ausflüchte wirkten. Und daraus konnte man nur den Schluss ziehen, dass Doreen Ash sich besser an ihre Wissenschaft gehalten hätte. Auf den Schienen einer akademischen Achterbahn hätte sie vielleicht doch etwas mehr Höhenflug erreichen können.

Zähneknirschend setzte sich Karl Ástuson wieder aufs Bett, er konnte seine Neugierde nicht bezähmen. Was für ein Liebhaber war er dann, dieser Gute? Am besten machte man sich da kundig. Er blätterte vor bis zum ersten Kuss.

Er streichelte meine Schulter, und meine Seele wurde angerührt.

Also, das war ja nun völlig daneben. Wenn er die Schulter einer Liebhaberin streichelte, galt das nicht ihrer Seele, sondern der Schulter. Ihm, der seiner alleinigen Liebe und seines Lebens beraubt worden war, war es um nichts anderes zu tun gewesen, als sich auf Umwegen in Richtung Liebe und Leben vorzutasten; und auch, wenn Liebe und Leben sich weiterhin gleich fern hielten, bekam er doch mit einer Liebhaberin für ein paar Stunden Bodenkontakt. Stand ihm das nicht zu?

Er streichelte meine Schulter, und meine Seele wurde angerührt.

Er befahl sich selber, dieses perverse Buch zu schließen, war aber zu neugierig, um zu gehorchen. Zumal sie jetzt endlich so etwas wie schriftstellerisches Talent an den Tag legte. Sie hatte endlich damit aufgehört, den Leser mit Klischees zu bombardieren. Hier klang ihre Schilderung aufrichtig, sie war zu guter Form aufgelaufen. Allerdings steigerten sich nun die Ängste des Lesers. Er überflog die Zeilen so schnell, als säße ihm der Teufel im Nacken, immer darauf achtend, nicht bei irgendetwas zu verweilen, was sich ihm unter gar keinen Umständen einprägen durfte.

Karl Ástuson verstand weder da noch später, wie er sich der Versuchung hatte entziehen können, stolz auf sich selber und seine Leistung beim Liebesspiel zu sein. Im Buch stand klipp und klar: Der Gute Liebhaber war nicht nur ein guter Liebhaber, er war ein traumhafter Liebhaber, genau der Mann, von dem Frauen träumen. Und es wurde lang und breit ausgewalzt, wovon Frauen träumten. Da wusste er es.

Mit wachsendem Erstaunen las er, wie sich das Liebesspiel weiterentwickelte. Zeitweilig konnte er gar nicht nachvollziehen, dass da sie beide beschrieben wurden, er und Doreen Ash, damals. Endlich hatte sie das Verfahren angewandt, wichtige Einzelheiten auszuklammern. Hier stand kein Wort darüber, dass sie ihrem Guten Liebhaber verbale und nicht besonders dezente Regieanweisungen gegeben hatte – und das eher zweimal als einmal.

Nein, in ihrem Buch fielen während dieser Szene überhaupt keine Worte, es bedurfte keiner Worte. Alles war perfekt, und zwar ohne Worte. Hypersensibilität und Hingabe des Liebhabers wurden in schönen Worten ausführlich dargestellt – trotzdem wurde aber der Verdacht geäußert, dass er dabei an eine ganz andere Frau gedacht haben musste. Angeblich war es einfach ein Ding der Unmöglichkeit, eine wildfremde Frau von irgendeinem Sonnenfleck auf der Straße wegzuholen und sozusagen aus dem Stand heraus in der Lage zu sein, ihr derartig feinfühlig zum Höhepunkt zu verhelfen.

Ja, was für eine Feinfühligkeit! Die Autorin war anscheinend jetzt mit ihrer Formulierungskunst am Ende und sah sich gezwungen, aus *Wem die Stunde schlägt* von Hemingway zu zitieren, wo beim Orgasmus die Erde bebt. Darauf folgte noch etwas Peinliches über eine Erleuchtung, eine Art religiöse Erfahrung.

Nun ja, die Gute hatte seinerzeit allerdings ganz und gar nicht den Eindruck erweckt, irgendeine übersinnliche Erfahrung gemacht zu haben, als sie ihn nach beendetem Spiel rauchend durch die Brille musterte. Sie hatte sogar in seine Richtung gepafft, statt weg von ihm.

Die Autorin blieb beim Themenbereich Orgasmus und tastete sich zum Hauptpunkt vor: Die Tatsache, dass Carl Söhnlein sich selber den Orgasmus versagte, bestärkte sie in ihrer Theorie, dass er an eine andere Frau dachte. Der Leser grinste sich eins, als die Autorin sang- und klanglos darüber hinwegging, dass sie selber vorgehabt hatte, ihn handgreiflich zum Orgasmus zu zwingen, nachdem anderes fehlgeschlagen war.

Nun wandte sich Doreen Ash zeitweilig vom Akt der Liebe ab, und ein analytischer Diskurs bahnte sich an. Die Tatsache, dass der Gute Liebhaber sich den Orgasmus versagte, wurde in einen Topf mit der Liebe des reinrassigen

Muttersohns zur Mutter geworfen – die Mutter war in allen Frauen, und man durfte den Inzest nicht durch einen Orgasmus vervollkommnen; denn dann bestand die Gefahr, ein Kind mit seiner Mutter zu bekommen.

An diesem Punkt angekommen, hatte Karl Ástuson, Romanheld und Leser, die Schnauze endgültig voll. Jetzt würde er dieses Buch abservieren, und zwar ein für alle Mal. Doch bevor er den *Guten Liebhaber* zum allerletzten Mal zuklappte, musste er ganz schnell noch nachschauen, wie Doreen Ash mit dem Teil des Nachspiels verfuhr, wo es um das Rauchen ging. Ob sie ihre verfluchte Zigarette im Bett auch auf gedrucktem Papier rauchen würde. Nein, auf den ersten Blick schien das nicht der Fall zu sein. Sie hatte gut daran getan, das zu streichen.

Der Leser stopfte das Buch über sich selber in seine Jackentasche und verließ ein Hotelzimmer, das so vollkommen unter seinem Niveau war, dass sich die Frau an der Rezeption unsichtbar zu machen versuchte, als er den Schlüssel ablieferte.

Die Dunkelheit in der Stadt war nicht mehr lau. Und Karl Ástuson war nicht für kühles Dunkel gekleidet. Daran ließ sich aber nichts ändern. Niemand hätte sich mit einem Pullover über dem Arm bei warmer Frühjahrssonne auf einer Buchpräsentationsparty blicken lassen. Und das war nicht einmal gestern gewesen, sondern heute, obwohl es ihm so vorkam, als sei mindestens eine Woche vergangen, seitdem Doreen Ash in ihrem schwarz-weißen Kleid, das sie wie einen Filmstar aussehen ließ, ihre Ansprache gehalten hatte, von Bewunderung und Zuneigung umgeben. Bewunderung, die ihr zustand, denn sie war hochintelligent und letzten Endes auf ihre Weise auch ein guter Mensch.

Mehr konnte man wohl nicht sein, als gut auf seine Weise.

Gutsein ist das komplizierteste Phänomen der Psyche. Hier war allerdings einer guten und brillanten Frau der Fehler unterlaufen, ein belangloses Buch zu schreiben. Es war erniedrigend, sich einen Mann, mit dem man aus freien Stücken ein einziges Mal ins Bett gegangen war, vorzunehmen – und einen peinlichen Text zu verfassen, in dem dessen Seelenleben pseudowissenschaftlich in Atome zerlegt wurde. Um sich selber zu rechtfertigen, oder vielmehr, um sich selber hochzustilisieren. Aber so war das Leben, sogar große Geister, und das war Doreen Ash auch, ja, sogar die waren im Grunde ihres Herzens Kleingeister. Schoben Schuld immer auf andere und waren überzeugt von sich selbst. Vielleicht gab es keine andere Möglichkeit des Existierens, als sich tief im Inneren einzubilden, dass man bedeutender sei als die anderen. Einem Mann half es natürlich, das wusste er wie kein anderer, die beste Mutter der Welt zu besitzen.

Immer noch war Karl Ástuson ziellos, als er auf die Straße trat, und zwar so sehr, dass er nicht schnurstracks den nächsten Zug nach Long Island nahm, um nach Hause zu kommen. Stattdessen trieb es ihn zu der Bar, wo er Doreen Ash gefunden hatte. Denn eines war gewiss, er hatte sie gefunden. Die Lichtreklame mit dem Namen der Bar war kaputt, die verbliebenen, noch leuchtenden Buchstaben ergaben ASH. Ein Scherz. Noch einer. Er ging hinein, setzte sich an den Tisch unter dem Bild von Ronald Reagan und bestellte ein Glas Champagner.

In diesem Augenblick vermisste er Doreen, sehnte sich danach, mit ihr zu sprechen, ihr zuzuhören, wenn sie mit heiserer Stimme etwas Unerwartetes oder vielleicht auch etwas Unangenehmes sagte. Gleichzeitig haderte er mit sich selbst; dass er sich erdreistete, eine andere Frau als Una zu vermissen. Er hatte Una und sich im Stich gelassen, er bemitleidete sich dafür, sich unauslöschlich in Doreen Ashs Innenleben verstrickt zu haben, dafür würde er mit einer ernsthaften Störung in seiner eigenen großartigen Glücksstrategie büßen müssen. Er war zu einem Mann in einem Buch geworden, und zwar zu einem ziemlich miesen Exemplar, obwohl die Autorin es wohl nicht so gemeint hatte. Nicht bewusst.

Diese Situation wurmte ihn zutiefst: unter dem Bild von Ronald Reagan zu sitzen und Doreen Ash nachzutrauern. Er konnte allerdings nicht ahnen, dass er im Nachhinein froh sein würde, ihr nachgetrauert zu haben – aus einem Grund, der mit dem neuen Tag ans Licht kommen würde.

Er starrte vor sich hin, und auf einmal vernebelte sich alles. Verschwommene Konturen von Stühlen und Tischen und die wenigen anderen Gäste verschleiert. Diese Sinnestäuschung hätte gereicht, um jeden normalen Menschen zu erschrecken, aber er genoss sie im Grunde genommen und leerte sein Champagnerglas langsam.

Als der Nebel verflog, saß die alte Dame genau wie damals am nächsten Tisch, immer noch mit der weißen Schirmmütze auf dem Kopf, immer noch weißen Schaum durch einen Strohhalm saugend – aber sie sah erheblich jünger aus als vor drei Jahren. Bei welchem Arzt war sie?

Er nickte der Alten zu, als er hinausging, und sie erwiderte den Gruß nachdenklich, so als wisse sie mehr als er, und das tat sie wahrscheinlich.

Jetzt war es auf Doreens Bürgersteig dunkel, denn die Straßenlaterne an der Ecke hatte den Geist aufgegeben, während er in der Bar gewesen war. Er stellte sich den Sonnenfleck bei dem grünen Koffer vor, das war drei Jahre her, und die Frau in dem weißen Wickelkleid mit dem Champagnerglas auf einer Ein-Frau-Party, bis er hinzukam und sagte:

Man hält es drinnen einfach nicht aus, wenn die Sonne endlich durchkommt.

Das war eine schöne Erinnerung, die wollte er bewahren und alles andere entsorgen, und das tat er. *Der Gute Liebhaber* landete in einer Mülltonne an der Ecke unter einer kaputten Laterne, abgesehen von der signierten Seite, die bereits in Fetzen durch die Kanalisation von New York gondelte.

Für den Guten Liebhaber höchstselbst –
mit einem Maximum an Liebe und Dank,
Doreen Ash.

Eine Widmung für einen Romanhelden, jetzt für ewig und alle Zeiten verflossen. Die Bekanntschaft zwischen der Verfasserin und dem Romanhelden war im Reißwolf der Zeit gelandet, und wenn er zu bestimmen hätte, durfte sie dort ruhig zerrissen werden. Und natürlich konnte er bestimmen. Keine Gefahr, dass die Autorin ihm die Hölle heißmachen würde. Sie würde ihn in Ruhe lassen – nicht zuletzt deswegen, weil sie den Schlusspunkt unter den Roman mit ihm gesetzt hatte. Den Guten Liebhaber, zu dem er jetzt *höchstselbst* geworden war. Einen Strich unter das Ganze zu ziehen, war eine andere Sache. Allen Anzeichen nach würde sie das nicht tun, nicht tun können, nicht in diesem Leben.

Una war bereits im Bett, als er nach Hause kam. Sie schlief immer auf der Seite. Er betrachtete den Kopf auf dem Kissen, das kurze Haar, das sich bis zur Nasenspitze über die Wange legte, wie ein umgekehrter Fächer. Er sah auf den cremegelben Seidenträger ihres Nachthemds, die reizende Schulter und den langen Oberarm, den er seit ihrem elften

Lebensjahr kannte, und wartete darauf, dass sie aufwachte. Dann berührte er sie an der Schulter und sagte:

Da bin ich wieder. Entschuldige, dass es so spät geworden ist.

Keine Ursache, mein Schatz, sagte sie und fügte hinzu: Ich bin einfach eingeschlafen.

Er duschte und setzte sich anschließend mit einem Drink aufs Sofa, der ihn und Doreen Ash verband, Gin Tonic. Damit war der Kreis geschlossen; das Buch auch, und nicht nur geschlossen, sondern in zwei Etappen entsorgt.

Beim abschließenden Bilanzziehen mit Drink schlich sich heißes Mitleid bei Karl Ástuson ein, und der Ärger wich. Der Zufall hatte sie zusammengeführt, ihn und eine Frau. Sie konnte ihn nicht vergessen, er lag ihr auf der Seele, unbeweglich wie eine angeschwemmte Zweihundert-Kilo-Leiche aus dem Meer. Der Sohn von Ástamama schämte sich wegen dieses unappetitlichen Vergleichs, doch dann ging ihm das Licht über Liebe und Tatsachen auf.

Wer, wenn nicht er, war imstande zu begreifen, dass Liebe eine Tatsache ist, dass Gefühle Tatsachen sind und natürlich das Einzige im Leben, was als Tatsache bezeichnet werden kann, abgesehen von Geburts- und Todestag. Erinnerungen, aus denen der Mensch besteht, sind das unzuverlässigste Material der Welt. Definition des Menschen: vergessliche Spezies – so vergesslich, dass sie nicht einmal weiß, woran sie sich erinnert. Woran sie sich korrekt erinnert, sind Gefühle: Liebe, Angst, Eifersucht, Wut; deswegen werden Gefühle folgerichtig als Lebenstatsachen bezeichnet, vor allem aber die Liebe, denn sie ist das Wichtigste. Vielleicht ist sie das Einzige, was bei der großen Abrechnung zählt. Vielleicht das Einzige, wonach gefragt wird, falls denn überhaupt nach irgendetwas gefragt wird.

Was die Wankelmütigkeit der Liebe betraf, musste Karl Ástuson es am besten wissen, dass beständige Liebe sich nicht vom Fleck rührt, sie lebt ein eigenständiges Leben, unabhängig, außerhalb von allem, über alles und alle erhaben außer sich selbst. Falls sie aber dennoch wankt, tut sie das zu ihren eigenen Bedingungen. Wer davon betroffen ist, hat keine Kontrolle darüber. Die Frau, die dieses absurde Buch über ihn geschrieben hatte, war seine Leidensgefährtin, und auf einmal war sie ihm unbegreiflich lieb. Sie ging ihn geradezu etwas an, ja, beispielsweise so wie eine Halbschwester.

Als er zu Una ins Bett kroch, verschwand sie aus seinen Gedanken, diese Doreen Ash, die ihn verstört hatte, die aber auch so etwas wie eine Halbschwester geworden war, und zwar vollständig. Es war Nacht, nun hatte Doreen Ash sich zur Ruhe gelegt, genau wie andere Tiere des Feldes. Außer ihm und Una gab es nichts. Er legte seinen Arm um die Frau und schützte sie. Sie griff im Schlaf nach seiner Hand und führte sie an ihre Lippen. Wärme durchrieselte ihn. Er war ein Glücksmann. So schlief er ein, und so wachte er auf. Wenn ein wahres Buch über ihn geschrieben werden sollte, ein Reality-Roman, müsste es korrekterweise den Titel *Glücksmann* tragen.

Es war schon nach elf. Una rührte sich noch nicht, obwohl ein Sonnenstrahl bis zu ihrer Schläfe vorgedrungen war. Er stand auf, kochte Kaffee und setzte den Toaster in Gang. Una hatte noch keine Lust aufzustehen, sie wollte noch etwas länger dösen. Sie hatte etwas Unangenehmes geträumt und schlecht geschlafen. Karl zog sorgfältig die Gardinen vor, damit ihre Schläfe Ruhe vor zudringlichen Sonnenstrahlen hatte – und sie sich von einem schlechten Traum erholen konnte.

Er trank im Wohnzimmer Kaffee und machte sich dann an sein Arbeitspensum. Doreen Ash auf ihrem abgezäunten

Fleck machte keinen Ärger. Es war ihm gelungen, einen schnaubenden Stier in eine zutrauliche und friedlich wiederkäuende Kuh zu verwandeln, die er im Geiste hinter den Ohren kraulen konnte, während er wie ein Alchemist an seinem Schreibtisch saß. Nach einer Stunde Arbeit bot er Una wieder einen Kaffee an, aber sie wollte immer noch nicht aufstehen.

Es gab immer noch Stunden, wo er seinen Augen nicht trauen wollte, wenn er in Unas Nähe war. Er blieb noch eine Weile neben ihr stehen, um ganz sicherzugehen, dass es tatsächlich sie war, und zwar komplett, die in seinem großen Bett schlummerte, nicht nur ein sonnengebräuntes Bein auf einem Oberbett.

Dieser perfekt geformte Schenkel war aber unrealistisch genug, um Karl Ástuson nach weiterem Beweismaterial für Unas Anwesenheit suchen zu lassen. Er öffnete ihren Schrank im Ankleidezimmer, dort hingen zweifellos ihre Sachen. Sie hatten sie in mehreren Aktionen bei Saks und Barneys gekauft und sich dabei köstlich amüsiert: die kleinen Schwarzen und die weiten seidenen Schlüpfer, die veilchenblauen Sportpullover. Mit raffinierten Methoden war es ihm gelungen, den in ihr schlummernden Sinn für schöne Sachen zu aktivieren. Der größte Etappensieg hatte darin bestanden, hochhackige Schuhe zu finden, die Una akzeptieren konnte. Karl war Una, die ansonsten in jeder Hinsicht viel Geschmack besaß, die Kleidung betreffend einige Schritte voraus und hatte eine so exquisite Garderobe für sie zusammengestellt, als hätten sich Heerscharen von Designern darum gekümmert.

Er schloss die Schranktüren leise, ging zurück ins Wohnzimmer und dachte über das Glück nach. Das sollte die letzte Chance sein, bevor es einen unvorhergesehenen Tribut forderte, dieses schleierhafte Phänomen Glück, das nicht einmal aus der naheliegendsten Richtung angekratzt worden war, von

Ingi Bói. Der hatte Una einfach laufenlassen, als mache es ihm überhaupt nichts aus. Letzten Endes kannte also doch niemand den anderen, auch Una nicht ihren Mann. Sie war überzeugt gewesen, dass er alles daransetzen würde, ihr das Leben schwerzumachen, und ihrer Meinung nach konnte er sogar gefährlich werden. Aber als es darauf ankam, behielt die Eitelkeit die Oberhand, und er tat so, als sei ihm das alles gleichgültig; in Windeseile hatte er sich eine neunundzwanzigjährige Sopranistin gekrallt, die wie Uma Thurman aussah und auch deren schwarzroten Nagellack aus *Pulp Fiction* verwendete.

Karl Ástuson war zu der Auffassung gekommen, dass Glück in erster Linie darin bestand, dass sich alles einfach gestaltete. Zumindest war mit Una alles so einfach gewesen, dass es an ein Wunder grenzte, seit sie sich zuerst in Beausejour geliebt hatten. Umwelt und zu lösende Probleme blieben praktisch ganz und gar außen vor, sowohl was die Arbeit oder die Scheidung betraf, man musste einfach nur Prioritäten setzen.

Und genau wie er verstand sich Una darauf, die richtige Reihenfolge einzuhalten. Das ließ sich beispielsweise daran erkennen, dass sie die Beausejour-Seligkeit nicht trüben wollte, indem sie über einen gewissen Dienstagmorgen im August sprach; damit wartete sie bis zum zweiten Tag in Amerika, immer noch mit geschwollenem rechten Auge. Das half sehr. Karl konnte sich auf das nicht sichtbare Auge konzentrieren, während er dem lauschte, was er nie hatte hören wollen.

Ja, sie war mit ihren Freundinnen Lóa, Þórdís und Helga an diesem verlängerten Wochenende im August in die Þórsmörk gefahren, um dort zu zelten. Es war schon Abend, Lóa war betrunken und löcherte sie mit Fragen nach ihrem Freund. Die anderen beiden Freundinnen hörten zu. Dabei kam zur Sprache, dass Karl und Una manchmal abends zusammen Schellfisch und Kartoffeln kochten, woraufhin Lóa gemein zu kichern begann, und auf einmal waren alle losgeplatzt, nur Una nicht. Sie sagte, es sei doch gar nicht komisch, dass sie zusammen kochten, er hätte doch gerade seine Mutter verloren.

Willst du ein Waisenhaus gründen?, fragte Lóa.

Da wurde Una wirklich böse. Sie erklärte, dass Lóa bloß eifersüchtig sei, weil Karl der süßeste und netteste und beste Junge in Reykjavík sei, in Wirklichkeit sei sie selber in ihn verliebt.

Una war wütend nach draußen gerannt und schließlich in einem anderen Zelt bei Leuten gelandet, die sie gar nicht kannte. Sie hatte isländischen Brennivín aus der Flasche getrunken, was eine ganz neue Erfahrung für sie war. Ihr wurde speiübel. Als dann einer der Zeltinsassen sie zu küssen versuchte, was ihm auch halbwegs gelang, hatte sie sich glücklicherweise übergeben müssen und war anschließend eingeschlafen.

Als sie am Montagmorgen aufwachte, war ihr kalt (es hatte geregnet, und das Zelt war undicht). Sie fühlte sich hundeelend, konnte sich aber bei anderen Leuten eine Mitfahrgelegenheit in die Stadt organisieren, um nicht mehr mit ihren Freundinnen reden zu müssen. Für sie stand fest, dass sie nicht gut genug für Karl war. Ein unbekannter Junge hatte sie geküsst, das war ekelhaft, und sie hatte gekotzt.

War das wirklich alles?, fragte der Mann, der also wegen nichts und wieder nichts siebzehn Jahre seiner Liebe beraubt worden war.

Ja.

Das kann ich gar nicht glauben, sagte Karl, sich weiterhin auf Unas versunkenes Auge konzentrierend.

Und weshalb hast du mich eigentlich nach gar nichts gefragt?, sagte sie enttäuscht.

Ich dachte, dass anständige Männer keine Fragen stellen, wenn sie den Laufpass bekommen. Meinst du, dass das etwas geändert hätte?

Wenn du mich gefragt und dabei herausgefunden hättest, wie kindisch das alles war, und vielleicht versucht hättest, mich zu trösten, hätten wir womöglich die ganze Zeit zusammen sein können.

Damals wäre dir das aber vielleicht mehr als idiotisch vorgekommen.

Das kann ich gar nicht von mir glauben.

Sie mussten sich also damit abfinden, diese exorbitanten Glücksmenschen, dass irgendwelche blödsinnigen Lappalien Schicksale in die Länge ziehen und ein ganzes Leben beeinflussen können. Da blieb nichts anderes übrig, als den Kopf zu schütteln und möglichst zu vergessen.

Karl vergaß aber nicht Lóas Anteil an der Sache, und er war nicht begeistert von dem Gedanken, dass sie immer noch zu Unas Freundinnen zählte. Sie hatte sogar vor, zu Besuch zu kommen, doch da setzte Karl den Fuß an den Boden und erklärte, es käme nicht in Frage, sie in seinem Haus zu beherbergen. Er erinnerte sich leider auch nur allzu genau an ihre ziemlich massiven Annäherungsversuche, kurz nachdem Una Schluss mit ihm gemacht hatte.

Da lachte Una und sagte, das sei doch alles im vorigen Leben gewesen. Karl sah die Frau an und fand ihre Unbekümmertheit beneidenswert. Falls er einen Freund gehabt hätte, der sich so wie Lóa verhalten hätte, wäre der für ihn erledigt gewesen. Egal, wie lange es her war. Er hätte bestimmt nie wieder ein Wort mit ihm geredet.

Er sehnte sich danach, sich Unas Leichtigkeit und ihr Lebensmotto im Hinblick auf Besorgnisse zu eigen machen zu können: Auf Schlimmes kann man sich nicht vorbereiten, indem man sich Sorgen macht. Sorgen sind völlig nutzlos, denn das Schlimme kommt immer genau aus der entgegengesetzten Richtung als der vorhersehbaren – und das hatte sich beispielsweise in Bezug auf Ingi Bói bewahrheitet.

Was Anlass zu Besorgnis betraf, so hatte Karl Ástuson auch während der Beausejour-Seligkeit Zeit dazu gefunden, Bedenken zu haben, ob Una sich in Amerika wohlfühlen werde. Er hatte vor, sie dorthin zu verpflanzen, als sei gar nichts weiter dabei für einen Menschen, der diesen Kontinent noch nie betreten hatte. (Im Stillen wunderte er sich allerdings stark darüber, wie es überhaupt möglich war, nie in Amerika gewesen zu sein.)

Ihm wäre nie eingefallen, dass Una auf die Neue Welt wie ein Kind auf Disneyland reagieren würde. Alles erinnerte sie an Spielzeug; rote Lastwagen mit Silberschornsteinen; Häuser, die aussahen wie überdimensionales Fisher-Price-Spielzeug. Sie verwendete auch das Wort «putzig» für das amerikanische Essen, ewig schwabbelige Soßen und alles mit geschmolzenem Käse überzogen. Nicht unbedingt ihr Stil, aber in ihrer toleranten Art sagte sie: Warum nicht auch mal, zur Abwechslung?

Una brauchte nicht mehr als einen Tag, um sich dafür zu entscheiden, dass sie in der Neuen Welt leben wollte. Am zweiten Tag hatten sie eine Spritztour in die Umgebung gemacht und anschließend einen Spaziergang am Strand beim Haus unternommen.

Hier möchte ich mein Zuhause haben, sagte sie und fügte ungeniert hinzu, dass Long Island der einzige Ort in Amerika sei, wo sie sich vorstellen konnte zu leben.

Karl schwieg verwundert, bis ihm einfiel zu sagen, es sei

dann wirklich ein glücklicher Zufall, dass sich das Haus genau dort befände. Und in Fortsetzung dessen fragte er, wieso sie diese hohe Meinung von Long Island habe. Sie stellte ihm die Gegenfrage, wieso er denn genau dort dieses Haus gekauft und all diese Anstrengungen unternommen hätte, um es perfekt und nicht wie ein Provisorium einzurichten. Tja, sagte er, das war wohl, weil Long Island eine Insel mit ländlichem Ambiente und Stränden ist, direkt vor den Toren von New York.

Hab ich's nicht gesagt, erklärte Una daraufhin, so einen Standort gibt es nirgendwo anders auf der Welt.

Die Welt ist groß, sagte Karl, der sehr viel mehr von ihr gesehen hatte als Una.

Dann nichts wie los, entgegnete Una, und Karl versprach ihr Reisen, zu Orten mit goldenen Stränden und tausend grünen Hügeln, man brauchte einen ganzen Tag, um dorthin zu fliegen und sich wie neugeboren zu fühlen; so war es ihm nackt bei Regen und Sonne ergangen, mit einem plappernden Papagei zu seinen Füßen.

Auch im Nachhinein wusste Karl Ástuson keine Antwort darauf, wieso er sich nicht nur mitten an einem Arbeitstag auf dem Sofa niedergelassen, sondern auch den Fernseher eingeschaltet hatte, der Mann, der es sich normalerweise erst nach getaner Arbeit auf dem Sofa bequem machte; gar nicht zu reden davon, dass er sonst nie am helllichten Tag fernsah.

Er zappte von einem Sender zum anderen, Überschwemmungen hier, Vulkanausbrüche dort. In Brooklyn war ein Mann ermordet worden. Und eine frischgebackene Romanautorin, die Psychiaterin Doreen Ash, war heute Morgen in Manhattan gestorben, sie hatte sich das Leben genommen. Ihr erster Roman, *Der Gute Liebhaber*, war gestern erschienen und galt als bestsellerverdächtig. Das Urteil in der Kritik, soweit es sich zu diesem Zeitpunkt feststellen ließ, war gemischt – von überschwänglichem Lob bis hin zu totalem Verriss. Die Autorin war einundvierzig Jahre alt gewesen.

Karl Ástuson schaltete den Fernseher ab und trank seinen Kaffee aus. Er ging ins Musikzimmer und direkt zu dem Schrank, in dem er den alten Koffer aufbewahrte, mit dem er vor siebzehn Jahren nach New York gekommen war. Er entnahm ihm einen kleinen veilchenblauen Pullover, der einem einjährigen Säugling gepasst hätte. Er war in diesem Koffer mit dem ersten Umzugsgut aus Island gewesen und dort bis auf die wenigen Male verblieben, wo er ihn herausgeholt und in die Hände genommen hatte. Wie beispielsweise am ersten Abend mit Una auf Long Island, als er nicht einschlafen konnte. Er war ins Musikzimmer gegangen und hatte mit dem kleinen Pullover im Schoß dagesessen und ihm für das neugefundene Glück gedankt. Es war der Pullover von Ástamama, den sie in den letzten Wochen ihres Lebens für ein kleines Mädchen gestrickt hatte, dem er Grüße ausrichten sollte, wenn es so weit wäre.

Karl Ástuson drückte den Pullover an sich, legte ihn zurück in den Koffer und zog seine Joggingsachen an. Er sagte Una Bescheid, dass er ein oder zwei Stunden unterwegs sein würde. Dass Kaffee in der Thermoskanne bereitstand.

Kaum war er draußen auf dem Bürgersteig, warf er einen Blick auf die Uhr. Er wollte genau eine Stunde laufen, von Doreen Ash weglaufen. Sie hinter sich bringen, soweit das überhaupt möglich war. Die Frau war tot. Doreen Ash war tot. Sie hatte aufgehört zu existieren. Sie hatte sich das Leben genommen. Seine Lebensspenderin. Das war tragisch, unendlich tragisch. Aber der Sinn stand ihm nicht nach Weinen. Ihm stand eine Aufgabe bevor. Seine Zukunft mit Una hing davon ab, wie er sie bewerkstelligen würde.

Er rackerte sich in einer dafür vorgesehenen Stunde kräftig ab, und jeder Schritt brachte ihn dem Ziel näher, einen massiven und stabilen Zaun um das Doreen-Ash-Sperrgebiet zu errichten. Es ging nicht darum, zu vergessen, und zudem war es viel schwieriger, Tatsachen im Zusammenhang mit Toten zurechtzurücken als mit Lebenden. Keine Erinnerung konnte mehr hinzukommen, ein toter Mensch reagiert auf nichts mehr, er befindet sich in genau der Unveränderlichkeit, in die Ástamama mit einem Ja auf den Lippen eingegangen war.

Aber man konnte Erinnerungen und gedruckte Absonderlichkeiten über sich selber unschädlich machen; es war möglich, sie wie einen wild gewordenen Stier einzuzäunen. Um der Wahrheit die Ehre zu geben, waren solche Stiere seinerzeit in Island das Einzige gewesen, vor dem er Angst gehabt hatte – und jetzt hatte er eine panische Angst vor ihrer Nachfolgerin Doreen Ash. Diese eine Stunde wollte er darauf verwenden, Zaunpfähle um eine tote Frau einzurammen, die ihn nicht losließ; daran arbeitete er schweißüberströmt und wie besessen in der Mittagssonne auf Long Island, und er konzentrierte sich so sehr darauf, dass er beinahe von einem, wenn nicht sogar zwei Autos angefahren worden wäre.

Weshalb hatte sie das getan? Was hatte sie dazu getrieben, eben in dem Augenblick, als ein zukünftiger Bestseller herausgekommen war, jetzt, wo sie im Begriff war, die Früchte der Plackerei an diesem Buch zu ernten und sich im Licht des Erfolgs baden zu können so wie auf der Präsentation? Nicht einmal einem Hellseher wäre in den Sinn gekommen, dass diese Frau beabsichtigte, aus der Welt zu gehen. Und wie hatte sie das gemacht? Vielleicht konnten ihm die Zeitungen Antwort darauf geben. Aber nicht auf die Frage, weshalb, und auch nicht, weshalb sie es an dem Abend oder in der Nacht getan hatte, nachdem das Buch erschienen war.

Eines wusste er jedoch vielleicht, nämlich wann sie sich dazu entschlossen hatte. Wer den Schritt tut, die Welt aus freien Stücken zu verlassen, muss ihn bereits vorher erwogen haben; irgendwann kommt dann der Wendepunkt, von dem aus man nicht mehr zurückkann. Und dieser Wendepunkt war, als er zu ihr gesagt hatte: *So schön wie nie.* Dass sie nie so schön gewesen sei wie jetzt – und sie hatte die Worte wiederholt: *So schön wie nie*, und hatte rätselhaft gelächelt, als sei ihr etwas eingefallen, was sie aber nicht preisgeben wollte.

Nur noch zehn Minuten vom geplanten einstündigen Davonlaufen von Doreen Ash waren übrig, als Karl Ástuson die Eingebung hatte, sich nach angemessener Zeit mit Liina in Verbindung zu setzen. Genauer gesagt, nach präzise einem Monat wollte er sie fragen, ob er ihr einen Besuch abstatten und mit ihr sprechen dürfe. Es würde einfacher sein, Doreen Ash innerhalb des Gatters zu halten, wenn er mehr über sie wusste. Und über ihr Ende.

Er ging in die Bäckerei an der Ecke, obwohl er normalerweise nicht total verschwitzt und halb nackt einkaufte, und deckte sich mit frisch Gebackenem für Unas spätes Frühstück ein. Auf dem restlichen Weg nach Hause war er von Backdüften umgeben und dachte nur noch an Una. Und sie war inzwischen auf den Beinen, die Gute, sie saß in ihrem Nachthemd mit den Spaghettiträgern auf dem Schlafzimmerbalkon und trank ihren Kaffee. Sie hatte sich einen Latte in der Designerglanzleistung gemacht, die Karl eigenhändig aus Italien hertransportiert hatte.

Una nahm Mann und Gebäck froh in Empfang, vor allem ein noch warmes Marzipanhörnchen, das sie besonders liebte. Sie war sich sicher gewesen, dass man so etwas nur in Deutschland bekommen konnte – bis sie in ein Haus auf Long Island zog, das seit langem für sie bereitgestanden hatte.

Zu Hause bei Doreen Ash

Karl Ástuson, der sich nicht nur darauf verstand, Pläne zu machen, sondern sie auch in die Tat umsetzte, hielt sich präzise an das, was er sich vorgenommen hatte. Einen Monat nach Doreens Tod schrieb er Liina Minuti einen Brief. Nach acht Entwürfen schickte er die neunte Version ab, in der er ihr zunächst sein Beileid aussprach und in Fortsetzung dessen erklärte, dass Doreen Ash ihm das Leben geschenkt habe. Dass er diese bedeutende Frau nicht so kennengelernt hatte, wie er es sich gewünscht hätte. Ob Liina ihm einen großen Gefallen tun und mit ihm sprechen würde?

Ein beunruhigter Mann erwartete eine Antwort, ein Mann, der sich keineswegs im Klaren über seine Beweggründe war. Und nicht die Peinlichkeit bedacht hatte, dass er bei der Gelegenheit als Guter Liebhaber entlarvt werden könnte. *Höchstselbst*, wie in dem signierten Exemplar stand, das er in zwei Stufen entsorgt hatte, an dem Abend, bevor sich die Verfasserin das Leben nahm.

Karl Ástusons Unruhe legte sich rasch wieder, als ein freundlicher Brief von Liina Minuti eintraf. Er hörte auf, an seinem Verstand zu zweifeln, und zur von ihr vorgeschlagenen Zeit eilte er beschwingten Schrittes und mit neunzehn gelben Rosen zur Wohnung von Doreen Ash. Eine der Rosen war auffällig groß und perfekt, genau wie in dem Tankstellenstrauß am Silberstrandabend.

Die Psychologin Liina Minuti machte es Karl Ástuson leicht. Sie war geradeheraus, sie wirkte geradezu heiter und war ganz anders als die gestrenge und korrekte Liina auf der Präsentation. Sie hatte sich an diesem Tag nicht einmal sonderlich zurechtgemacht. Eine Frau in einem hippieartigen roten Baumwollkaftan mit schwarzlackierten Fußnägeln.

In der gemeinsamen Wohnung von Doreen und Liina herrschte ein bunter und anheimelnder Mischmasch von Stilen. Zierliche Möbel aus China kontrastierten mit einer überdimensionalen Sofagarnitur, dazu nüchterne moderne Kunst und lange Regale voll mit fremdartigem Kleinkram. Das Wohnzimmer wirkte leicht chaotisch, aber das verlieh ihm eine gewisse Geborgenheit – dieser Meinung war der Gast zumindest, bis er sich in eine Sofaecke gesetzt hatte und sich so vorkam, als sei er um ein paar Nummern kleiner geworden.

Liina setzte sich in die am weitesten entfernte Ecke des Sofas. Angesichts der Entfernung zwischen den Gesprächspartnern auf ein und demselben Möbelstück ahnte Karl Ástuson, dass er hier nicht seine gewohnten leisen Töne anschlagen konnte.

Schön, dass du gekommen bist, sagte die Dame des Hauses. Es gibt kaum Menschen, mit denen ich über Doreen sprechen kann.

Vielen Dank. Es macht mir zu schaffen, nicht mehr über sie und auch über dieses unbegreifliche Ende zu wissen. Zu seinem Verdruss beendete Karl Ástuson diesen Satz im Falsett, denn diese neue Tonart beherrschte er nicht.

Es war nicht unbegreiflich, sagte Liina und lächelte.

Ein Lächeln in einem so unpassenden Augenblick brachte den Gast vollends aus der Fassung: Er warf der leichtfertigen Trauernden einen strengen Blick zu. Und auch unter Androhung der Todesstrafe hätte er kein Wort hervorbringen können.

Liina behielt trotz der Miene des Gastes ihr Lächeln bei und sagte: Doreen hat viel über dich gesprochen, seitdem du sie aus Island angerufen hast. Du hast ihr viel bedeutet – weil es ihr gelungen war, Einfluss auf dein Leben zu haben. Sie sagte, du seist die einzige Person, für die sie etwas hätte tun können, was tatsächlich von Bedeutung war. Und dass sie das nur deswegen konnte, weil du nicht bei ihr in Behandlung warst.

Anscheinend ist es nicht beneidenswert, Psychiater zu sein.

Doreen hatte ihre Praxis gründlich satt. Sie hatte das Gefühl, ihre Patienten stagnierten, sie träten trotz vermehrter Einsicht auf der Stelle. Sie redete allerdings nicht von Patienten, sondern von «ihren Leuten». Was nutzen uns diese ganzen Erkenntnisse, hat sie oft gesagt. Wo sie doch gar nichts bewirken. Und dann hat sie ein paar von den typischen Phrasen von sich gegeben und gefragt: Wie kann eine Person nach zehn Jahren Behandlung immer noch auf demselben Zeugs herumreiten?

Es muss also eine Erleichterung für sie gewesen sein, die Praxis aufzugeben.

Da kannst du sicher sein. Aber da waren immer noch die zwei, die sie ihre letzten Mohikaner nannte, sie konnte sich nicht von ihnen trennen, oder umgekehrt. Da war eine gefühlsmäßige Bindung zwischen ihr und ihnen, die gegen alle Regeln verstieß. Die beiden gingen ihr so auf die Nerven, dass sie sich nach jeder Sitzung fühlte, als bräuchte sie Kopfschmerztabletten. Muttersöhnchen. Sucker. Und sie ließ sie saugen. Sie sagte, dass sie sie am liebsten wie große Teddybären in die Arme genommen und gestreichelt hätte, genau das wäre nämlich die menschliche Berührung, die ihnen fehlte! Beide sind natürlich latent schwul, wollen aber den Tatsachen nicht ins Auge blicken. Sie nannte sie Erzschwule, und es juckte sie in den Fingern, die beiden aus ihrem Schrank zu zerren.

Liina verstummte. Auf einmal sagte sie und schaute dabei Karl Ástuson direkt in die Augen, als ginge ihn die Sache etwas an: Sie sehnte sich nach einem Kind.

Tatsächlich?

Ja. Aber sie hat es nie direkt gesagt.

Woher weißt du es denn, wenn sie es nie gesagt hat?

Ihre beiden Mohikaner haben sie verraten. Sie hat die beiden wie die krassesten Muttersöhne bemuttert. Robin und Markson waren die Brustkinder, nach denen sie sich sehnte, und sie saugten sich an der Pseudomama fest, denn sie hat sich für sie aufgeknöpft.

Diese Ausführungen waren ganz im Stil der Klischees aus dem *Guten Liebhaber*. Unglaublich, dieses psychologische Gewäsch, das intelligente und gebildete Leute von sich geben konnten. Karl schwieg und sah Liina fragend an.

Aber Liina befand sich in ihrer eigenen Welt und schwieg länger als der Gast.

Weshalb in aller Welt hätte sie es geheim halten sollen, wenn sie gerne ein Kind gehabt hätte?, fragte er schließlich.

Aus Angst davor, dass ich sie darin bestärken würde, den Wunsch in die Tat umzusetzen.

Wie bitte?

Sie wusste selber ganz genau, dass ein Kind in ihrem Leben nichts zu suchen hatte. Das änderte aber nichts daran, dass sie sich intensiv nach einem sehnte. Ich bin mir sicher, dass es ihr innerster und tiefster Wunsch war.

Und weshalb hat sie sich nach einem Kind gesehnt, fragte Karl in einem derartigen Ton der Verwunderung, dass Liina Minuti laut lachen musste.

Die unwahrscheinlichsten Leute sehnen sich nach einer Familie, sagte sie. Leute, von denen man das nie geglaubt hätte. Und es war Doreens sehnlichster Wunsch, bedingungslos zu lieben. Dazu ist aber, abgesehen von einer Mutter, niemand in der Lage.

Niemand ... abgesehen von einer Mutter ...

Wenn irgendjemand bedingungslos geliebt worden war, dann der kleine Kalli Knirps, Karl Ástuson, der Sohn seiner Mutter. Seine Gedanken schweiften ab, in das Eckhaus mit Musik, und er hörte gerade noch den Rest von dem, was Liina sagte:

Doreen wäre keine gute Mutter geworden, und das wusste sie auch ganz genau. Man kann auch seine Zweifel daran haben, ob sie für ihre beiden Mohikaner eine gute Ersatzmutter gewesen ist. Ich glaube, sie wären bei jemand anderem besser dran gewesen. Aber es ist ihr gelungen, die beiden zusammenzubringen – nach ihrem Tod.

Und wie hat sie das zustande gebracht?

Robin und Markson haben sich im Wartezimmer von Melanie van der Stein getroffen. Da war irgendein Fehler passiert, zwei Patienten waren zum gleichen Termin gebucht. Die beiden kamen ins Gespräch, und Robin hat Markson anvertraut, dass seine Psychiaterin Selbstmord begangen und ihm an ihrer Stelle Melanie van der Stein empfohlen hatte. Also, es konnte ja wohl kaum viele Psychiater in New York geben, die sich das Leben nahmen und Melanie van der Stein empfahlen.

Doreen muss Melanie gebeten haben, die Termine für die beiden so zu legen, dass sie sich im Wartezimmer treffen mussten. Sie kannte sie gut genug, um zu wissen, dass sie ein wunderbares Paar abgeben würden, darüber hat sie oft mit mir gesprochen: Wie schade es wäre, dass es ihr nicht gestattet war, die beiden zusammenzubringen. Und dafür zu sorgen, dass sie das Einzige bekämen, was ihnen fehlte. Etwas, was sie ihnen nicht geben konnte. Menschliche Berührung. Ich wünschte so sehr, sie könnte erfahren, wie es gelaufen ist.

Karl Ástusons Gedanken gingen wieder zurück zu dem Haus mit dem Abschiedswalzer und dem Ja-Tango: *Ich wünschte so sehr, sie könnte erfahren, wie es gelaufen ist.*

Der ständig wiederkehrende Satz, nachdem seine Mutter gestorben war. Sie hatte nie erfahren, wie er beim Abitur abgeschnitten hatte: Bester auf dem mathematischen Zweig, weil er entschlossen war, seine Mutter dafür zu entschädigen, dass er in der Klasse davor nur Zweitbester geworden war. Das war nämlich das Letzte gewesen, was sie in diesem Leben erfahren hatte.

Schade, dass der Sport deine Noten gedrückt hat. Die vorletzten Worte seiner Mutter.

Liina Minuti war aufgestanden, und Karl Ástuson legte das als ein Zeichen aus, dass er zu gehen hatte. Aber sie sagte:

Ich möchte dir die Briefe zeigen, die sie ihnen geschrieben hat. Sie hat dich sehr geschätzt, deswegen bin ich mir sicher, dass sie nichts dagegen hätte.

Hat sie Fotokopien von den Briefen an die beiden gemacht?

Ja, das hat sie. Ich weiß nicht genau, wozu. Es sei denn, dass ich sie dir zeigen sollte.

Das kann nicht sein. Doreen konnte nicht wissen, dass ich dich besuchen würde.

Doreen hat ein bisschen weiter als nur bis zu ihrer Nasenspitze sehen können.

Das klang ganz ähnlich wie das, was Sigríður über Una gesagt hatte: *Una entgeht nichts.* Dasselbe konnte man aber auch über Sigríður Sherlock sagen, gar nicht zu reden von Lotta.

Er war umringt von Frauen, die weiter als nur bis zu ihrer Nasenspitze sehen konnten, denen nichts entging. Und zwar von Anfang an, bei Ástamama war es sogar so krass gewesen, dass ihr Sohn in den ersten Jahren nicht viele Worte von sich gab. Dessen bedurfte es nämlich nicht – seine Mutter sah gleich, wenn ihm etwas fehlte, wenn etwas los war.

Unangenehmer Gedanke, Briefe zu lesen, die nicht an ihn gerichtet waren. Als würde man heimlich eine Schublade öffnen. Aber er fügte sich und stellte sich vor, damit Doreen Ash einen verspäteten Gefallen zu tun.

Lieber Robin,

nun steht das bevor, was in Handbüchern nicht vorgesehen ist. Ich bitte dich von ganzem Herzen, mir zu verzeihen, auch wenn das, was ich vorhabe, dir gegenüber unverzeihlich ist. Ich enttäusche dein Vertrauen, und das ist in gewissem Sinne das Schlimmste von allem, nicht zuletzt deswegen, weil ich mich nicht weniger an dich gehängt habe als du dich an mich.

Verzeih mir auch, dass ich dir nicht erklären kann, weshalb ich nicht mehr leben will. Es ist auf seine Weise einfach viel zu banal. Wenn ich irgendwelches Anstandsgefühl hätte, würde ich mich schämen.

Ich bitte dich inständig, zu einem anderen Psychiater zu gehen. Ich empfehle dir Melanie van der Stein, und ich füge dir ihre Karte bei. Ich habe sie auch vorbereitet, sie weiß von dir. Du würdest sofort einen Termin bekommen.

Zum Schluss möchte ich dir sagen, dass du mir sehr viel bedeutest und es mir leichter gemacht hast, zu existieren. Ich mag dich von ganzem Herzen, und du bist einer der liebenswertesten und amüsantesten Menschen, die ich kenne. Ich hoffe sehr, ich habe etwas dazu beigetragen, dass du gut mit dem Leben fertig wirst, auch wenn ich dich jetzt furchtbar enttäusche.

Aufrichtig
Deine Doreen Ash

Mein lieber Markson,

ich kann nicht anders, ich muss dir schreiben und dich um Verzeihung bitten. Du bist der Patient, der am längsten bei mir gewesen ist. Außer dir gibt es nur noch einen anderen in meinem Patientenkreis, der mir ebenso viel bedeutet wie du, und das verstößt gegen alle ärztlichen Grundsätze. Ich schäme mich dir gegenüber, dass ich jetzt aufgebe, und ich bitte dich darum, niemals auch nur im Traum daran zu denken, mich zum Vorbild zu nehmen. Ich kenne dich gut genug, um zu wissen, dass du imstande bist, etwas zu leben, was man ein Leben nennen kann, und ich bitte dich aus ganzem Herzen, es zu tun. Bitte denk nicht mehr an deine unglückliche Psychiaterin, die nichts dafür kann.

Ich kann dir statt meiner voll und ganz Melanie van der Stein empfehlen. Ich füge ihre Karte bei, sie weiß von dir. Mögen dich gute Geister begleiten.

Aufrichtig
Deine Doreen Ash

Karl Ástuson las Doreens Abschiedsbriefe an ihre zweitletzten Mohikaner und schwieg, wie es sich für den drittletzten geziemte. Liina Minuti schwieg ebenfalls. Dieses Zweipersonenschweigen klang wie vorgeschrieben, wie das Schweigen in einem Theater oder einer Kirche.

Sollten wir uns nicht im Gedenken an sie einen Gin Tonic genehmigen?, fragte die Gastgeberin plötzlich, und Karl Ástuson wurde bewusst, dass sie viel länger auf dem Trockenen gesessen hatten, als es die Gastfreundschaft zuließ.

Liina Minuti mixte die Drinks in der Küche und ließ den Gast in der Sofaecke zurück. Er fühlte sich ganz wirr im Kopf, was vielleicht normal war. Ein Mann, der eine gerade verstorbene Frau bis in ihr Heim verfolgt hatte, die Person, die ein beispielloses Buch über ihn geschrieben hatte. Ein Machwerk, das zugleich eine völlig absurde Analyse des Guten Liebhabers und der Spontanfrau sein wollte. So nannte sie sich selber in diesem Buch. Und er hatte sie Liebhaberin genannt. Was hatte er eigentlich hier bei ihr zu Hause zu suchen? Die Beerdigung lag schon lange zurück. Karl Ástuson schüttelte den Kopf über sich selber.

Liina kam mit den Gläsern zurück, setzte sich neben ihn aufs Sofa, und sie stießen auf Doreen Ash an.

Wie fandest du das Buch?, fragte Liina.

Auf diese naheliegende Frage war Karl Ástuson nicht gefasst. Er war stinkwütend auf sich selber wegen dieser Fahrlässigkeit, und das verleitete ihn zu einer Antwort, die klang, als hätte er sich die Zunge mit Olivenöl eingeschmiert:

Es ist natürlich beschämend, aber ich lese fast nur Bücher mit historischem Bezug und Kriminalromane. Für Literatur bin ich nicht sehr zu haben, und dieser Roman ist so speziell, dass ich meine liebe Müh und Not damit hatte, überhaupt durchzukommen. Auch wenn er von einer lieben Freundin geschrieben wurde. Aber die Idee, Wissenschaft und Dichtung auf diese Weise miteinander zu verquicken, ist natürlich brillant.

Ich habe viel darüber nachgedacht, ob es stimmt, was Doreen mir gesagt hat, dass sie sich diese Geschichte ausgedacht und so dargestellt hat, als sei sie in Wirklichkeit passiert. Ich habe allerdings den Verdacht, dass der Gute Liebhaber ein ganz reales und präzises Vorbild hat und dass alles, was sie schreibt, tatsächlich so geschehen ist.

Dir hätte sie es doch wohl gesagt, wenn es irgendein Vorbild gäbe, oder nicht?

Da bin ich mir nicht so sicher.

Sie hat aber nicht gerade den Eindruck gemacht, als würde sie mit Dingen hinter dem Berg halten.

Je nachdem. Doch da ist etwas passiert, was ihr Leben auf den Kopf gestellt hat. Ich tippe auf die große Liebe, genau wie es im Buch beschrieben ist.

Ja, aber du musst doch ihre große Liebe sein.

Liinas gutmütiges Lachen hatte einen spöttischen Beiklang: Du lieber Himmel, nein! Doreen ist meine Liebe, meine einzige und mehr als das. Doch das beruhte nicht auf Gegenseitigkeit.

Es gibt viele Arten von Liebe, sagte Karl Ástuson, ausgerechnet er, der Mann, der nur eine einzige Frau lieben konnte – abgesehen natürlich von seiner Mutter.

Vielleicht. Aber die große Liebe ist sich immer gleich, in dem Sinne, dass sie beständig ist.

Ich begreife nicht, wie großartig du dich hältst.

Ich war darauf vorbereitet. Ich konnte zwar nicht wissen, wann, aber ich wusste genau, wie es enden würde und dass ich nichts, rein gar nichts tun konnte, um es zu verhindern. So entschlossen, wie Doreen war, hätte ich überhaupt nichts ausrichten können. Vielleicht ein- oder zweimal, aber dann hätte sie es nur wieder versuchen müssen, mit all dem Umstand, der damit verbunden ist. Und wenn ich sie stets und ständig überwacht hätte, wäre sie gezwungen gewesen, es ganz alleine und ohne mich durchzustehen.

Weshalb wollte sie nicht leben?

Ich glaube, sie wollte nicht abseits der großen Liebe leben. Darum ging es ihr – in Liebe und mit Liebe zu leben, sie gab sich mit nichts weniger zufrieden. Außerdem hat sie getrunken. Alkohol in diesen Mengen ist Masochismus in seiner reinsten Form, Selbstzerstörung. Sie hätte eine Chance gehabt, wenn sie aufgehört hätte zu trinken. Aber das wollte sie auf keinen Fall, oder sie konnte es nicht. Doreen war hyperrealistisch. Sie sah genau, wie sie in zehn Jahren aussehen würde, eine Alkoholikerin mit aufgedunsenem und zerfurchtem Gesicht. Das hat sie darin bestärkt, diesen Schritt zu tun.

Sie hatte eine kleine Bar in ihrer Praxis, sagte Karl.

Das wusste ich nicht. Bist du öfter dort gewesen?

Nein, nur ein einziges Mal. Um mich zu bedanken und ihr das Armband zu schenken.

Es ist ihr ins Grab gefolgt.

Ach?

Sie hat in ihrem Brief an mich darum gebeten. Weshalb hast du deinen Namen eingravieren lassen? Jetzt klang Liina Minuti so scharf, als hätte der Gast sich etwas zuschulden kommen lassen.

Ich weiß auch nicht, warum. Ich weiß nur, dass sie eine wichtige Person für mich war – sie hat mich aufgefischt, als ich schon halb ertrunken war und sie anrief. Ich hätte es nicht aus eigener Kraft geschafft, mich da herauszuziehen und mich an die Frau im Nachbarhaus zu wenden, wenn Doreen mir nicht neues Leben eingeblasen hätte. Nur ihr habe ich es zu verdanken, dass ich nun endlich so etwas wie ein Leben habe. Ich wusste, wie es ist, am Leben zu sein, denn ich durfte vor siebzehn Jahren ein paar Monate lang diese Erfahrung machen. In der Zeit dazwischen war ich inwendig hohl. Ich fühlte mich nicht einmal schlecht, genauso wenig wie ein Toter. Ich fühlte überhaupt nichts.

Genau das war es, was Doreen nicht wollte. Ich war privilegiert, ich liebte. Ich liebe. Ich durfte bei der sein, die ich liebe. Das ist zumindest keine Leere.

Karl Ástuson in seiner eigenen Welt dachte an Leere aufgrund von Liebe und Lieblosigkeit, als Liina ihn mit einer weiteren Frage überrumpelte:

Habt ihr miteinander geschlafen?

Nein. Wir haben uns bloß einmal getroffen – in einer Bar. Anschließend haben wir zusammen gegessen, und sie hat mir ihre Karte gegeben. Vielleicht hatte sie den Eindruck, dass mir psychiatrische Behandlung nicht schaden könnte.

Das hat sie mir auch erzählt, aber ich habe es nicht geglaubt. Ich ging davon aus, dass es mehr war. Ich hatte den Verdacht, dass du der Gute Liebhaber aus dem Buch warst.

Sie hat die Bar als Romanschauplatz genommen, du solltest dich nicht dadurch täuschen lassen.

Ich lasse mich nicht täuschen.

Ich glaube, Romanautoren arbeiten viel weniger mit konkreten Vorbildern, als viele glauben. Sie haben viel mehr Phantasie, als dass sie es nötig hätten, irgendwelche Tatsachen direkt aus der Wirklichkeit aufzugreifen.

Es besteht aber gelinde gesagt eine gewisse Ähnlichkeit im Aussehen, erklärte Liina in feindseligem Ton.

Das ist es doch, was ich sage, Schriftsteller übernehmen etwas aus der Wirklichkeit und schmücken damit die Dichtung aus.

Das stimmt. Doreen hatte viel Sinn für Schmuck. Liina Minuti lachte.

Karl Ástuson lächelte und trank sein Glas aus. Nun sah er Liina direkt in die Augen und fragte:

Wie schaffst du es, dich so gut zu halten?

Ich wusste, dass ich sie nur eine kurze Zeit bei mir haben würde. Sie hielt es so lange aus, bis wir mit dem *Guten Liebhaber* fertig waren, bis das Buch erschienen war. Ich hatte die ganze Zeit Angst, dass sie nicht so lange durchhalten würde, das wäre eine Katastrophe gewesen. Damit hätte ich nicht leben wollen.

Du kannst dich damit abfinden, sie verloren zu haben?

Es geht nicht darum, sich mit etwas abzufinden, sondern das Unvermeidliche hinzunehmen. Ich wusste, dass mein Glück nicht von langer Dauer sein würde, nicht mein greifbares Glück. Und Doreen hatte mich auch schon seit langem vorbereitet. Sie sagte mir schon vor über einem Jahr klipp und klar, dass sie kapitulieren würde. Als es so weit war, verabschiedete sie sich so schön, wie man sich nur verabschieden kann. Nach der Buchpräsentation haben wir Champagner getrunken und uns ein letztes Mal geliebt. Sie hat gesagt, dass sie mich liebt. Das war streng genommen nicht korrekt, trotzdem finde ich es schöner, dass sie es gesagt hat, und sie wusste auch, dass ich es zu schätzen wüsste. Nachdem ich eingeschlafen war, ist sie aufgestanden, hat ihre Tabletten geschluckt und ist dann wieder zu mir ins Bett gekrochen. Als ich aufwachte, schlief sie unnatürlich tief. Ich fühlte ihr den Puls und wusste, dass ihr Zustand kritisch war. Ich stand auf, um nachzusehen, was sie genommen hatte. Dann bin ich wieder ins Bett gegangen und habe sie in meine Arme genommen und sie gehalten, bis sie hinüberging. Es hat anderthalb Stunden gedauert.

Karl Ástuson senkte den Kopf und weinte. Er sah die Frau

vor sich, die ein Armband mit Lapislazuli betrachtete, wie um nachzusehen, wie spät es war.

Es wäre wohl eigentlich eher an mir zu weinen, sagte Liina Minuti und reichte dem Mann ein Papiertaschentuch.

Es tut mir leid, ich kann nichts dazu.

Für mich kam nichts anderes in Frage, als ihr zu gestatten, in Frieden zu sterben. Das war es, was sie wollte. Das war nicht zu viel verlangt, es ging mich streng genommen auch nichts an. Und ihr Wunsch ging in Erfüllung, in Frieden in meinen Armen zu sterben. Ich glaube kaum, dass es möglich gewesen wäre, sie zu retten, auch wenn ich etwas unternommen hätte. Wenn sie gerettet worden wäre, hätte sie einen weiteren Versuch unternehmen müssen. Und das ist wirklich ein Aufwand. Sie hatte alles bis ins Detail geplant, den richtigen Zeitpunkt für sich gewählt, nach der Party, nachdem wir uns geliebt hatten. Ich hatte nicht das Recht, in ihre Pläne einzugreifen.

Wann genau ist sie gestorben?

Morgens um halb elf.

Während Karl Ástuson das Buch über sich und Doreen Ash kursorisch las (die wissenschaftlichen Passagen würden für immer ein Buch mit sieben Siegeln für ihn bleiben), hatte die Autorin ihren Abgang aus der Welt vorbereitet und Champagner mit der Frau getrunken, die sie liebte. Die Tabletten hatte sie vermutlich geschluckt, als er im Zug auf dem Weg nach Hause war, innerlich aufgewühlt von dem, was er gelesen hatte. Als er endlich unter der lang ersehnten Dusche stand, hatte Doreen Ash sich an die schlafende Liina Minuti geschmiegt und darauf gewartet, das Bewusstsein zu verlieren, geduldig, aber froh darüber, dass der Tod nahe war. Bestimmt auch ängstlich. Das mussten doch alle sein, die auf den Tod warteten, egal, wie froh sie waren – denn man kannte ihn nur vom Hörensagen, und Informationen dieser Art sind unzuverlässig.

Doreen Ash war ihm nie näher gewesen als in diesem Augenblick, als er die letzten Nachrichten von ihr erhielt.

Wie tragisch, sagte er. Und hörte sich das Wort wiederholen: Tragisch.

Halb elf morgens ist eine gute Zeit, um zu sterben. In ihrer letzten Stunde schien die Sonne ins Zimmer. Ich bilde mir ein, dass sie diese letzte Sonne gespürt hat. Sie war eine Sonnenanbeterin. Ich weiß, dass ihr euch deswegen begegnet seid, wegen der Sonne hielt es sie nicht in der Bar, und du hast sie auf dem Bürgersteig angesprochen.

Ja.

Und jetzt solltest du alles daransetzen, sie zu vergessen.

Ich werde sie auf meine Weise vergessen.

Pass auf, dass du dich nicht in eine Verstorbene verliebst.

Da besteht keine Gefahr, hatte Karl Ástuson bereits auf den Lippen, aber im letzten Moment erinnerte er sich daran, mit wem er sprach, und sagte: Ich passe auf.

Lass sie nicht zu viel Platz einnehmen, das hätte sie nicht gewollt. Du baust dir ein neues Leben auf, und dir dabei in die Quere zu kommen, wäre das Letzte gewesen, was sie gewollt hätte. Das hat sie schon damit gezeigt, dass sie dir keinen Abschiedsbrief geschrieben hat. Allerdings habe ich den Verdacht, dass man den *Guten Liebhaber* als einen monumentalen Abschiedsbrief an dich betrachten kann.

Das kann nicht sein.

Wie dem auch sei, ich habe zumindest viel Stoff zum Nachdenken.

Das Denken kann ich dir nicht verbieten, aber du befindest dich auf Irrwegen.

Ihr ist etwas passiert, und das hat sie meiner Meinung nach

in dem Buch beschrieben; etwas, was ihre Sicht auf die Dinge veränderte und sie dazu brachte, sich mit mir zusammenzutun. Für mich ist das natürlich nicht schön, denn aus ihrer Sicht war es eine Kapitulation, sich mit mir einzulassen. Der Anfang vom Ende.

Das darfst du nicht sagen.

Vielleicht nicht. Ich kann es dabei bewenden lassen, mich auf den Alkohol zu fixieren. Der hat ihr Leben bis ins Mark vergiftet. Sie war auf einer Stufe angelangt, wo so mancher Tag damit begann, dass sie sich zwischen Würgeanfällen zu diversen Schnäpsen zwingen musste. Es ist schrecklich, mit ansehen zu müssen, wie ein Mensch, den man liebt, sich so misshandelt. Ich konnte nichts dagegen tun. Ich habe es natürlich versucht.

Kaum zu glauben, dass du mit all deinen Kenntnissen und deiner Liebe ihr nicht helfen konntest.

Ihr persönliches Unglücklichsein wog schwerer als alle Liebe und alle Kenntnisse der Welt.

Sie ist mir gar nicht wie ein unglücklicher Mensch vorgekommen.

Lebenskraft und Lebensart können darüber hinwegtäuschen.

Woher kam dieses Unglück?

Unglück und Verhängnis sind ein Geheimnis. Glück ist transparent.

Dieser Satz klang wie ein weiser Spruch, von dem er eigentlich wissen müsste, woher er stammte. Aus dem Orient?

Liina fuhr fort: Zum einen lag es wohl daran, dass das Leben nicht ihren Ansprüchen entsprach. Deshalb fiel mir eine ganz seltsame Rolle zu, sie war nicht besonders erhebend, aber ich hatte mich damit abgefunden. Deswegen habe ich ihr auch geholfen, das Buch zu schreiben und noch etwas weiterzuleben. Sie hat für dieses Buch gelebt. Und ich lebte für Doreen und auch für das Buch. Jetzt ernte ich die Früchte, ich sehe, wie unser *Guter Liebhaber* mit jedem Leser avanciert. Ich werde sogar reich werden, in Geld gesprochen, denn all ihre Royalties gehen an mich. Doreen hat es so verfügt. Und wenn ich richtig investiere, kann ich vielleicht von diesem Geld leben, bis ich hundert werde, und brauche nie wieder einen Finger zu rühren.

Ich gratuliere.

Danke, sagte Liina und stand etwas rascher auf, als man es von einer professionellen Psychologin am Ende einer Sitzung erwartet hätte.

Karl Ástuson stand ebenfalls hastig auf und hörte sich selber sagen: Ich fühle mich eigentlich wie ihr drittletzter Mohikaner. Sollte ich mich vielleicht mit den anderen beiden treffen?

Liina lachte: Mein Lieber, du darfst Robin und Markson nicht ins Gehege kommen. Kümmere dich um dein eigenes Leben. Das ist das Beste, was du für Doreen tun kannst.

Ja, natürlich. Es war ein blödsinniger Vorschlag.

Ja, das ist korrekt. Lass dich nicht von Doreen und ihren Mohikanern vereinnahmen. Die Frau ist tot.

Ich weiß.

Danke, dass du gekommen bist. Es hat mir gutgetan. Ich kenne praktisch niemanden, mit dem ich über sie reden kann. Es wäre zwar verlockend, Robin und Markson einzuladen, aber meiner Meinung nach wäre es unprofessionell. Sie ist ihre Psychiaterin über Tod und Grab hinaus, und im schlimmsten Fall würde dadurch der Erfolg von ihrer und Melanie van der Steins Behandlung in Frage gestellt.

Hattet ihr keine gemeinsamen Freunde, mit denen du sprechen kannst?

Ach, die sind so unbedarft, das wäre schlimmer als nichts. Am schlimmsten ist ihr Verleger – verliebt in sie und am Boden zerstört. Er nimmt es persönlich, dass sie ihrem Leben ein Ende gesetzt hat. Als hätte er das verhindern können. Stell dir vor, auf was für verrückte Ideen die Menschen kommen. Und es geht mir auf die Nerven, wie wenig Haltung er an den Tag legt. Wenn irgendjemand am Boden zerstört sein sollte, dann ich.

Das ist wahr. Ich verstehe nicht, wieso du eine solche Haltung bewahren kannst.

Das hast du bereits zweimal gesagt.

Aller guten Dinge sind drei.

Liina verstummte und sagte dann auf einmal: Weißt du, ich habe mehr bekommen, als ich verdiene. Es ist doch so selten, dass man bei seiner einzigen Liebe sein darf – das kann man nur als einmaliges Geschenk und Privileg einordnen, auch wenn die Bedingungen vielleicht nicht günstig waren. Denk daran, was du besitzt. So etwas sollte eigentlich kaum möglich sein.

Ohne Doreens Eingreifen wäre es auch nicht möglich. Ich verstehe es einfach nicht. Ich verstehe nichts von allem. Ich befand mich urplötzlich im Nachbarhaus von Una, bei einer Frau, die gut mit ihr befreundet war. Eine unglaublich hilfsbereite Frau, aber man wusste gar nicht, woran man mit ihr war. Mir kam sie vor wie eine Spukgestalt.

Doreen hat mir davon erzählt. Aufgrund meiner Arbeit bin ich natürlich an Erstaunliches gewöhnt, aber diese Geschichte ist wirklich einmalig. Es endet wohl damit, dass ich dich im Altersheim besuche, um das Ganze noch einmal zu hören und hoffentlich noch mehr.

Sei mir willkommen, ich werde dich holen lassen.

Das ist nicht nötig. Ich komme selber.

Darf ich dir zum Abschied einen Kuss geben?, fragte Karl Ástuson, immer derselbe liebenswürdige Sohn seiner Mutter.

Tu das, sagte sie und deutete auf ihre Wange. Irgendetwas an dieser Bewegung erinnerte Karl Ástuson erbarmungslos an Doreen Ashs dominante Allüren im Bett.

Kein Grund, um rot zu werden, sagte Liina Minuti.

Karl Ástuson nahm die Geliebte von Doreen Ash in die Arme und küsste sie resolut auf die Wange.

Also dann, sagte er. Ich danke dir, dass du mich so nett in Empfang genommen hast.

Danke dir höchstselbst, entgegnete sie und ließ ihn hinaus.

Auf dem ganzen Weg nach Hause hallte es in seinem Kopf wider – *höchstselbst*. Das Wort hatte, mit schwarzer Tinte geschrieben, in seinem Exemplar des *Guten Liebhabers* gestanden. Der Verdacht, dass Liina Minuti die Widmung kannte und die letzte Gelegenheit wahrnehmen wollte, um sich über ihn zu mokieren, verließ ihn nie.

Ein Lied für kleine Ohren

An dem Tag, an dem sich herausstellte, dass Una schwanger war, hielt Karl den richtigen Zeitpunkt für gekommen, um ihr ein Märchen zu erzählen, das sie noch nicht gehört hatte. Er eilte zur Bäckerei, um ein Marzipanhörnchen für Una und ein Schinkenhörnchen für sich zu kaufen, deckte den Tisch auf dem großen Balkon mit Ástamamas Sonntagsservice (dem gleichen wie am Laufpassmorgen im August, als sie in der Küche Kaffee getrunken hatten).

Die Nachmittagssonne beschien die Hochhäuser der Weltmetropole in der Ferne, und Una mit den seit jeher kurzen Haaren badete sich im Glanz der gleichen Sonne. Sie trug ein kurzes, besticktes Seidenhemd und Bermuda-Shorts und hatte die nackten Beine übereinandergeschlagen. Karl saß im Schatten und betrachtete sonnenbraune Zehen mit weiß changierenden Nägeln. Nun sahen sie aus wie zehn Konfektstückchen, diese Zehen, die ihm, schon seit sie zu einem Mädchen hinter einem Paravent gehörten, so unerhört lieb waren. Er räusperte sich über seiner Kaffeetasse und erklärte, er wolle ihr ein kleines Märchen erzählen, ein ebenso altes wie neues Märchen.

Es waren einmal Karl und Una in der Abschlussklasse des Alten Gymnasiums in Reykjavík, die sich seit dem Silvesterfeuer an der Ægisíða, zu dem Karl mit seiner kleinen Nichte Ásta gegangen war, von ganzem Herzen liebten. Sie liebten sich bis zum Abitur und bis zum langen Wochenende im August, als Una mit ihren Freundinnen auf Zeltfahrt ging. Sie kam am Montag zurück in die Stadt und gab Karl am Dienstagmorgen den Laufpass, am Küchentisch mit Kaffee und Biskuitrolle; sie sagte nicht viel und war ungewöhnlich blass um die Nase (als wäre sie krank). Vielleicht hatte sie sich im Zelt erkältet.

Karl stellte keine Fragen, und deswegen verließ sie das Eckhaus für immer. Er wusste weder ein noch aus, und da der Verlust der Liebsten so schrecklich war, dass auch Tränen nichts ausrichten konnten, setzte er sich ans Klavier und spielte den Valse d'Adieu von Chopin, denselben wie einstmals, als sich ein Mädchen mit kurzen Haaren zur Anprobe in Samt und Spitzen hüllte, sodass daraus eine Una Larissa wurde.

Karl sah sein Leben klar vor sich, er konnte keine andere Frau lieben und war deswegen bereits als ganz junger Mann zum immerwährenden Single-Dasein verurteilt. Vor lauter Schmerz und Trauer wäre er am liebsten auf der Stelle gestorben, aber da das nicht zu Gebote stand, musste er so radikal wie möglich reagieren und so schnell wie möglich fortgehen, nach New York. Eingedenk der Worte seiner Mutter, dass er seiner Schwester Fríða unverzüglich Bescheid sagen sollte, falls er beabsichtigte, in diese Stadt zu gehen, rief er sie an. Und sie stattete auf der Stelle ihrem Bruder, dem Single im Eckhaus, einen Besuch ab.

Wie gewohnt kam Fríða unverzüglich zur Sache und erklärte, ihre Mutter habe ihr ein Geheimnis über den Vater von Karl anvertraut; der lebe in New York, wohin jetzt seine Reise gehen sollte. Er sei nicht mehr der Jüngste, hieße Karol Ash und sei halb Pole, halb Indianer. Verheiratet und Vater zweier Töchter, streng katholisch. Ihre Mutter Ásta habe es nicht übers Herz gebracht, den Vater anzugeben. Karl könne sich aber in Übereinstimmung mit den vorgegebenen Regelungen über einen Rechtsanwalt mit ihm in Verbindung setzen.

Daraufhin sagte Karl zu seiner Schwester: Ich habe schon so lange ohne Vater gelebt und ihn nicht vermisst, dass ich kein Bedürfnis verspüre, ihn zu finden. Und mir wird es auch niemals vergönnt sein, ein Kind zu haben, dem ich sagen möchte, wer und wie sein Großvater war. Heute Morgen hat Una Schluss mit mir gemacht. Da man aber weder sein Schicksal kennt noch weiß, was das Leben für einen bereithält, werde ich meinen Vater aufsuchen, und zwar nur aus dem Grund, dass ich – falls ich aller Wahrscheinlichkeit zum Trotz Nachkommen haben sollte – ihnen etwas mehr über den Großvater sagen kann.

Fríða bedauerte den Halbbruder wegen des Verlustes der Liebsten und hätte ihn gerne getröstet, aber das war nicht möglich, denn er war untröstlich. Sie ließ allerdings einfließen, dass ihre Mutter mit dem Geheimnis des Vaters nicht auf rechte Weise umgegangen sei, sie hätte sich das Herz erleichtern sollen, solange sie noch lebte.

Wir verstehen andere Menschen nicht, sagte Karl daraufhin, eingedenk der Tatsache, dass seine Liebste am gleichen Tag Schluss mit ihm gemacht hatte, und fügte hinzu: Man versteht nicht einmal seine eigene Mutter.

Am allerwenigsten sie, sagte Fríða, und daraufhin tauschten die Halbgeschwister bedeutungsvolle Blicke aus.

Nun setzten also Karl und Fríða alles daran, das Eckhaus so schnell wie möglich zu verkaufen und den Erlös zwischen sich aufzuteilen. Einige wichtige Objekte aus dem Haus wie die Nähmaschine und der Paravent konnten bei guten Leuten eingestellt werden, und Karl ließ sie sich schicken, nachdem er zu Geld gekommen war. Das Klavier und die schönen Esszimmermöbel hingegen fielen Fríða zu, und die Bücher teilten sie entsprechend den Anweisungen der Mutter unter sich auf.

Kurz und gut, das Haus war genau an dem Tag, als Karl Island für immer verließ, zum Verkauf bereit. Präzise an seinem Geburtstag, dem vierzehnten September. Er wurde zwanzig. Am fünfzehnten September wurde seine große Liebe Una zwanzig. Es war ihnen nicht vergönnt gewesen, einen einzigen Geburtstag gemeinsam zu feiern, obwohl nur ein paar Stunden zwischen den Augenblicken lagen, wo sie das Licht der Welt erblickt hatten. Vor allem deswegen vergoss er im Flugzeug unauffällig Tränen.

Nachdem er ein zweites Mal geweint hatte, und zwar auf der Grand Central Station und dann nie wieder in all den Jahren der Einsamkeit, setzte er sich mit dem Rechtsanwalt des Vaters in Verbindung. Es wurde ein Treffen für den nächsten Tag vereinbart, seltsamerweise in einem Hotelzimmer, wie Liebende, die gezwungen waren, sich heimlich zu treffen. Karl wurde wie nie zuvor klar, was für ein Geheimnis seine Herkunft war.

Karol Ash war um die siebzig und sah mit seinem weißen Haar und Bart aus wie Gott der Allmächtige in eigener Person. Er trug auch einen großen goldenen Ring mit einem roten Rubin an der Hand. Er strahlte Milde aus, war schlagfertig und hatte Sinn für Humor. Die Begegnung mit seinem Sohn ging ihm sehr nahe, Gefühle und Tränen setzten ihm zu.

Der Sohn, nach dem ich mich immer gesehnt habe, sagte er geradeheraus. Wie froh ich bin, dass es dich gibt, und dir scheint die Zukunft zu Füßen zu liegen.

Für Karl war es eine große Erleichterung, dass seine Existenz den Vater augenscheinlich nicht belastete, und das hatte letzten Endes große Bedeutung für seinen weiteren Lebensweg. Auch, dass sein Vater so stolz auf ihn war, auf sein Aussehen, auf seine Klavierkünste und anderes.

Karol Ash war zu diesem Zeitpunkt ein sehr kranker Mann, der nicht mehr lange zu leben hatte. Er sagte Karl, dass ihm nicht mehr viel Zeit bliebe, versprach ihm aber, ihm im Hinblick auf Unterkunft und anderes die Wege zu ebnen. Nach seinem Tod würde sein Rechtsanwalt damit fortfahren. Außerdem schenkte er Karl ein Familienerbstück von seiner Mutter Anna, eine Granatkette. Karl freute sich sehr über dieses Geschenk, auch wenn er nicht wusste, was er damit anfangen sollte.

Karl traf seinen Vater nur dieses einzige Mal, denn kurz darauf verschlimmerte sich dessen Krankheit, sodass es zu keiner weiteren Begegnung kam. Er verabschiedete sich aber mit schönen Worten telefonisch von seinem Sohn, indem er ihn als einen vom Himmel Gesandten bezeichnete. Er starb Anfang Dezember.

Karl dachte erstaunlich wenig über die Existenz und den Tod von Karol Ash nach, denn er hatte den Gedanken, jemals einen Vater zu haben, schon lange und gründlich abgeschrieben. Trotzdem hatte es den Anschein, als würde sich in dieser Großstadt ein Gefühl der Leere in ihm breitmachen, nachdem der gerade erst gefundene Vater verstorben war – zusätzlich zu der Leere, die durch den Verlust von Una und Ástamama entstanden war.

Ich sage dir das jetzt auch nur aus dem Grund, Una, dass du und unser Kind wissen sollt, von wem es abstammt.

Nachdem Karl Una diese seltsame Geschichte draußen im schönen Sonnenschein erzählt hatte, begab er sich ins Musikzimmer und griff nach dem abgedankten Koffer, in dem ein kleiner Pullover, ein Notenheft mit dem Ja-Tango für Klavier, Violine, Klarinette, Nähmaschine und Sopran und ein Mathematikbuch zur Vorbereitung auf das Abitur aufbewahrt wurden. Er hatte seinen Namen auf die erste Seite geschrieben, die Schrift hatte sich seitdem nicht verändert. Unter seinen Namen hatte Una geschrieben: *Te amo – Una.*

Karl hielt bei den drei Dingen inne: Pullover, Buch und Notenheft, siebzehn Jahre eingesperrt in einem Koffer, sodass aus ihnen Kofferzauber geworden war, ein Zauber, den er noch steigern konnte, indem er stundenlang an das dachte, was der Koffer enthielt, meist unter den Klängen der *Welcome home*-Arie von Purcell. So wirkungsvoll war diese Methode, dass alles andere schließlich weichen musste – Hokuspokus!, und zwei, bald drei lebten von da an im Glück.

Er nahm den Pullover aus dem Koffer und verschloss ihn wieder, stellte ihn mit dem Buch und dem Ja-Tango wieder an seinen Platz. Das Buch würde weiterhin sein Geheimnis bleiben. Nur wenn er vor Una stürbe, was er auf keinen Fall wollte, würde sie es herausfinden, sonst nicht. Er hatte schon vor langer Zeit festgesetzt, dass das Buch ihm mit ins Grab gegeben werden sollte. Lotta hatte dafür gesorgt, dass diese Verfügung in das Testament aufgenommen wurde.

Es war eine historische Stunde gewesen. Lotta hatte schwer gegen eine ungeschriebene Regel verstoßen und kalt gefragt, was denn an einem Mathematikbuch so besonders sei.

Die Antwort war unmissverständlich: *Nichts, nur dass ein ganzes Leben in diesem Buch begraben ist.*

Er konnte es kaum glauben, dass er nun tatsächlich im Begriff war, diesen Raum zu verlassen, mit einem kleinen Pullover in der Hand. Er ging auf den Balkon, wo er Una den Pullover zeigte und ihr endlich diese Geschichte erzählte.

Da erst kamen Una die Tränen. Sie tropften auf veilchenblaue Maschen, und sie sagte dem Mann, mit dem sie noch nicht verheiratet war, dass sie ihn liebte, dass sie außer ihm nie jemanden geliebt hatte, dass sie ihn immer lieben würde. Daraufhin wurde das Weinen hemmungslos, und sie schluchzte immer noch, als sie ihm sagte, sie wolle seinen Namen annehmen und Una Ástuson heißen, obwohl sie eigentlich gegen diese ausländische Unsitte war, dass die Frauen bei der Heirat den Namen des Mannes annahmen.

Als sie sich wieder beruhigt und das Marzipanhörnchen einverleibt hatte, unterhielten sie sich weiter über Namen und auch über Taufnamen. Sie einigten sich darauf, dass Karl den Namen wählen durfte, wenn es ein Mädchen würde, und bei einem Jungen dürfte Una bestimmen. Und dass Sigríður vom Silberstrand fünf Taufpatin sein sollte, vorausgesetzt, dass es ihr nicht ernst mit ihrer Behauptung gewesen war, sie werde nie wieder reisen.

An dem Tag, als sich herausstellte, dass Una ein Mädchen unter dem Herzen trug, musste Karl Ástuson schnell einmal nach New York hinüber. Wie geplant, begann er seine Mission an der Ecke der 7. Avenue und 55. Straße, von wo aus er sie aus der Entfernung erblickt hatte, eine Frau allein auf dem Gehsteig, als die Sonne sich an einem trüben Tag unerwartet Bahn durch die Wolken gebrochen hatte. Er versetzte sich zurück in die Stunde, als er die Hebamme seines neuen Lebens in einem weißen Wickelkleid getroffen und angesprochen hatte:

Man hält es drinnen einfach nicht aus, wenn die Sonne endlich durchkommt.

Sie: *Solange ich denken kann, bin ich der Sonne nachgelaufen.*

Er: *Nur gut, dass es nicht der Regenbogen war.*

Und sie blickte zu ihm auf, als hätte er etwas Bedeutsames gesagt (von dieser Miene war im *Guten Liebhaber* keine Rede gewesen, da die Autorin ihren eigenen Gesichtsausdruck nicht sehen konnte), und stieß dann rasch mit ihm an. (Das Zuprosten hatte sie allerdings nicht ausgelassen.)

Und später hatte er erfahren, dass die Sonnenanbeterin in Frieden und in heller Morgensonne sterben durfte.

Die nächste Station war ein Blumengeschäft, wo es passend gewesen wäre, Blumen für Doreen Ash zu kaufen, und sei es auch nur eine einzige Rose, bevor sie zusammen essen gingen. Der Gedanke war ihm zwar gekommen, aber er fand die Geste zu sentimental. Und er hatte es auch ein zweites Mal versäumt, ihr Blumen zu schenken – auf der Party zum Erscheinen ihres Buchs.

Nun war sie tot, und erst jetzt bekam sie Blumen. Fünfundzwanzig gelbe Rosen. Er hatte keine Ahnung, was Doreen Ash von Rosen oder der Zahl fünfundzwanzig hielt, und noch weniger, ob sie die Farbe Gelb hässlich oder schön fand. Ihm fiel nur nichts anderes ein, und sie passten auch genau zu der herrlichen Zeit, der Sommer war nicht mehr nur ein Versprechen, sondern er war mit allem Drum und Dran eingetroffen, höhere Höhen konnte er nicht erreichen. Genauso wenig wie sein eigenes Leben, das Hochsommerleben mit Una und dem Kind, das unterwegs war. Einem Mädchen noch dazu, das vor Ende des Jahres auf die Welt kommen würde.

Doreen Ash hatte sich danach gesehnt, ein Kind zu bekommen, und zwar mit ihm *höchstselbst*. Er hätte das begreifen müssen, als sie sich in ihrer Praxis unterhielten. Genau danach hatte sie ihn gefragt, wie er dazu stünde, ein Kind zu bekommen. Sie hatte wohl über die Wahrscheinlichkeit nachgedacht, dass ein solches Kind entstünde; das Kind, das sie nicht mit ihm bekommen würde.

Alle möglichen Leute, denen man es nie und nimmer zutrauen würde, hätten nur den einen heißen Wunsch, eine Familie zu gründen, hatte Liina gesagt. Aber in seinem Fall hatten sich seine Wunschvorstellungen nicht darum gedreht, eine Familie zu gründen, er hatte sich nur nach Una gesehnt, so einfach war das.

Jetzt kam es ihm in den Sinn, dass er auch all diese Jahre ohne Una so etwas wie ein Glücksmensch gewesen war – weil er ein Liebender war. Das war viel zutreffender, als dass er inwendig hohl gewesen war, wie er sich ausgedrückt hatte. Musste er nun die Geschichte von siebzehn Una-losen Jahren neu schreiben? Den Jahren, die er, beharrlicher als ein Fixstern, die Frau liebte, die er nie sah. Aber nie aus dem Blickfeld verlor.

Unerhörter Stolz flammte in Karl Ástuson auf. Er war ein Held, der vollkommen ahnungslos einen Weltrekord aufgestellt hatte, wie ein afrikanischer Läufer aus dem Busch, der für die Olympiade ausstaffiert worden war und im Endspurt an weißen Marathonläufern vorbeizog.

Als endlich ein gelbes Taxi auftauchte, verwarf er seinen Plan, sich zum Friedhof fahren zu lassen. Er wollte zu Fuß gehen. Es würde eine Stunde dauern, genau wie sein misslungener Versuch, Zaunpfähle um Doreen Ash herum einzurammen. Da war er gerannt, als sei ihm der Teufel auf den Fersen. Jetzt ging er langsam und zog bedächtig einen Pfahl nach dem anderen wieder heraus. Doreen Ash war ihm willkommen. Willkommen, Wohltäterin. Er fand sogar passende Worte, Neujahrsnachtworte, die Ástamama immer vor sich hin gesummt hatte, und er dichtete sie auf seine gute Elfenfrau um:

Es mögen kommen, die kommen wollen,
es mögen bleiben, die bleiben wollen,
mir und den Meinen nicht zum Schaden,
besonders meine liebe Doreen.

Sie war das ein oder andere, diese Frau, mehr oder weniger angenehm, sogar mehr oder weniger schön. Aber von nun an würde sie nur noch eines für ihren Romanhelden in der Menschenwelt sein: die gute Elfenfrau, die ihren Zauberstab geschwungen und ihn in einen Glücksmann verwandelt hatte. Dafür wollte er an jedem Tag, der ihm zu leben vergönnt war, an sie denken. Das stand zuoberst auf dem Aktionsplan rund um Doreen Ash – und es würde ihm leichtfallen. Wesentlich schwieriger würde es werden, einen Guten Liebhaber mit Schuldgefühlen und anderem zu eliminieren; denn schuldig war er. Er war unabsichtlich für den Tod von Doreen Ash verantwortlich. Diese Schuld hatte er vor, wie ein Mann zu tragen, nicht wie eine lächerliche Romanfigur.

Den Guten Liebhaber gab es ja schließlich gar nicht, er war eine Erfindung, der Preis für das Glück; ausgesandt von einer Frau, die gar nicht existierte, genauso wenig wie andere Autoren. Es war seine Aufgabe, dieses Zerrbild von sich selber zu eliminieren. Die Kraft dazu verliehen ihm zwei Frauen, und nicht zuletzt die ungeborene trug Wesentliches dazu bei.

Da Liina ihm präzise Anweisungen gegeben hatte, fand er das Grab auf Anhieb. Sie hatte ihm aber auch gesagt: Mein Lieber, gewöhn es dir bloß nicht an, Doreens Grab zu besuchen. Er hatte geantwortet: Ich gehe nur dieses eine Mal.

Etwas anderes hatte er auch gar nicht im Sinn, er stand zum ersten und letzten Mal vor dem Grabstein mit diesem Namen, dem Namen einer Frau, die Ash hieß und deswegen sogar seine Halbschwester hätte gewesen sein können, aber das war glücklicherweise nicht der Fall.

Dort stand er also, Karl Ástuson *höchstselbst*, am Grab der Lebensspenderin, mit fünfundzwanzig gelben Rosen im Arm, die immer schwerer zu werden schienen. Auf die Schnelle sah er nicht, wie er sich dieser Bürde entledigen konnte. An eine Vase hatte er nicht gedacht, daran war nun nichts mehr zu ändern. Es ging ja auch nicht um die Rosen, sondern er hatte vor, ihr etwas zu sagen, der Frau, die dort lag, auch wenn er keine große Hoffnung hatte, dass sie ihn hören würde.

Der Zufall wollte es, dass an diesem Ort des Schweigens kaum Ruhe genug war, um mit denen zu sprechen, die vom längsten Schweigen der Welt umgeben waren. Eine silberhaarige Frau in einem violetten Überwurf pflanzte auf dem übernächsten Grab mit viel Geräuschentwicklung Sträucher ein. Sie hatte gerade erst damit angefangen, also würde er wohl seine Ansprache in ihrer Anwesenheit halten müssen.

Er legte die Rosen auf das Grab. Die Blüten berührten den Namen auf dem Grabstein, und die Stängel lagen bei einer Pflanze mit knallroter Blüte. Vielleicht würde sich das Leben der Rosen unter der Pflanze verlängern, die ganz den Anschein erweckte, als wäre sie von Robin und Markson auf dem Grab ihrer Pseudomutter eingesetzt worden – die sich nach Kindern sehnte und zwei Erwachsene an sich genommen hatte, besser als gar nichts.

Er erinnerte sich an Doreens Worte: Du erlegst es deinem Kind auf zu sterben. Unweigerlich würde das, was einem alten isländischen Buch zufolge das Schwierigste war, auch seinem kleinen ungeborenen Mädchen bevorstehen.

Ástamama hatte sich dem mit einem Ja gestellt, einem lauten und deutlichen Ja, wie von einer jungen Frau, die schon im Mantel an der Tür steht – vielleicht, um in die Stadt zu gehen, und sich etwas in Erinnerung rief, was sie auf keinen Fall vergessen durfte.

Wer weiß, vielleicht würde er irgendwann in der Zukunft einem Enkelkind vom Ja der Großmutter vor ihrem Tod erzählen. In einer Zukunft, die endlich vollkommen hielt, was sie versprach, nachdem sich ein ganzes Kind in ihr eingenistet hatte. Und zudem noch ein Mädchen, das einen reichen Vater, den Hüter von Schätzen in einem Zauberkoffer mit Ja-Tango und Mathematikbuch, besäße – doch der dritte Zauberartikel, der kleine Pullover, der würde dann schon längst auf freiem Fuß sein.

Selbstverständlich würde er an irgendeinem Geburtstag seiner Tochter den Ja-Tango zur Aufführung bringen, vielleicht an ihrem elften. Die Mutter könnte den Klavierpart übernehmen, es sei denn, dass das Geburtstagskind selber schon imstande dazu war. Aber er musste sich um den Part der Nähmaschine kümmern. Glücklicherweise dasselbe gute

Stück, das zur Uraufführung des Werks verwendet worden war. Schwester Fríða konnte den Sopranpart übernehmen, sie hatte eine ähnliche Stimme wie Ástamama, auch wenn das Silber in ihrer Stimme nur ein Abklatsch war.

Und Karl Ástuson war unbedingt davon überzeugt, dass er eine Melodie für sein Kind zustande bringen konnte, genau wie Ástamama es getan hatte, um ihm zu beweisen, dass die Melodien in der Welt nicht ausgegangen waren. Er wusste auch schon, wie es heißen sollte, *Ein Lied für kleine Ohren*, und er lauschte auf eine kleine Melodie, die er oft im Beisein von Una spielen wollte, denn kein Mutterbauch ist so isoliert, als dass ein Kind nicht mitbekommt, was außerhalb von ihm vor sich geht.

Wenn das Kind zur Welt gekommen wäre und in seiner Wiege läge, nach der Trennung bestimmt zunächst ganz hilflos, würde sein Lied ihm eine Bestätigung dafür sein, dass es von Anfang an willkommen gewesen war.

Karl Ástuson warf einen Blick auf die Uhr und sah, dass er nicht länger herumtrödeln durfte. Er richtete sich auf, holte tief Atem und sagte laut: Sie soll Ásta Doreen heißen.

Die Frau am übernächsten Grab sah hoch und nickte ihm zu. Karl Ástuson sagte ja und zählte im Stillen die Namen auf, unter denen seine Tochter auswählen könnte, wenn sie groß wäre: Ásta Doreen Karlsdóttir, Ásta Doreen Ástuson, Ásta Doreen Ash, und bereitete sich darauf vor, es mit einer neuen Art von Glück aufzunehmen.

MIX
Papier aus verantwortungsvollen Quellen
FSC® C019821

Das für dieses Buch verwendete FSC®-zertifizierte Papier
Lux Cream liefert Stora Enso, Finnland.